中公文庫

里見弴　小津映画原作集

彼岸花／秋日和

里見　弴
武藤康史編

中央公論新社

目次

Ⅲ 『戸田家の兄妹』をめぐって

Ⅳ 小津安二郎 追想

里見弴　小津映画原作集

彼岸花／秋日和

Ⅰ

彼岸花／秋日和

彼岸花

鎌倉駅十三時半発、上《のぼ》り三等車のあけ放した窓際で、着た物を通して滲み入るような秋口《あきぐち》の日射《ひざし》にも、速度につれて耳朶《みみたぼ》を鳴らすほどの風当りにも、莨《たばこ》を三本喫《す》ったのと、それが癖か、時おり脣辺《くちもと》をもぐ〳〵させるのとを除けば、殆ど身動《みじろ》ぎひとつしずにいる半白の紳士があった。遠く近く移り行く外景に、睫毛《まつげ》が接《あ》わんばかりの薄目《うすめ》を据えたきりにしていたが、この目、終戦までは、海軍中佐の軍服を着けて日ごとの通勤に、混み合って立たされないかぎり、二等車の一隅で、乗るから降りるまで、必ず書籍の頁《ページ》の上を、縦か横かに忙《せ》わしく動いていたもの、……そう言えばがらりと身装《みなり》も変った。ワイシャツは洗いたてだし、濃紺、三揃《みつぞろい》の背広にも、一目瞭然《りょうぜん》、着る前の念入りなブラッシュやプレスが思いやられたけれど、褐《ちゃ》のソフトからネクタイ、靴まで、人品に似合わしからぬ質素さだった。……貯金や家財などもとより言うに足りず、同時に、軍備を放棄した国家の旧軍人ほど身の振り方のつけにくいものも少かろうが、慌てる遑《いとま》さえないほどの近間《ちかま》に潜んでいた貧窮に、溺《おぼ》れる者は藁《わら》をも、の洒落《しゃれ》どころか、現に藁を束ねた座敷箒《ざしきぼうき》を担《かつ》ぎ歩いて、どうやら口を糊《のり》した頃もあり、その当時の、階級章の黒筋をひッぺがした作業帽、いずれも吊るしんぼのジャンパー、コールテン・ズボン、兵隊靴、それからすれば今日《きょう》あたりは最上着《フルドレス》で、友達の娘の結婚披露宴、と言っても時節柄、二時半――四時半と時間を区切ってのカクテル・パーティに招《よ》ばれて行こうという、その道中で、おまけに案内状の追伸には「平服にて」としてあり、毫《ごう》も恥づるところはない……。

　今日娘を嫁《かたづ》ける安藤というのは、小学、中学、高等学校にかけて一二級の後輩で、上海《シャンハイ》事変の当初、某誌の写真班員として着くなりすぐ訪ねて来、互に久闊《きゅうかつ》を喜び合って、出来るだけの便宜も計ったが、一別以来、横浜駅の歩廊《プラットフォーム》で、箒売り姿での邂逅《かいこう》には忽《たちま》ち目を潤ませて、「ねえ、三上さん、なんとか僕に考えさせてくれませんか。今日は急ぎますけど、名刺、でなくってもお所を、……きっと二三日うちにお訪ねしますから」「いや、それじゃア恐縮だ。鎌倉ですしね、……かまわなければ、こっちから伺いますよ」「そうですか。では、これ……」と名刺を渡しながら、「両方書いてありますけど、午前中なら大抵会社の方にいますから」「但し、やはりこの装《なり》で行くがね、第、買ってくれますか」「え丶〳〵、それアもう、何本でも」で、笑って別れたようなわけだった。

写真の製版や印刷を専門とするT社の応接間に於ける対座に、上海時分の思い出話に花が咲き、言われて、――へーえ、そんなことがあったかと、思わず首を傾《かし》げたのだが、或る日の訪問中、食事時刻《じぶんどき》となり、誘われるまゝに守備隊の、二十人ほどの部下も交えて食卓を共にしたところ、隊長だけにオムレツがついたのを見て、「おい、これ、お客様にも……」従卒が、配給の材料に規定ある由を答えると、「そうか。じゃア、安藤君、君、これ食べなさいよ」先輩の言葉ゆえ、遠慮は却《かえ》って失礼と思い、あたりへの気兼ね、きまり悪さを無理にも怺《こら》えて、大急ぎで平げて了った、と、笑いながらにも、一生忘れられないといった風な話し方だった。そのあと、第一本に対する口銭を訊き、瞬間眉間《みけん》によった皺を吹き飛ばすような笑い声で、「じゃア、三百本、いつでも御都合の時に届けて頂きましょうか」「それア有難いが、三百本とはまた……」「いや、だいじょぶなんです。カレンダーなんて、……毎年我社《うち》でもあっちこっちの御註文を承ってますけど、どうもあれも、方々から貰う身になってごらんなさい、あんな始末に困るものはありゃアしません。ですから、今年はひとつぐッと趣向を変えて、お顧客先《とくいさき》へ、御歳暮に箒を配ろうという……」「うん、それアなか〳〵名案だが、昔ッから、福を掃き出すとか言って、三ケ日は……」「でも、その前に、歳《く》尾《れ》の煤掃《すすは》き、……今で謂う大掃除ってやつがありますアね」ほどなく、安藤の斡旋《くちきき》で、浦賀の造船会社から、可なりの位置の社員に、との申出があったのを、われから望んで工員の職に就き、爾来《じらい》早くも九年、累進して今や工場長……。

うっとり、では長閑《のどか》すぎるし、無念無想、では悟り臭く聞えるし、放心、では半開きに唇辺《くちもと》のたるんだ感じも伴うだろうが、少くとも彼の目には、速く遅く窓外を掠め去る永年見馴れた景色が、おのずと映りはしても、一々感受されていようとは思えなかった。ひとり窓外《おもて》ばかりでなく、駅ごとの乗り降り、隣や差向いの席の起居、談笑、あらゆる事象からも超然としていた。そうかといって、沈思黙考の固い表情とは遥かに遠い安らぎの、強いて覓《もと》めれば、奥底ふかく、一抹、憂愁の影を湛えた、とでもいうところか。それとも、心に居留守をつかわせている横着か……。

*

海軍省作戦本部勤務の幕僚だっただけに、三上周吉には、仮令《たとえ》どんな天佑がおころうと、所詮どんでん返しの利かぬ敗北《まけ》という見通しは、山本元帥の戦死よりもっと早くからついていたが、家族の者まで含めての聾桟敷《つんぼさじき》、——軍人の所謂「地方人」に対する時、気振《けぶり》にもそんな心境を読ますまいとの自戒に些《いささか》の緩みもなかった。昭和改元の年に結婚して、すぐ翌年《あくるとし》の春、はや〳〵と出来た総領の子が、終戦の一年ほど前に、学徒動員で川崎の軍需工場に通うことになっても、「お国の御用だ、しっかりやんなさい」と、いつにない厳粛な面持《おももち》で言い聞かせたし、防空壕内に十数人の同級生と折り重なって、僅か十八年の生涯を鎖《とざ》したと知った時でも、少くとも人前では、涙一滴みせはしなかった。軍律に従ってそういう堅牢な仮面《マスク》の被れる自分自身を省《かえりみ》れば、一言半句言えた義理でないことも承知でいながら、勤務中、上官や同僚の、全然内容《なかみ》のからッぽな大言壮語を聞くうち、腹立たしさや嫌悪は一足跳《いっそくと》びに、いきなり救いのない憂鬱に突き落される、謂わば心の習慣のようなものがついて了った。しかも、その場合だけは、なんとしても仮面を被る気になれず、以前に変る沈思や緘黙《かんもく》、時には苦々しげな渋面などが、次第に部内の反感を買うに至って、或る時など、酒気を帯びた某大佐に、「なんだ、貴様、いやにインテリ面《づら》アしゃアがって！　一丁気合いをかけてやろうか！」と怒鳴りつけられたのも、もと〳〵三上が帝大時代の工科を卒《で》た機関将校で、何かにつけ、実科の者とは反《そ》りの合わない傾きはあったにもせよ、水に油の遊離さ加減が、そうとう露骨だったことも確《たしか》だ。

長男とは間《なか》五年を隔てて生れた娘が十二歳になった年の八月十五日には、電波にのった降伏の詔勅が、身も世もあられぬ悲歎、切歯扼腕《せっしゃくわん》の憤激、遅きに失したとは言えかくてこその安堵など、心ごころとは言いながら、全国民を震駭《しんがい》せしめた。ついその五十日ほど前に嗣子《あととり》を喪《な》くして以来、持病の心臓弁膜症が亢《こう》じて臥《ね》たり起きたりの半病人だった母なる者は、天皇の、雄々しくも喰いしばられる悲しいお声を聞き終るや否や喪神《そうしん》し、夜半に帰宅した良人を、睜《みは》ったきりの目にそれと見わけたかどうか、もとよりもの言わず、明方ちかい事切《ことぎれ》だった。

訃音《ふいん》に駈けつけた周吉の、十一も年齢《とし》の違う妹で、開戦間もなく良人に戦死され、寡婦となっていた佐和《さわ》が、取敢《とりあえ》ず家事、葬儀一切を宰領して以来、木から落ちた猿同然の兄と、小学校六年生の姪とを見捨てて去りもならず、引き続き、箒売り時代の極貧をも共にし、年々くらしは楽になって来たものの、兄妹の仲でさえ出来るだけ口にしまいとするような、深い愁いが潜んでいた。というのが、今では三上家の一粒種《ひとつぶだね》なる娘・文子の、二十歳を迎えた年齢《とし》、父親との烈しい正面衝突の挙句、ぷいと出て行って了ったきり、いつかもう四年になる失跡だった。

＊

K会館の、玄関へかゝる石段で、帰って行く紳士・淑女の流れと違うのに、一層どぎまぎして、「鶴見家・安藤家御結婚式場」の立札も目にはいらず、給仕《ボーイ》をつかまえて訊くと、突《つ》ッ慳貪《けんどん》に「二階です」……駈けあがる階段、途中の踊り場でくるり一廻転して、あがりきった突き当りの預り所《クローク》に帽子を差し出す途端、肩を並べての近さから、

「おい、なんだ、いまごろ来て」

見れば、これも小学、中学、高等学校、科こそ違え大学まで同年に卒《で》た平山渉《わたる》だった。

「やア」

「やアじゃアないぜ。もうすぐ新夫婦が旅行に出かけようってとこだ。何してたんだい、今時分まで」

「それより、安藤君どこに居《お》るかねえ」

「いま来るだろうけど、こゝは邪魔ンなる、階下《した》の広間《ホール》で見送ってから帰ろう。……もういゝ、今さら帽子なんぞ預けてどうするんだ」

自分のを受け取ると、背を押すようにして階段にかゝり、「安藤、なんかひと言でも君に喋らせるんだって、ずいぶん待ってたぜ」

「いやア、そんなこたア俺にゃア出来んがね、しかしすまんことじゃったなア」

広間にはいく団《かたま》りか、両家の親戚と思《お》ぼしいのが立話をしていた。平山は、正面に階段を見るあたりに足を停めて、

「一体、どうしたってんだ。まさか今日ってことを忘れてたんじゃアあるまいが」

「どうかしとる。何しろ案内状を置き忘れて来たってことを、東京駅に着くまで、まるッきり気づかずにいたんだからなア」

他人事《ひとごと》ながら腹が立つ、といった語調で、

「それでわざ〳〵鎌倉まで取りに帰ったのか」

「いやア、そこまで間が抜けとりゃアせんが、会場がわからんので、安藤の会社や自宅に電話で訊き合わすのに、やたら手間どって了《しま》ってなア」

「第一、品川で降りればすぐじゃアないか」

「それア、こゝとわかっとればそうしたろうが、なんとなく丸ノ内とばかり思い込んどったもんだからな。……いやア、ひとつへまをやると、あとから〳〵いやに続くもんでねえ」

「あ、来た来た」

旅行に出る平服の新郎・新婦を先に、媒妁人《なこうど》夫妻、両家の親たち、近親など十人あまりが、早くも寛《くつろ》ぎの、いくぶんがや〳〵といった雰囲気に包まれて降りて来た。その一団のなかにいちはやく旧友の姿を見つけ出そうと伸びあがるばかりで、三上には、肝心の花婿・花嫁など目にとまらなかった。……踊り場のあたりで、血色のいゝ、若々しい顔に似合わず綺麗に白髪になった安藤の妻女に何やら囁《ささや》かれて、モーニング着用の青年が、忙がわしく取って返したが、その間《ま》にも一同は、広間を横切り、見送りのために居残った人々とも合流して、賑々《にぎにぎ》しく玄関にかゝった時分に、早く早くと急《せ》きたてる様子で、背後《うしろ》を振り向きふりむきの青年が階段を駈けおりると、五六歩おくれて……。

「なにまご〳〵してるんだ、安藤のやつ」

と、さも歯痒《はがゆ》げに平山が呟《つぶや》き、玄関のほうへ目を向けると、人々の渦に揉まれて来た新夫婦は、早くも自動車の扉《ドア》ちかく、手を振りかざしているのに、思わず大股に歩み寄りながら声をかけようとした時、あともう二三段というところでぴたりと足を停めて了った安藤は、そこからも見えよう、片手を欄干《てすり》に、じッと玄関先に瞳を据えたまゝ、……奥歯の嚙み締めで瘤《こぶ》こぶになった頬が蠢《うごめ》き、顳顬《こめかみ》に怒張した青脈《じょうみゃく》は今にも破裂せんばかり、……喜怒哀楽のどれひとつとも片づけられない、何かぎり〳〵いっぱいの表情《かおつき》に、恐らくたった二人の目撃者なる三上と平山、その場に釘づけの、言葉とてなかった。

＊

車廻しの石甃《いしじき》を二三間も来かゝったあたりで、背後《うしろ》から安藤の細君に呼び止められ、——ちょっとでもうちに立ち寄ってくれまいか、と懇請された平山は、露骨な迷惑顔で、

「折角ですがねえ、お互に忙しくって、めったにこいつとは会えないんで、これから二人で一杯やりに、……ですから、清子と娘には先に帰れって言って来たようなわけで……」

「えゝ、それも奥様に伺いましたけど、……いいえねえ、実はわたくしども、今からうちへ帰りましても、急に二人ッきりになって了いまして……」

「うん、じゃア、清子をおつれください」

「我儘を申しあげて誠に相済みませんのですけど、安藤が是非ともそうお願いして来い、さもなければ、自分があなた方にくッついて行くんだって、まるで駄々ッ子みた

いなことを申しまして……」

呑み込み顔に、三上が割り込んで、

「行ってあげよう。いや、伺おうじゃアないか」

「お前にゃア、遅参したお詫びという重大責任があるが、俺アもう大嫌いなスピーチまでやらされてるんだ」

「愚図々々言わずに行け！」

「ほゝう、鼻ッ張りだけで、相変らず軟弱外交だなア」

と軽い笑い声をたてて、「じゃア、家内にそう仰有ってくださいませんか、そこらで車を拾って行くから、節子をつれてすぐ出て来るようにって」

空の美しい夕方でもあったし、主人夫妻に着替《きがえ》の遑《いとま》ぐらいは与えようとの心遣いから、戦災を免《まぬ》かれて山ノ手らしい面影の残る街筋《まちすじ》を二三十分も散歩してから、平山は、娘の節子だけ先に帰して、四谷塩町なる安藤邸へ向った。

＊

期せずして主客の意見が一致し、ずか〳〵茶の間に通ると、各自《めいめい》勝手なところに座を占めた。大皿に盛り込みの刺身、冷奴《ひややっこ》、火事見舞を思い出させる煮〆《にしめ》、枝豆など、

食べものも内輪々々《うちわうちわ》して親しみ深かった。平山がそれを言って褒めると、

「しかし、三上君は、あっちでなんにも食わなかったんだから、きっと腹がすいてるだろう。……おーい、まち子まち子！」

留守を頼んで置いた女《もの》に急用が出来、入れ違いに帰したため、ひとり台所でてんてこ舞いの妻女へ声を張って、「なんか、もっと腹にこたえるようなもんを作んなさいよ。ビフテキとかライスカレーとか」

男三人、揃って酒好きだった。取ッ替え引ッ替え長火鉢の鉄瓶に徳利を沈ませているのは、この家《や》の主婦・まち子の弟に丁《あた》る谷口正彦で、さっきK会館の階段の途中から安藤を呼びに引ッ返して行ったあの青年だが、ワイシャツの上に女の割烹着《かっぽうぎ》をかけ、縞洋袴《しまズボン》の長い脛がいかにも窮屈そうだった。

「おい、正彦君！」

と、中学生時分から顔見知りの平山が気軽に呼びかけて、「そんなことうちのがするから、君もこっちへ来て飲まないか」

「あゝ、ほんとに気の利かない、お燗番《かんばん》はあたしがしますわ」

「いゝんです。今日は丈夫《ますらお》派出夫会で……」

「うん、まだ紹介しなかったな。こっちイ来いよ」

で、義弟を三上の前に呼び寄せ、「実は今日の婿さんは、この正彦の同僚でもあり一番の親友でね、もとはと言えばこいつの斡旋《くちきき》で纏《まとま》った縁談なんだよ。つまり、事実上の媒妁人《なこうど》でね」

「そうか、そんなら、今夜はあんたが正座につくべきだ。さア、ともかくまア、お近づきに一杯……」

空腹《すきッぱら》だったせいか、早くも三上は御機嫌の体《てい》で、青年の手頸を把《と》って杯を持たせ、自分で酌をしてやって、「それで、あんたはまだ……」

「えゝ、お察しのとおり独身者《チョンガー》ですから、どうぞ、何分よろしくお願いします」

「いやア、僕ア駄目だが、そんなことなら平山に頼んで置けば、顔は広いし、これで見かけによらない親切者だからね」

「いゝえ、それア反対ですわ」

と、もっぱら酌にあたっていた清子が、途端に突き出された良人の杯を満たしながら、「この人は、いかにも親切そうな顔をしてみせるくせに、いざとなると……」

「冷酷無情か？　そうでもなかろう」

「正《マア》ちゃん、ちょっと！」

と、台所からの声に、「はーい」と答えて立って行きかけ、

「義兄《にい》さん、二人ッきりになったんなら、女中ぐらい置いたらどうです」

「なに言うか、家族が減《へ》ったから女中を置けなんて、そんな理窟に合わない話ってあるもんかな」

「美代《みよ》ちゃん、女中にしたらけっこう二人分《ふたりぶん》ぐらいは働かされてたもんだ。ずるいよ」

「あ、あ、あゝいう奴だ！」

電話で生家《さと》に頼んでやった老婢《ばあや》が駈けつけた由、台所はその者に任せて、割烹着を脱ぎぬぎの主婦が、「どうも失礼いたしまして」と座に加わる頃には、酔いは、男たちばかりか、清子の声音《こわね》までも高めていた。

「まち子さん、悪かったわねえ、不意に大勢で押しかけて来たりして、……大変だったでしょう」

「あれだ、あんなお体裁を言やアがって、……その装《なり》じゃアって制《と》められるのを幸に、自分は何ひとつお手伝もしねえで、いゝ気なもんだぜ。……奥さん、まアひとついきましょう」

「あ、わたくし……」

と、持ちあげ加減に受けて、「だって、それア、もと〳〵こちらから無理にお願いしていらっしゃって頂いたんですものねえ」

「そうよ。ほんと言えば、こんな時、どや〳〵他人が舞込むなんて法はないのよ。あとに残った御家族だけで、しんみりと……」

「しんみり？　ヘッ」

と、鼻の先で笑って、「しんみりだなんて、そんな洒落た芸当が、……ねえ、まち子さん、あんたにはわかってまさアね、こいつに、この安藤なんて男に、そ、そんな……」

「じゃア、どうだってんだい」

学校時分の一二級の違いなど、もうこの年輩になっては、……まして酒が廻ってからでは、影さえ止めず、本気で食ってかゝって、「しんみりだなんて、へん、そんなの、こっちで御免こうむらア」

「そうだ、しんみり抜きの、いきなりめそと来らア。ねえ、おい、三上、さっきのあの面《つら》、……梯子段《はしごだん》が降りきれねえでよ……」

思いきり醜悪に、今にも泣きださんばかりの渋面を扮《つく》ってみせて、「めその次はおい〳〵の、土砂降りかア」

「なんですね、あなたは。さ、もう、……酔っぱらってそんな毒口を利くんなら、さ、もうお暇《いとま》しましょうお暇しましょう」

そばへ寄り、腕の附根で引ッ起《た》てようとするのを、まじ〳〵と三上が見あげて、

「奥さん、平山はなんにも悪口なんぞたゝいとりゃアせんですよ。ほんとのことを言っとるだけだ」

「ほんとでも嘘でも失礼ですわよ！」

「娘がいなくなった晩に、親爺《おやじ》が泣いて何が悪い！　今にみろ、お前ンとこだって、節ちゃんのお嫁入りで……」

「おい、三上！」

平山は、妻に把られていた腕をひッぱずすや否や一喝して、「お前は黙っとれ！　この話には一切口出しするんじゃアない！　……さア、もうお開きだ！　お開きおひらき！」

ひと足さきに流しの円タクを拾いに出、一同を乗せて送り帰して来た正彦は、薄暗い玄関に突ッ伏している義兄と、手巾《ハンケチ》を顔に、しょんぼり柱に凭《もた》れかゝっている姉とを見た。咄嗟《とっさ》には、はっと息を呑んだようなものの、すぐ馬鹿々々しい気がし、声もかけずに奥へはいった。

＊

一週間ほどして、電話の前触《まえぶれ》もない面会人、……受附の伝票に、三上文子とあったので、――あゝ、とうとう姿を現したか、まア、なんにしてもいゝ按配《あんばい》だった、の軽い喜びを感じながら、平山は、すぐ応接間に通させた。セーラー服の女学生時分から一足飛びの対面ゆえ、当然のこととは言いながら、顔にも体にも以前を思い出させる手蔓《てづる》がなく、ひと口に言えばすっかりもう大人《おとな》だった。一別以来の挨拶は呆気《あっけ》ないほど簡単で、……ということは、父親と一番仲のいゝ「小父《おじ》様」に対する特別の親しみなど一向に見せようとはしず、――今もって父とは音信を絶っている由、随って今日あなた、……以前の「小父様」という呼び方は一切使わないで、……あなたを訪ねて来たのも、自分一個の意思に出たこと、と、そこらまではきく〳〵と述べたが、いきなり行く手を遮《さえぎ》られたように噤《つぐ》んだきり少時《しばし》……。

みすぼらしい、というほどではないが、まず中以下の若奥様といった身装《みなり》や、いくぶん虚勢を張っているような態度から、十中八九金の無心と見当はついていたが、

「で、どういう話で来たんです？」

「少し、……三万円ばかり要《い》るんですけど」

「それは、今のお父さんに言っても所詮無理だね」

「第一、気持からしてないでしょう」

「うん。すると、君は、お父さんにはないと思ってる気持を、いきなり僕にもたせようっていうのかね？」

「気持はともかく、あなたなら、別にそう無理じゃアなかろうと思ったし、ほかにだアれも考えつきませんでしたから、……どうせ叱られることはわかってたんだけど」

「叱る気はないが、一体、なんに要《い》るんです、その金」

「病院の払いがだん〳〵たまっちゃって……」

「誰の？」

「一緒にいる……」

「つまりまア、御亭主に丁《あた》るような人だね？」

急に子供ッぽく、がくんと頷くのを見てから、「何してるの？　その人は」

「ちッぽけな音楽学校で、ピアノと、少しばかり作曲のほうも……」

「で、病気はどうなの？　よっぽど悪い？」

「学生時分からの、これで……」

木綿地《もめんじ》、檸檬《レモン》色、長袖のブラウスの、乳房でふくらんでいるあたりに指先をあてて、

「肋骨をとったりなんかしたんですけど」

「その人が学生時分からのなんなんだね？　……すると、君とあんまり年齢《とし》が違わない？」

「えゝ。でも、五つ上」

「正式に結婚する気はないのかい？」

「別にそんなこと……。いつかの父との衝突もその人のことが原《もと》なんです。父は、絶対にいかん、駄目だと言ったら駄目だ！　なんて怒鳴り散らしたんですけど、今までにあたしたち、一度だって、いけなかったとも、駄目だとも思ったことなんてありませんわ」

「そう。じゃア、ずうッと幸福《しあわせ》にくらして来たってわけか」

「ずうッと貧乏のしつゞけ」

殆ど化粧の跡《あと》の見えない頬に、その時はじめて微笑が浮んで、「父が箒を売り歩いてた時分の、うちの貧乏よりもっとひどいくらしだってしたことありますけど」

「けど、幸福《しあわせ》だったんだね？」

「貧乏したことのない人にはわかるまいと思うわ。……ちっともいゝもんじゃない」

平山の気持は、次第に明るみ、好意的に傾いてもいたけれど、右から左に金を渡すのはどうかと思われたし、第一、口にこそ出さね、常に念頭を離れる気遣いのない娘のその後が、無事なばかりか、あながち間違った道に踏み込んでもいないらしい話の様子、すぐにも三上に伝えて喜ばせてやりたかったので、――ともかくも自分から一応「お父さん」に詢《はか》って、その上でのことにしよう、と言うと、――既に親としての権利も義務も放棄して了った父に、……父と呼ぶさえ無意味な父に、今さら何も相談するには及ぶまい、あなた一個の考えで、いやならいやでも仕方ないことだ、と、ちょっと小憎らしくなる口を利いた。

「どうもね、いま思い出したんだが、学生時分の三上にも、そっくりそんな調子のとこがあったッけ」

「癪《しゃく》だなア、あんな人に似てるなんて」

「そうまアひねくれないで、虚心坦懐に会ってみないか。すっかりもう好々爺になってるよ。つい先達《せんだって》も、……あ、そう〳〵、君も一度や二度会ってやしなかったかな？　安藤ンとこの美代ちゃん……」

その者の結婚披露に案内状を忘れて来て、やっと散会間際に間に合った、という話をして聞かせたが、さらに興味なげな表情《かおつき》。……しかし、どうやらこれは、強《し》いてそう扮《よそお》っているように見えないこともなかった。

＊

京都、八坂神社に近い旅館、彼地《あちら》で謂う「席貸」河合の女将《おかみ》はつは、四十年も勤めて家族同然のお松というのに心安く留守を任せて、娘の幸子《ゆきこ》と二人づれで上京し、定宿《じょうやど》なる築地の大和屋に乗りつけた、と思うと、早速もう旧式な手提袋からとり出した手帳を片手に、中腰で卓上電話にかゝっていた。

「あ、渉《わた》はんどすか？　へえ、うちどす。いつもお変りのうて。こないだは、新婚さん、機嫌ようふた晩も泊ッとくれやして。……ふん〳〵、えゝお婿さんどすなア。美代子はん、永いことや言わはって、うちの幸《ゆき》とひッついたきりで、……旦那はんに悪いさかい言うてますのに。……へえ、一緒に来てます。安藤はんにはこの娘《こ》がかける言うてますのんで、まだ……。へえ〳〵、今度も大和屋はんどす。へ？　寄っておくれやすか？　それはまア、お忙しところをえらいすんまへんなア。へ？　お午食《ひる》を？　そうどすか。いゝえ、なんにも先約なんてあらしまへんよって、お待ちしてます。へえ、おおきに、さいなら」

「お母ちゃんたら、着いたらすぐ病院に行く言うてたのに。午後になったら診《み》て貰えへんやろ？」

「急《せ》くことあらへんがな。明日《あした》にしまッさ」

「そやったら、明日伺うこと、木村先生にお電話しといたらどうえ？」

「あゝ、それしか、あんた、美代子さんにこないだのお礼、……あても出るさかいに、先にかけとおき。……さ、早う！」

「性急《いらち》やなア。うちはまア、一遍顔でも洗うて来てからにするわ」

　手帳にA病院の番号を繰っている母親を尻目に、幸子は勝手知ったる廊下を、上靴《スリッパー》の音しおらしく洗面場へ……。

　河合の先代、はつの実母に丁《あた》るゑみは、先駆的な洋画家として知られた人の側室として二人の子を挙げたが、はつとは三つ違いの兄なる邦夫《くにお》には三十になるやならずで、またその五年後には、良人と崇《あが》め尊び、一身を捧げ尽した画伯にも先立たれながら、八十二歳の高齢を保ち、つい一昨年まで達者でいた。この邦夫と、小、中学から第三高等学校へかけての同級に、平山、三上、一二級下に安藤、そしてA病院の内科部長になっている木村卯之介、その他が、今で謂う「グループ」を形づくっていた。というのも、わが子にかぎらず、若い者と睦《むつ》み合うことの好きだった画伯、すぐその性《さが》にかぶれてのゑみが、やれ来いやいの明るい歓迎ぶりを示し、往々にして旅館稼業はそっちのけの、息子の友達の集合所めいた空気を醸《かも》し出したからで。専攻科目のため、本郷の大学に移った三上や木村たちでさえ、その頃を懐しんで、休暇ともなれば、年に二度や三度は河合の客となったし、まして平山、安藤のように京都大学に居残った連中は、年々親しさを増すばかり。「小父さん」「小母さん」「はッちゃん」に対して、平山は「渉《わた》はん」暴《あば》れん坊だった三上は「三公《みいこう》」安藤の「信坊《しんぼう》」木村の「兎《うさ》さん」といった具合で、まるで親類づきあいだったが、爾来《じらい》いく星霜……。

玄関先に突っ立ったまゝで、——あがってると永くなる。そのまゝでいゝじゃアないか、と急《せ》きたてられ、支度もそこ〳〵に、平山の自動車《くるま》に同乗して、畳敷の座敷で洋食を食わせるといううちへつれて行かれた。今度は何しに？　の問いに、はつは、どこがどうというのではないが、近ごろどうも気不精になったし、体も大儀なので……。

「えらいハイカラなこと考えつきましたんやわ、人間ドックたらいう……」

「おんぼろ船《ぶね》のドック入りか。まア、なんでもいゝ、お互にちっとでも永く保《も》たす算段だよ」

「お互にやてお言やすけど、おうちは、いつお目にかゝったかて、ほんまに若《わこ》う若うしとおいやッしゃろ。なア、幸《ゆき》さん」

「ほんまに。ほて、三上さん……」

給仕男《ボーイ》がはいって来たのに、あとは東京弁に替えて、「あちらさんでもお変りいらっしゃいませんの？」

「うん、昨日会った。前から君たちの来ることがわかってれば、一日延ばすんだったけど、惜しいことしたよ」

「あれ、なんていわはったやろ、お嬢さんなア。なんや怪体《けったい》な具合になってはった、まだあれきりどすか？」

「それがねえ、実は昨日もその話で出て来て貰ったんだが、相変らず、……まったくあいつの頑固さと来たら、死ななきゃ癒《なお》らないの部だな。困ったもんでねえ」

「へーえ、どないしやはりましたん」

「まア、食おう」

突き膝の給仕で、各自《めいめい》の前にポタージュの皿が配られた。舌を焦《や》きそうなやつを静かに啜《すす》り込みながら、――三上やはつには、もとよりなんの遠慮も会釈も要りはしないが、二十七になってまだ独身でいる幸子の耳に、一体この話はどう響くだろうか。いくらも世間にあること、別だん聞かせにくい点はないにしても、それに対する自分の感情は、……手ッ取り早く言って賛成か不賛成かは、あまり露骨に出さないほうがいゝのではないか、こんな考えが、平山の舌から味覚を奪っていた。

「おいしわ。洋食はやっぱりこっちが本場かいなア」

「本場いうたら、フランスやないの？」

そんな低声《こごえ》の応酬《やりとり》に、初めて味わう気になって、ひと匙《さじ》……。

「うん、まずかアないね。今日はまた、特別出来がいゝのかも知れない」

京都でも、どこそこになんという洋食屋が開店し、大層評判がいゝ、というようなことから、毒にも薬にもならぬ世間話が続いた。雛妓《まいこ》の頃にはさほどでもなかったのが、此方《こっち》で謂う「一本になる」の、「襟替《えりかえ》」以来七年続いた旦那に死なれると同時に妓籍を脱し、間もなく先代の隠退で家業を継いだ頃からのはつは、だん／＼才気ばしった能弁を発揮して、時にはうるさがられるほどだった。今もどうやらその癖が出かゝるのを、娘は、「お母ちゃん！」と目交《めまぜ》でも窘《たしな》めて、

「小父様がさっきしかけといやしたお話……」

「あ、ほんにそやった。ほて、三公の頑固爺さん、どない言うてはりますの？」

なるべく感情抜きに、突然文子が訪ねて来ての話から、三上にそれを伝えたところ、

——当人が、前非を認めて謝罪したいと、その執成《とりなし》を君に頼んだとか、或はじかにうちに来たとかいう場合なら、また考えようもあるけれど、いきなり君のところへ金を貰いに行く、今もってそんな料簡《りょうけん》でいるのなら、なぜ頭ごなしに叱りつけておッ返

してくれなかったのか、僕にはわからん。いや、御親切はよくわかる。有難いとも思うが、しかしあやつに対する僕の憎悪は、聞かされない以前より一層強くなった。金《こん》輪際《りんざい》許せん奴だ。君も二度と再び会ったりしないでくれ、と、いゝ年齢《とし》をしてからに、額に青筋を立て、唇を戦《わなな》かせていきり立つので、諭《さと》そうにも宥《なだ》めようにも、どだい手のつけようがなかった……。

「あかん！　そんなんあかんわ！　そんな親てあるかいな」

平山は、いくぶん皮肉に唇尻《くちじり》を歪めて、

「じゃア訊くがね、こんなこと、万にひとつもないにきまってるけど、仮にもし幸ちゃんがそんな間違を仕出《しで》かして、挙句が肺病の亭主を擁《かか》え込んじまって、にっちもさっちもいかなくなったとしたら……」

「しようもないこと言わんといとくれやす！　そんなことあらへん！　絶対にあらしまへんて！」

「だからさ、ないにきまってる場合を考えてみろ、想像してみろって言ってるんじゃアないか。どうだ、君なら聞くや否や金を持って駈けつけるかね？」

「ふーん、そやなア……」

幸子が噴き出して、

「ほーれ、詰まった」

「ぎっちり詰まった煙脂煙管《やにぎせる》」

と、軽く節《ふし》をつけて、「ッてとこやな」

「笑ってごまかそうなんてずるいぞ！」

「よッしゃ！　そやったら、あてが会いまひょう」

「誰に？」

「頑固爺さんのほうは、とても望みあらへんよって、文子はんやったかいな？　あの娘《こ》に会うて、あてからあんじょう言うて聞かせまひょういな。犬養さんやないけど、話せばわかる、……いえ、なんとでもして、わからせてみますがな。……ほて、いまいやはるとこ、おうち知ってはるの？」

「訊かなかったが、二三ン日《ち》うちにはまた来るだろう」

「どうしまひょう。あて、その時分にはドック入りどすがな」

「ところで、幸ちゃん、君はどう思う？」

思いがけない穂先の向け替えに、目を伏せ、徐《おもむろ》に卓上の手頸も膝へおろしながら、

「さア、うちらには……」

「そらア、あんたには別世界の話や。想像もつかへんにきまってる」

「むずかしいわねえ。どっちにも、無理ないような気がして……」

腕時計を見て、

「あ、いけねえいけねえ。うっかり約束の時間を……」

「どうぞもうほっといておくれやっしゃ。うちら、ちょっとよばれすぎましたさかい、これから銀座でもぶら〳〵しもって去《い》にますわ」

「じゃア、失敬するよ」

階段を踏み鳴らして、ひと足さきにおりて行った。

＊

午休《ひるやすみ》のひと時、どこも混み合う有楽町界隈《かいわい》にしては、いくらか高級なせいか空席を余《あま》した純喫茶の、奥まったブースに、谷口正彦と平山の一人娘・節子とが、飲みさしの珈琲《コーヒー》茶碗を前に、歯車のはずれたような緘黙《かんもく》を続けていた。拗《こじ》れは、二人の結婚が話題にのぼった時、節子の、——駄目！　の語気の強さあたりから亢じて来たので。

「さっきから君は、小父さん中心にばかりものを言ってるけど、君自身の……」

「今さらそんなことが訊きたいの？」

いかにも、くさったという表情《かおつき》を、正彦は鋭く睨《ね》め据えて、

「仕舞まで聞きたまい！　はっきり言えば、父親に対する君の奴隷的な服従が気に入らないんだよ。いや、服従じゃアないな、まだひと言だって切り出しもしない先から、君ひとりで駄目だ駄目だってきめ込んでるのは、……そうだ、むしろ恐怖だな。子供の、親に対する劣等感《インフェリオリティコンプレックス》、そんなくだらないもんが、いまだに君の裡《なか》に生き残っていようたア……」

「ちょっと待って！　パパという人について、あなたとあたしとどっちがよく知ってるか、そこを考えてみたら、そんな、やたらにひとを侮辱するような口を利けまいと思うけどな」

「それアね、明治・大正時代ほどじゃないにしても、ずいぶんまだ没分暁漢《わからずや》の親爺はいるだろうよ。しかし、君ンとこのお父さんが、その部類に属する男だなんて、僕には考えられない」

「考えられないんじゃアなくって、考えたくないんでしょう？　それから、一言パパの名誉のために弁じればね、あの人、決して没分暁漢じゃアないわ。そうとう教養の高い紳士よ。あたしのパパとしても、ほかは全部満点なんだけど、たったひとつ、結婚の話となると、ぴたッと、……そうね、鉄のカーテン、ってほどでもないでしょうけど……」

「頭《あたま》ッからそうときめ込んじまうのが、パパ恐怖症の症状なんだよ」

「うん、症って言えば、パパこそ、娘の結婚嫌悪症とでも呼ぶべきものだわね。とても常識じゃア考えられない、病気よ、少くとも病的心理よ。だってね、今までにいろんなとこからもち込まれた縁談、……大抵は写真がついて来るでしょう？　その時分には、ママや、あたしまで呼んで、一緒に写真見たりしながら、なんだアかんだア冗談口をたゝいたりして、とても御機嫌なのよ。それが、だん〳〵話が進みかゝると、どこで聞いて来るのか、相手の人や、そこの家庭の欠点ばかり並べたてて一遍にママの心證をぶち毀《こわ》しちまうの。大体そういう手口《てぐち》とわかったから、一遍試《ため》しにあたし、さも気に入ったような顔をしてみせたのよ。そうしたら、その話の破壊工作が、特別また迅速《じんそく》、且《か》つ猛烈を極めて……」

さも愉快そうな笑い声と共に、

「君のその話も、あっちこっちでだいぶもうやってるとみえて、すっかり手に入ったもんだね」

「ですからさ、あなたが直接ぶつかって話すなんて、鉄のカーテンに、かなぶん〳〵かなんかが頭をぶッつけに行くようなもんだわよ」

「針の目どを象に潜《くぐ》らせる、……奇蹟を信じよう！」

「そうまア興奮しないで、もう一度話をもとに戻して、ゆっくり考えようじゃないの。あなたが、婚約だけでもいゝ、この際はっきりしときたい、なんて言いだしたのは、転勤の話がきまったからでしょう？　三年か、もっとか、札幌に行ってるうちに、あたしが、……ちょっと待って、仕舞まで聞いてよ、……つまり、あなたのあたしに対する信用、……信用ってのもへんだけど、そういったもんが足りないからだと思うわ。でなければ、信用されないあたしのほうがいけないのか。どっちにしても、あんまり自慢にならない間柄、とは言えるでしょうね」

「わかった！」

　残りの、冷えた珈琲をひと口にあおり、「もっとよく考えてみるけど、直接小父さんにぶつかって話す、っていう僕の企画《プラン》は、まだ放棄しちゃアいないんだからね」

「ぶち毀しだな」

「無論、君に無断でやりゃアしない。いずれ僕に確信がついてからのことだから、ひょっとすると転勤後になるかも知れないけど」

　深く頷いて、

「わかったわ、あたしにも。……行きましょうか」

「うん」

＊

九月下旬、早くも秋めいた小雨《こさめ》の降る日、社長の出勤する前から応接間に待たされていた三上文子は、僅かな間《ま》に見違えるほどの窶《やつ》れようで、――昨夜、十一時四十分、吉川、……と初めて四年間同棲して来た男を姓で呼んで、……遂に吉川が息をひきとったが、無一文でどうしようもない。今度こそは是非とも援助して貰いたくて来た、という、淡々たる話ッぷりに、目を潤ませもしないのが、却って平山の胸に応《こた》えた。申出の五万円のほかに、不祝儀袋に一万円包ませて渡し、手帳に、大森入新井何丁目何番地、山月荘、と現住所、電話番号を書きとめて、――では、今日はいろ〳〵忙しかろうし、すぐ帰ったほうがいゝが、今後また、君の一身上のことなりなんなり、もし僕に相談したいことがあったら、遠慮なくそう言って来なさい、と、わざと素気《そっけ》なく自分から先に椅子《いす》を離れた。薄暗い廊下を階段口まで来て、背後《うしろ》から、――じゃア、と声をかけると、振り向きざまにぎくんと腰を折って、そのうつ向けた顔のまゝ駈けおりて行った。

――三上に知らせてやったところで意味はなしと、……まア、当分そうッとして置くか、そんな想いも、社長室で待っていた業務の山積《やま》に忽ち埋もれて……。

社外《そと》で午食《ひる》をすませて帰り、――京都の河合さんと仰有る方からお電話で、との、女秘書の報告《しらせ》を聞くなり、深海の底から浮かびあがって来るように、今朝《けさ》の出来事が思い出された。すぐ大和屋にかけさせ、出ると、常づね陽気なはつの声が、ひときわ躁《はしゃ》いで、――さっき退院して来た。だいぶ腎臓は弱っているが、それとて心配するほどのことでなく、ほかにはなんの故障もない、との診断を、大得意で喋りまくって、――その身祝いに、今夜、大盤振舞《おおばんぶるまい》を催したいから、お宅様は、勿論お嬢さんもおつれになって、安藤さん御夫婦、木村先生、もう一人は三上さんだが、これはどこへどう連絡したものか、と、止めどがないのを、

「おい、ちょっとまア待ってくれよ。足もとから鳥が立つように、急にそんなこと言われたって、……誰しも都合ってものがあるんだからな」

「そらそうどすけど、……あんさん、今晩、売れたはりますの？」

「俺はねえ……」

片手に手帳を繰って、「そうだな、どうでもいゝような会だから、なんならすっぽかしてもかまわないんだけど、家内や節子だって……」

「そらもう、さっき電話でお願いしましたんやわ」

「なんてった？」

「あんさんさえお差支なければ、言うてはりましたし、安藤さん、木村先生、皆さん、ちゃんともうＯ・Ｋとったアりますの。たゞなア、鶴見さん、……新婚の御夫婦どすえ、あのお二人さんは、式にもよう出やはらなんだ祖父《おじい》ちゃん祖母《おばあ》ちゃんのとこへ、……水戸たら言うてはった、そっちへいてはるそうで……。そやよって、どうしたかておうちに来て貰わなあきまへんのや」

「ほんとかい？　今日《きょう》と言って今日の話が、よくそんなにうまくいったもんだな」

「そらもう、日ごろお精進のえゝもんは、何したかてあんじょういきますのや」

勝ち誇ったような笑い声を途中で切って、「うん、そや〱、どないしたらよろしいんのやろ、三上さんのほうは」

「うちには電話ないが、会社に出ていれば今からでも連絡がつくよ。なんなら、こっちでやってやろうか」

――御面倒でもそう願いたい。で、場所は西銀座のＨという上方料理、と聞きも終らず、

「え？　よせよ、あんな高《たけ》えうち。そのわりにうまくもなしさ、……一体何人《なんにん》になるんだ？」

名を連《つら》ね、指折り数えて、

「皆さん揃うとくれやしたら、うちら入れて九人どすな」

「じゃア、酒をみて、軽く二万円仕事だぜ、馬鹿々々しい」

芯《しん》から驚いたらしい声音《こわね》で、

「へーえ、そうどすか？」

「あたりまえじゃアないか。それより俺が、もっとうんと安くってうまいうちを教えてやるよ。でも、もうHには申込んじまったのかい？」

「はっきり人数がきまらなんだよって、あとからにしよう思て……」

「じゃア、五時半、おそくも六時までに、君の宿屋に来るようにって、……俺ンとこは自分でかけるからいゝけど、安藤と木村には、君のほうからもう一度連絡しなおしとけよ。無論、三上には俺からそう言っとく」

「そらまア、何から何まで、えらいすんまへんことどすなア」

「おい、まさかその何から何までのなかに、今晩の勘定まで含めるつもりじゃあるまいな」

「あほらし！　ドックのほうはなア、木村先生のお顔で、思うてた半分にもつかしまえなんださかい、今のとこ、うちかてちょっとした財閥どすのえ。大船《おおぶね》に乗った気イでいとくれやす」

畳一帖ではきかないほどの文卓《デスク》に置かれた電話器が、思わず顔を顰《しか》めそうな応酬《やりとり》も、どうやらそこらで鳧《けり》がついた。――あ、そう〳〵、と、切ったあとで平山は、文子の情夫《おとこ》の死んだ話をするつもりのを、けろッと忘れていたことに心づいたが……。

＊

「これじゃアどうにもならねえや」

――三上！　おい、起きろ！　起きるんだよ！　と乱暴に肩を突き揺《ゆす》っていた平山が、もてあまして立ちあがると、それ〴〵帰り支度にごたついている部屋の隅へ、

「ねえ、おい、おはッつあん！　こいつ、君ンとこへつれてって、今夜ア泊めてやって貰うんだな」

「さア、どうどッしゃろ、あいたお座敷があるとよろしおすけどなア、……一遍、電話してみまひょうか？」

「なアに、君たちの部屋の次の間だってかまやアしないんだ」

「そらそうはいきまへんわ。三公《みいこう》かて男やもん。幸さん、あんた、宿へ電話してな、お座敷……」

「あるよ、どッかひと間ぐらいあいてるよ」

「えゝ、それはあたしもだいじょぶや思いますけど、とても、あたしら二人の力では……」

いくら飲んでも乱れたことのない木村が、つか〳〵と酔いつぶれのそばへ歩みよって、

「よし〳〵、僕がうまくやってやるよ。新橋駅の歩廊《プラットフォーム》までつれてくうちにゃアちっとは醒めても来るだろうし、いよ〳〵となれば……」

自分の鞄と細君のハンドバッグとを両腿のあたりにぶらつかせていた安藤が、そのひとつを手頸にずらせ、注射をうつ真似をしてみせて、

「ねえ、おい、先生、こいつを一本くらわすかな」

「ふゝん、まさか……」

雨外套《あまゴート》を着終って、良人の手頸からハンドバッグをひッたくるようにしながら、

「それより、うちにおつれしたらどう？」

「うちイつれてく分《ぶん》なら、俺ンとこだってかまやしないけど、当人とすれば、明日の朝目を覚ました時、やっぱり宿屋のほうが気が楽だろうと思うから……」

「よろし〳〵。そやったら、わてが身柄引きうけますわ」

「うるせえぞ！」

いきなりむく〳〵と起き直ると、三上は、両掌で顔じゅうこすり廻し、ウーイ、とひとつ、あたりかまわぬ外風《げッぷ》を吐いて、「帰る！　なんだい、帰りゃいゝんだろう。帰りゃア」

「あら、おえらいのね。はい、小父様、眼鏡」

「うん？　誰だ？　まて〳〵、今、かけてから……。あゝ、なアんだ、節ちゃんかア。さ、一緒に行こう」

大きくひょろけて立ちあがったが、擁《かか》え込んでいる節子の腕に、不思議なくらい重みはかゝらなかった。

「こいつ！」

と、娘の腕を引き抜き、しッかと自分のに絡《から》ませて、「こいつ、狸をきめこんでやアがったな、ふてえ野郎だ！」

二階八帖、六帖、階下《した》は造りつけの卓《つくえ》、丸椅子、バア風にしつらえた調理場前といった、型の如き小料理屋の門口《かどぐち》に、一列に並んでいたハイヤー二台と平山の自家用車、それへの分乗の仕方でまたひと揉めした挙句が、安藤夫妻と、ほゞ同じ方角に住む木村、次に妻女と娘とを押し込んで、――先に帰ってろ！　とばかり、ドスンと扉《ドア》をたてきって了った平山は、両腕に三上とはつとを放《はな》さず、――幸ちゃん、君ア助手台に乗るんだ！

＊

　時おり自動車の警笛が耳だつほどに、いつか屋内《やうち》はしんかんと寝鎮《ねしず》まって了った。既にのべてあった寝床のひとつを引き摺って行って、次の間には、眠《ね》てか覚めてか幸子。十帖の座敷の、床の間を背負《しょ》って平山、右手に三上、左にはつ、さっきからもうずいぶん永いこと、身動《みじろ》ぎもしずに黙りこくっていた。日本紙を透しての蛍光燈の下《もと》、後藤塗の方卓《かくづくえ》に、ウイスキーや曹達水《ソーダすい》の壜《びん》、氷水《アイスウォーター》のジョッキ、大小のグラスなどが鈍く光り、クラッカーやチーズの皿には、誰もまだ手を出した痕《あと》とてなかった。

……ごく微かに、カチャリ、カチャリ、……頬杖に載せたまゝの平山の顔が、随って視線が、徐《おもむろ》に三上のほうへ向けられた。……と、脣辺《くちもと》のもぐ〳〵を止めて、

「なんだ？」

「いや、なんでもないが、お前の入歯だろう」

「うん、齦《はぐき》が痩せて、だん〳〵坐《すわ》りが悪くなって来るんだ」

「もうちっとましな歯医者にかゝるんだな」

「あゝあ、だらしがねえ、とうとう俺が一番先に口を利いちまって……」

「沈黙に対する抵抗力にかけると、存外、饒舌家《おしゃべり》が強いんだな」

「なんどす？　それ、うちのことどすか？」

そっちは振り向きもせず、既に底ちかく減《へ》っているハイボールのグラスを脣《くち》へもって行きながら、

「娓《くど》いようだが、どうしてもいやなのか」

「文子さんには、あてが会いに行て、……お父さんのことはともかくとして、今度のあと始末、なんやかや……」

「ちょっと！　君は黙ってて……」

「情夫《おとこ》が死んだからどうの、生きてるからこうのって、そんなこたア問題にならんじゃアないか」

「しかし、事が穏便《おんびん》にはこんでれば君の婿だぜ。可哀想なことをした、ぐらいな気持……」

「まさか、いゝ気味だとも思わんがね、そういう廻り合せなら仕様がなかろう。今後とも、あいつはあいつでどうなりと自分の運命を切り開いて行く、……俺の知ったこッちゃアない」

「さ、もう一遍、最前《さいぜん》のように、しーんと、みんなだんまりで、……お通夜してあげ

まひょういな」

「なんだ、通夜だ？　そんな馬鹿なこと言うんなら、俺アもう寝るぞ！」

「そうだな、これほど言っても肯《き》かないんなら仕様がない。俺も諦めて、そろ〳〵引きあげるとしようよ」

「そうかて、今時分あんた……」

「いゝんだ、自動車《くるま》が待たせてある。……じゃア、ともかくこれは君に。……失《なく》さないようにしてくれな」

ミシン線で手帳の一頁を切り取り、卓上をはつのほうへずらせると、平山は、五尺八寸ちかい長身をすッくと起した。続いてはつも廊下へ……。

＊

「おかアちゃん！」

枕頭《まくらがみ》に突っ立ったまゝで呼び覚まし、「三上の小父様、朝早うに、……七時前やったそうな、……御飯もたべんと帰らはったんやて」

「ふーん、怪体《けったい》な人やなア」

二時間ほど後、出支度《でじたく》をすませたはつが、文子の所番地の書いてある紙片《かみきれ》を、どこ

へやったか見当らず、掃除した女中に訊いても知れないのに、日比《ひごろ》の慌たゞしさに輪をかけたきり〳〵舞いの挙句、

「あゝ、こらもうやっぱり、余計なお世話せえへんほうがえゝのやていう、神さんのお告げかも知れへんわ。やめとこ」

＊

麹町富士見町に戦後新築された平山家の、洋風の食堂で、清子と娘の節子とが、差向いに晩飯をすませたあとの、なんとなくのんびりしたひと時だった。

「ママ、今度河合のおはッつあんが出て来たほんとのわけ御存知？」

悪戯《いたずら》ッぽいにや〳〵笑いが、——勿論、知ってはいまいけれど、の気持に裏附けられていることを感じながら、

「人間ドックじゃアないの？」

「それは表向きで、ほんとは、……おはッつあん、たぶんパパには打ち明けたろうと思うけど、……だから、ママだって御存知じゃないかと思って訊いてみたんだけど……」

「いゝえ、知りませんよ。なんなの？」

「ほんとはね、幸ちゃんのお婿さんを捜しに、……うゝん、捜しに、じゃアなかった、二人が仲よくなりそうかどうか試《ため》してみようと思って……」

「一体、誰から聞いたの？　そんな話」

「幸ちゃん、面白がって、初めから仕舞までくす〳〵笑いどおし、……全然問題にしてやアしないんだけど……」

「それで、相手はどういう人なの？」

「先生小父さんの助手だか、副部長だか、なんでもそんなことしてる人で、三十そこ〳〵だけど、博士はとってるんですって」

「じゃア、よさそうな話じゃアないの」

「また始まった」

あとはテレビの「今日の献立」に出る講師の口調を上手に真似て、「至極、簡単でございますから、どうぞ一度はお試し頂きまして……」

「馬鹿ねえ」

もいくぶんてれた顔つきで、「で、どうしたのさ、そのあと、お話しなさいよ」

「毎日《まいンち》見舞に来い見舞に来いって電話がかゝって来る時間が、きまって、小泉さんとかいう、その若いお医者様の回診にぶつかるように見計らってあるんですとさ。それですぐ、幸ちゃん……、誰かさんたちみたいに簡単じゃァないから、お母さんの魂胆を見抜いちまって、どうでもいゝ用事なんぞこさえて、わざとおそく行くんですって。傑作でしょう？」

「すると、気に入らないんだね？」

「うゝん、別に好きでも嫌いでもないんですって。だけど、あたしだって、そんな謀略《トリック》みたいなまねされたら、途端に反撥しちまうなァ」

「それをトリックだなんて言うんなら、一体、見合結婚はどうなるの？」

「ずれもひでえもんじゃァないの」

「まァ、なんて口の利きようでしょう。……だけど、あたしたちは、ごくあたりまえの見合結婚だったんですよ」

「それでもこんなにうまくいってる、って仰有りたいんでしょう？　その点、大いに認めてるけど、それは、つまり、……慍《おこ》られるかな？」

「何よ、そんないやな目つきしないで、さっさと言ったらいゝじゃァないの」

「これ、想像だけどね、簡単時代の簡単人種には、やっぱり簡単な方法が一番性に適《あ》ってたのね。きっとそうだと思うわ」

「よーし！　パパに言いつけてやるから、……節子がこう〳〵言ってましたって」

「それで惱ってくれゝばいゝんだけど、笑って聞いてるだけで、あとになんにも残らないんだからいやンなっちゃうわ」

「まア、なんてこと言うの。いゝ加減になさい！」

「おまけにママはママで、なんでもパパの言いなり放題だしさア」

「あ、そう言えば、谷口さんの発《た》つ日きまったのかい？」

「明後日《あさって》らしいけど、……ねえ、ママ、あの話、まさかパパになさりゃアしないでしょうね」

「あんたが黙ってろって言うから……。だけど、あれはやっぱり安藤さんからもち出して頂くのが、一番穏《おだや》かでもあるし、順だと思うけどねえ」

「どっちみち駄目よ。パパにしたって、ママにしたって、……ママはまア、今ンとこ、一応賛成みたいな顔してるけど、ひと言パパに、いけない！　って言われちまえば、それッきりで、あとぐうの音も出ないでしょう？　……いゝえ、そうよ。最後まであたしのために頑張りとおしてくださるような闘志《ファイト》があったら……」

「夙《とう》の昔に、もっとずッといゝ話がきまってたでしょうよ」

「あ、なるほどそうかも知れないわね。とすると、やっぱり夫唱婦随の封建思想のほうが、まだしもましかな？」

その時、門内にはいって来ての、自動車の警笛《クラクション》に、すぐ身を起して、

「お帰りよ。今時分、珍しいわね」

「あたし、お出迎いしないわ。訊かれたら、卒業論文で忙しくしてるとかなんとか、うまく言っといてね」

　そのまゝ、二階の自分の部屋へ駈けあがったのは、なんとなく、いやなことがもちあがりそうな気がしたからで。……果せるかな、一時間後には、書斎で、苦《にが》りきっている父親と、頸垂《うなだ》れたきりの母親との前に呼び出されることになって、

――今日、谷口正彦がだしぬけに会社に来て、お前を嫁にくれ、との話だ。いま聞けば、清子はうす〳〵知っていたと言うが、俺にとっては、それこそ寝耳に水というやつで、恰《あたか》も虚を衝かれたような不快を味わわされた。まず、それはいゝとして、彼の言うところに拠《よ》れば、お前たちの間には、既に深い理解があり、強い愛情が湧いてい、……肉体の関係だけはないと言ったが、要するに、二人とも一歩もあとへは退《ひ》けない心境に達している、とのこと。親たる者に向って、これも甚だ押しつけがましい言草《いいぐさ》だし、そうならそうで、なぜ手近の安藤なり、眷顧《けんこ》をうけている会社の上役《うわやく》なり、然るべき人物を間《なか》に立てて求婚して貰わないのか。筋道を弁《わきま》えないにもほどがある。強いて採《と》るならば、彼の態度の率直と真摯だが、これとて限度あり、時と場合という

こともあるので、彼の如きは、鹿を逐《お》うもの山を見ず、とでも評するよりほかない。どうしてお前があんな安直《あんちょく》な男と一生の約を結んだのか、意外、というよりむしろ心外だ。正彦には、十分の反省を促《うなが》して帰したが、お前も、今後、こういう軽挙盲動は厳に慎《つつし》んで貰いたい。

——だから、正《まア》ちゃん、言わないこッちゃアないでしょう？　と、節子は、ひとり心に呟いて、一朶《だ》の雲も希望の面《おもて》を過《よぎ》りはしなかった。——何しろパパは、あたしが可愛くって可愛くってたまらない、自分一人でかッかじめて置きたい、って気持なのよ。だもんだから、謂わば嫉妬《ジェラシー》みたいに、一遍にかッと取り逆上《のぼ》せちゃったってだけの話。まア、気永に待ってれば、そのうちには、きっとなんとかまた風向きが変って来るでしょう。心配することないわよ……。

＊

先頃の援助に対して、言葉数《かず》は少いが気持の籠った礼を述べてから、突如として、——今度、サンモール修道会というのにはいる決心をしたが、ついては、親か、これに代る保証人の承諾書が要る、と、敏捷《てばや》くハンドバッグから取り出した書類を卓上にのべて、——で、これにあなたの署名、捺印《なついん》が頂きたい、という、これが、三度目に訪ねて来た文子の申出だった。

「そういう話なら、なぜうちに帰って、直接お父さんにそう言わないんです。否やのあろう筈はないと思うがね」

「でも、洗礼を受けたいって言った時にも……」

「ほゝう。そんなに旧《ふる》くから……」

「えゝ、それもうちを飛び出すひとつの原因になったくらいですから、とても……」

「たしか、君は、横浜の雙葉だったね？」

「学校の関係じゃアなくって、吉川の感化が大きかったんです。……もういけないって言われてから、二人ッきりの時に、――どうだ、君、キリスト様と結婚しないか、って言われたんですけど、あたしとしては、その前から、ちゃんともうそうするつもりでいたんです」

「キリストと結婚するってのは、尼さんになるってことなんだね？」

「そうです。……会のほうでは、親の承諾なんてこと、そんなに重くみていませんし……」

「しかしね、亡《なくな》ったんなら格別、ちゃんと実父があるのに、僕が代印をつくなんて。この前は、急場のことでもあったし、僕一存で計らったけど、今度の話は、どうしてもお父さんの意嚮《いこう》をたしかめてからでないと……。もしなんなら、二度手間にならないように、いま僕がこれを預って置いて、三上に見せて、あれが自分でやると言えば勿論それに越したことはないんだし、愚図々々言うなら、その時にはまたその時で考えようじゃアないか。ね？　それでいゝだろう？」

「そんな必要ないと思うんですけど……」

「それで、いよ〳〵そうときまったら、どこの修道院にはいるの？　東京かい？」

「まだはっきりきまってませんけど、神父さんのお話では、たぶん名古屋へ行くことになりそうです。……じゃア、これは置いて参りますから、成可《なるべ》くお早くお願い申します」

へたな商談より遥かに要領よく片づけて、「お忙しいところを毎度すみません」の挨拶を残して帰って行った。

平山は、社長室への戻りがけに、――キリストとの結婚か。全然意味のないことを、なんとまアうまいこと言うもんだろう、と、せゝら嗤《わら》いたい気持だったが、そのくせ文子に対する好意が、会う度ごとに増して行くことには心づかなかった。

＊

日曜日の午前いっぱい、三上は、庭、といっても十五坪あるかなしだが、そこを匍《は》いずり廻って、雑草を毟《むし》り、銭苔《ぜにごけ》をこそげるなどに費《つい》やした。そんな無味乾燥な仕事にも、まったく惹き込まれて了う時がまゝあるのだが、その日にかぎって、考えごとで、とかく指先がお留守になりがちだった。……待たれただけにすぐそれと知れた、生垣《いけがき》のそとなる跫音に立ちあがって、反り身に、拳固で腰を叩きながら、

「お帰り」

「おそなわりまして」

と、玄関へは行かず、庭先からはいって来た佐和は、真赤になった頬を手巾《ハンケチ》で拭きふき、「歩くと、まだなか〳〵……」

おんぼろの鳥打帽《ハンティング》を脱ぎ、誘われたように、兄も泥手《どろて》の甲で額を横撫《よこなで》にして、

「どうだ、綺麗になったろう」

「あゝ、ほんとに」

と、あたりを見廻して、「大変でしたね」

「腹がすいた」

「駅売りのですけど、シュウマイ買って来ましたから……」

「うん、それア有難いな」

早速縁からあがり、便所の前の軒に吊った水入れの、底なる栓をカチャリ〳〵突きあげて手を洗いながら、「で、どうだった、すぐわかったかね？」

「えゝ。……先《さき》にちょっと御飯の支度をしちまいますから……」

「漬物《こうこ》を出してくれゝば、……湯は鉄瓶のが沸いてる筈だ」

折り畳み式の餉台《ちゃぶだい》を持ち出し、布巾も自分でかけるなど、遠足にでも出かける子供のようにそわそわして、妹の来るのを待ちかね、台所へ声を張って、――うちにいたのか。……うん、それアよかったな……。

差向いに箸を把《と》った、午食《ひるめし》の手軽さとは、似ても似つかぬ話の経緯《いくたて》で。――その前日、電話で呼びつけられた平山には、小学生からのつきあいに、それが癖になって了ったような強情我慢が出て、一切不承知、いつぞやも一度言ったとおり、今後、どうか君も相手にならないでくれ、で突ッ撥ね、さすがに少し気まずい別れ方をして来たのだが、実のところは、河合はつの全快祝いのあった晩、恰《あたか》も手だけが勝手に動いたかの如く、無断で衣嚢《かくし》に押し込んで了った紙片《かみきれ》の所番地をたよりに、山月荘なる安アパートは尋ねあてたが、その扉口《かどぐち》を、はいりかけては背を向け、決然、去ろうとする歩みが鈍っては佇《たたず》み、やがて半刻《はんとき》あまりもまご〱するような、「放蕩息子《プロディガルサン》」を逆でいく、惨《みじめ》な父親だったのに……。竹馬の友の前でさえ脱げなかった堅牢な面《マスク》も、とは言え、昨夜、妹と二人しんみりと語り合ううちには、春の水、おのずと温《ぬる》んで、忽《たちま》ち、

——お前、行ってつれて来い、となったわけ……。

「どうだ、どんな具合だ？」

「立派なもんですわ。あたしたち、なんにも言うことないと思いました」

「ふーん。一緒に帰るとは言わんかったかね？」

「兄さんのことだって、ちっとも悪くなんて思ってやアしません。行きがかりよ、たゞそれだけのことなのよ」

「あいつも、そうとう強情だからなア」

「文ちゃんの強情を抑えてくれるのは、今のところ神様だけ、イエス・クリスト様だけ！　それがよくわかったから、あたしなんにも言わなかったの。あの人には、なんでもあの人の思うとおりさせといて間違ないわ」

「なんでもかでも修道院にはいると言ってるのか？」

「つまり、兄さんがキリスト様に敗《ま》けたのよ。潔《いさぎよ》く兜《かぶと》を脱いじゃったほうがいゝわ。兄さんにしても、そのほうがずうッと立派よ。ね、そうなさいましね」

「お前、一遍にキリスト教にかぶれて了ったらしいな」

「いゝえ、そんなことないけど、ともかく信仰ってものの力の強さには驚いたわね。あんな人じゃアなかったんだけど、実にきりッとしたもんよ。それア、あたしが見たって、まだ〳〵、青ッぽいって言うのか、生煮《なまにえ》って言うのか、へんに鯱《しゃちこ》張《ば》ったようなとこもありますよ。でも、それにしても、先《せん》の、反抗のための反抗みたいな、あんないやな感じじゃアなくなってるわ」

「そうか」

と、三上は、腹から肩まで揺りあげて来るような太い息を吐いて、「それアまア、なんにしてもよかった」

「あのね、往《い》きには気がつかなかったんですけど、帰りの電車で、程ヶ谷へんからかしら、あっちこっち、真ッ盛りの彼岸花で、それを見てるうちに、……すう〳〵すう〳〵背後《うしろ》へ流れて行く紅《あか》いもんが、だん〳〵ぼやけだして、……あんな華美《はで》な色で、どうしてこうも、……いゝえ、ちっとも悲しいわけじゃアないんですけど、どうしてだか、へんに涙が零《こぼ》れちゃってね……」

「ふーん、彼岸花でなア」

次第に兄妹の眼前を、にじんだ紅《あか》さがいっぱいに立ち罩《こ》めて行った。

＊

——近日に、東京・京都のほゞ真中《まんなか》に丁《あた》る蒲郡《がまごおり》で落ち合って、一会催そうという話になっている。そのわけは、京都に学会があって、木村は先達《せんだって》じゅうから河合に滞在とのこと。俺は用事で今夜大阪に発《た》つが、先刻電話で誘ったところ、安藤も万障繰り合せると言っているし、河合の婆さんは、帰途《かえり》に俺が寄ってつれて行くから、是非お前も参加しろ、と、受話器を響かせて却って聞きとりにくいほどの平山の声に、珍しくも三上は四の五の言わず、——それアいゝ、行こう、と即答を与えた。——日時は彼地《あっち》へ行ってから、木村と打ち合せて、きまり次第電報で知らせるが、たぶん四五日後のことになろう。その時には、前以って安藤の乗る列車番号を訊いて置いて、横浜なり大船なりからお前もそれに乗り込めば、途中退屈しないですむ、と、いかにも平山らしい行き届き方だった。

　大阪での商用をすませ、夜更《よふ》けて河合に飛び込むなり、幸子にも同行を勧めて、翌日「はと」の「特二」を申し込ませたが、急なこととて、同じ車室《はこ》ながら、二人ずつ離ればなれに席が取れた。初めは、勿論、男同士と母子《おやこ》に別れたが、関ヶ原を過ぎる頃に立って行った平山は、はつと自分と入れ替ると、単刀直入、——先達じゅう東京でもさんざん聞かされたし、昨夜《ゆうべ》など、木村や君が寝に行ったあとまだ一時間以上も、君の話でもちきりで、お母さん、まるでもう取り憑《つ》かれている態《かたち》だ。聞けば、今度の話に、君が一向に乗って来ないばかりか、小泉君が気に入らないのやら、結婚そのものに全然興味が湧かないのやら、そこらさえはっきりさせてくれない、とのことで、だいぶ悄気《しょげ》ていた。仕舞には僕もちっと面倒臭くなって来たから、啼かない猫は鼠を捕《と》ると言うが、あんなおとなしそうな顔をしていて、存外、情人《いいひと》でもこさえてるのではないか、と冗談を言うと、飛びあがらんばかりの驚きようで、もしそうなら一大事、あなたからそれとなく索《さぐ》りを入れてくれないか、というわけ。一体、君の気持、いま言った三つのうちで、どれかひとつ当て嵌《はま》るのがあるか、僕にだけほんとのこと言って聞かせないか、と、驀進中の列車の騒音に、さして声も低めず、ずけずけと……。

「そんな、情人なんて……」

「おへんのか？　だらしねえなア」

「ほんまに、もっさりしたことで」

と、にこやかに笑ってから、――稼業《しょうばい》もそうとう忙しく、年がら年じゅうあゝいう母親に追い廻されながら、情人のなんのとそんな悠暢《ゆうちょう》な暇があるかどうか、小父様、つもってもおわかりだろう。結婚についても同じことで、近年だいぶ弱って来た母親を擁《かか》えて、自分で言うのもおかしいが、何かにつけ、あたしがいなければ埒《らち》のあきかねることばかり、嫁になど行かれる身ではないというのが実状。それも、お松に屋号《しにせ》を譲って、綺麗さっぱり稼業から手を引く、とでもいうのなら、……そうなってからあとの話なら、また別だけれど、知ってのとおりのあの娑婆ッ気ゆえ、当分そんなことになろう気遣はなく、つまりは「出来ない相談」なのだ。母親もそこへ気がついていればこそ、今までの縁談には、必ず婿養子という条件がついていた。そのくせ、おいそれと飛びついて来るような人の肚《はら》なら、すぐ底の底まで読みとって了う母親、これまた「出来ない相談」であること、初《はな》からわかりきっているのに、性懲《しょうこり》もなく、何遍同じ愚を繰り返したことか。そんなわけゆえ、夙《とう》から自分は、嫁にはいかぬ、いや、いかれないもの、と心に深くきめ込んでいる、と、正面に顔と顔とを見合わさずにすむ座席のせいもあってか、ずばり〳〵言って退《の》けた。

「そうかねえ、君がそんな寂しい人とは……」

「別にそう寂しいこともあらしまへんけど、ほんまに心から愛し合うていやはるような、えゝ御夫婦を見ると、けなるいなア思うこともおすえ。もっとも、そんなん、めったにあらしまへんけどなア」

「じゃアね、今度は君あっちへ行って、代りにお母さんをこゝへよこしたまい。明日は、やっぱりこの汽車で、僕等、東京へ帰る予定だし、今夜はいずれ大騒ぎになっちまうだろうから……」

「そうかて、今のこと、あんまりはっきりお母ちゃんにお言いやしたら、うち、かないまへんわ」

「だいじょぶだよ。何を言ったって、おはッつあんが君を憎むなんてこと、およそあり得ないこッた」

ほどなく、両側の腰懸《こしかけ》をたよりに、ひょろけひょろけ、おはつが近づいて来た。

＊

前の晩、河合から安藤への打合せの電話で、三上は何かの用事で既に今夜発《た》った筈だが、夕刻までには必ず蒲郡で合流すると言っていた由知らされたのに、名古屋からは雇車《ハイヤー》で、京都連の四人がT館の玄関先に降り立ってみると、――お同伴《つれ》様がお一方《ひとかた》、お午《ひる》ごろもうお着きになってます、との口上。平山だけは、取敢ず通された広間へもはいらず、先に着いたという客の部屋へ案内させた。二階座敷、海を見晴らす縁側の籐椅子から、貸し丹前の懐手《ふところで》、銜《くわ》え莨《たばこ》の三上が振り向きざまに、

「やア、来たか。早速だが、お前と二人ッきりで話したいことがあるんだがな」

「そうか、聞こう。だけど、みんなも階下《した》で待ってることだし、一遍行って会ってからでもよかろうが」

着更《きがえ》、入浴、雑談のうちに忽ち小一時間は経って了い、竹島の右岸や、沖に浮ぶ漁船の横腹に赫々《あかあか》と栄《は》えていた夕陽の色も薄れかける頃、丹前、貸し下駄の三上と平山とは、松林をぬけて砂浜へおりて行った。

「今朝、修道院に行って文子に会って来た」

「修道院？ あ、そうか、名古屋だったな。……ふーん、それアよかった！」

「一生尼でくらすなんて、そんなくだらんこと言わずに、還俗《げんぞく》したらどうだ、って盛に彌次《やじ》ってやったんだが、頑固に肯《き》きおらん。困った奴でなア」

と、あんまり困っているようにも見えない表情《かおつき》で、面会室というのか、清潔すぎて寒々とした部屋で待たされた初まりから、三上には珍しい詳しさで話しだした。――喫殻《すいがら》や卓《テーブル》に莨の灰皿ひとつ出してない。止むなく棕櫚竹《しゅろちく》の植木鉢のそばへ行って、何か捨てているところへはいって来た文子が、挨拶より先に、そんなことをしてはいけない、綺麗に塵紙《ちりがみ》にでも包み取り、持って帰ってお捨てなさい、と、いきなり叱りつけるには恐れ入った。竹箆返《しっぺいがえ》しに、すぐこっちからは還俗を勧告したのだが、いま言ったとおりの仕儀。あいつ、子供の時分、南京豆が大好きだったし、恰度二ノ宮の知人から送って貰ったうまいのがあったので、ビニールの袋いっぱい持って行ってやったのだが、鞄からそれを出して渡そうとすると、なんによらず差入物は、……まさか差入とは言わなかったが、と、明朗《ほがらか》な笑い声を挟んで、――すべてそういうものは、係りのマダムに渡してくれ、そうすれば、あとでみんなが平等に分けて貰えるが、それまでは手がつけられない規則だ、と、「言う」の代りに「ぬかしゃアがる」を使って、もう一度哄笑《たかわらい》。――これを機縁に、お父さんも叔母さんも、洗礼をうけたらどうか、と、今度は逆に先方《さき》からの勧誘、無論お断りだ。そのうち、規定の時間だと知らせに来たマダムの言うには、折角遠方からおいでくださったことゆえ、院長様がお目にかゝろうと言っておいでだ、とのこと。七十何歳とかいった、フランス人の婆さんが出て来て、流暢な日本語で挨拶し、始終にこ〳〵顔で、一向にお宗旨臭かったり傲《たかぶ》ったりする風がない。さっきから信仰にはいるよう勧めているが肯いてくれません、と、早速文子が言いつけ口「しゃアがる」のに、優しい笑顔《えがお》を向けて、そんなに急《せ》いてはいけません、気永に気永に、と言うから、いくら気永に待ってくれても、それだけは御免こうむりますよ、と……。

「いくら本心でも、こいつアちょっとまずかった、言わでものことだったよ」

「誰だったかに聞いたんだが、はいってから三年間は、お前の謂う還俗だな、当人がよしたくなればよせるって話だぜ」

「そうだってな。しかしあの按配《あんばい》じゃァ、とても……」

「いゝじゃァないか、それならそれで」

「俺はあんまりよくも思ってないが、あれだけあいつがよがってるこッたから、まァ、当分は傍観だ。……あ、莨忘れて来た。持ってるか」

「うん、あるよ」

一尺あまりもむきだしの脛を停め、懐中《ふところ》を索《さぐ》って把り出したピースの箱から、各自《めいめい》一本ずつ抜いた先へ、ぼッと燃えあがったライターの火が、赤く頬に照り栄えるほど、いつかあたりは暮れなずんでいた。

*

豊橋駅では、上り「はと」が十五時五十九分、下りの「なにわ」が同五十四分の五分違い。二台の雇車《ハイヤー》に分乗して、早めに着いた一行六人、まだ喋り足りないか、昨夜の歓楽、酔余の失策などを蒸し返しての、先を争うようながや〳〵騒ぎのうちに、やがて改札口を出た。

「おい、幸ちゃん！」

平山は、欧米風に、甲を彼方《むこう》にし、ちょい〳〵と人さし指の先を動かす呼び方をして見せると、仲間を離れて、振り向きもしずに歩きだし、小走りに追い縋る幸子と肩が並ぶのを待って、

「君のうちのことだが……」

「うちって……？」

「稼業《しょうばい》もだし、一家内の……」

「はア〳〵。うちがいんことにはどもならんいう……」

「うん、それをね、昨日汽車ンなかでお母さんに話してやったんだが、やっぱり、君の言ったとおり、百も承知でね、今度の話がきまれば、自分は、先代のおゑみさんみたいに隠退して、稼業はお松に任せるし、君は、東京なりどこなり、小泉君の都合次第で、自分とは別々に住むことになるくらい、ちゃんともう覚悟はついている、……覚悟だなんて、あの人らしい大袈裟だが……」

「へーえ、そんなこと言いましたか？」

「言ったよ、まさかその場かぎりの言遁《いいのが》れじゃアあるまい。そこでだ、手ッ取り早く結論に飛んで、そうと話がきまれば、君、小泉君のとこへ嫁《い》く気あるかい？」

「いややわ、小父様！」

と、笑い顔を振り向け、遽《にわ》かに東京弁に替って、「小父様、節子さんにもそんな風に仰有れるんですか？」

　虚を衝かれた態で、

「それアね、それア……。ともかく今は当面の問題として、君の縁談だが……」

「差別待遇？　ひどいわねえ、小父様」

「じゃア、誰かほかに好きな人でもあるってのか？」

「あってもなくっても、そんな話、今ここで、……歩廊《プラットフォーム》の立話できめろなんて……」

「うん、悪かった、悪かった！　じゃア、君の気持、帰ってから手紙ででもいってよこさないか。まだ二三度しか会ってないが、小泉君って人、僕ア好きだな。男惚れってのか、正直いって木村より好きなくらいなんだが、君は……」

「じゃア、あたしも小父様の口真似で言わせて貰いますわ。女惚れっていうんでしょうか。あたし谷口正彦さん大好き、小父様よりよっぽど好きなくらい。節ちゃん、あの方のとこへお嫁にいったら、さぞいゝ御夫婦が出来るだろうと思うんだがなア」

　その時、遠く三上の声で、

「おーい、もうすぐ下りが来るぞ！」

そっちは振り向きもしずに、

「うん、よく言ってくれた！　有難う！」

のたゞひと言、咄嗟に握り合わされた掌に力が罩《こも》り、目のなかも潤みかけたが、「さ、行こう」

＊

三日にあげずやりとりされているうちの、最近に節子から正彦への手紙の一節に……。

……パパは、今度の旅先で、どういうことが機縁《きっかけ》となってか、著しい心境の変化がおこったらしく、今朝、俺は近日中に札幌まで行って来なければならぬ用事が出来た。序《ついで》だから会ってみようと思うのだが、谷口正彦の居る所、電話があるならそれも、ちょっとこゝに書いて置いてくれないか、と、衣嚢《ポケット》から把《と》り出したメモ帳を、あたしの前に置きました。さア、あとはどういうことになるのでしょう。なんにしても楽しみなことです。

秋日和

三輪秋子

桑田《くわた》の小母《おば》ちゃん——これは、うちのアヤ子の呼び方が私に伝染《うつ》って、いつとはなしにそういうようになって了ったのだが、お茶の水時代三つ上の級にいて、よく「S」などと揶揄《からか》われたほど仲よしの栄《さかえ》さんからは、

「別だん信心家でもないあんたが、法事なんぞに無駄なお金を使って、おまけに他人《ひと》様《さま》にまで御迷惑をかけるなんて、およそ馬鹿げた話じゃアないの。あんたの気持だけのことなら、一人でなり、アヤちゃんに付合わせるなり、お墓詣りに行って、簡単なお経でもあげて貰ったら、それですむこッてしょう。およしなさいよ、今時《いまどき》そんな旧弊《きゅうへい》なまね」

と、頻《しき》りにそんな風に言って制《と》められ、一時は私もその気になりかゝっていたのだけれど、興安寺さんから、「どういう具合になさるのか」と、電話の問い合せがあったりするうち、やっぱり世間並に、亡夫の七回忌を営むことにきめて了った。仏事の習いとて、七回といっても正味六年目で、昨日がその祥月命日に当ったわけ。

六年くらい「たった」をつけてもいゝほどの歳月《としつき》だが、私としてはずいぶん永かったような、そうかと思うと、はッという間《ま》に経《た》って了ったような、夢に似た取り止めのなさで感じられる。初めの一年あまりというものは、見るにつけ聞くにつけ、三輪の言《い》い種《ぐさ》、話しッぷり、起居振舞《たちいふるまい》、何もかもがそれへ絡《から》みついて来て、はっきり眼の前に浮かびながら、「あゝ、もういないんだなア」と思う時の寂寞《さびし》さ、空虚《うつろ》さは、私より先に良人に亡《なくな》られた友達に聞かされていたようなものとはてんで雲泥《うんでい》の違いだった。その度に、「あの人たちの夫婦仲なんて、大《たい》したもんじゃアなかったんだ」と軽蔑《さげす》む気持になったり、その反面、「あたしなら……」と自分自身のことにして考えてみれば、ぐうの音《ね》も出ないかじかまりようで、出来るだけそこへは触れないようにと気をくばったりしたものだ。今もってその癖は抜けきらないにしろ、だいぶ薄らいで来ていたことも、学生時代から特別親しくして頂いた三輪のお友達の方々までお招《よ》びするような、現在の私の身分にしたらちっと大袈裟《おおげさ》すぎることにさせて了ったのだろう。そういう方々によって語られる三輪の思い出話を傍聞《かたえぎ》きすることは、今なら、むしろ楽しそうにも思われて……。いつとはなしにそうなって来た私の気持の遷《うつ》り変りから思うと、六年は、「たった」どころかずいぶん永い歳月《としつき》だった。とかく「ドライ」を売り物にしたがる桑田の栄さんが、

「花嫁姿がどんなによく似合うだろうと思われる年頃に、喪服《もふく》を着せるなんて、三輪さんも、なんて憎らしい人だろうねえ」

と、たった一度、出棺の間際に、アヤ子にことよせて号哭《おおなき》に泣いてくれたが、あの娘《こ》にしても、今年はもう数えの六になったのだから……あゝあ、早いといえば早いもの……。

あんなにやきもきした揚句《あげく》、何もかも滞《とどこお》りなくすんだあとでは、ほッとしたような、同時にまた味気《あじけ》ないような今の心持だ。間宮さん、田口さん、平山さん、みんなお忙しい方々なのに、駒込のお寺から精進落しの晩御飯まで、ちっともお義理らしい風はなく、三輪に対する友情、というより心からの愛情で、六時間あまりもお付き合いくださった。それに、大阪のお住居《すまい》ゆえ、わざと御遠慮申しあげた小野寺さんまで、今朝《けさ》、偶然社用で上京なすったとか、間宮さんがお寺へおつれくだされ、お焼香をす

ませるなり忙しそうにお帰りだったけれど、思いがけなかったことだけに、これはひとしおの嬉しさだった。皆さん、どうしてこうもよくしてくださるのか。私のためだなどと、夢にもそんな自惚《うぬぼれ》は抱きはしないけれど、認められたと言ったところでごく少数の人たちの間だけ、画業なかばにして斃《たお》れた三輪昌介という、気むずかしやで、交際下手《つきあいべた》の、変人といってもいゝようなあの人のことを、死後六年経《た》つ今もって、……それを思えば、空恐しい、とでも言いたい気持にもなるし、「やっぱり、それに値するほどの人柄だったんだなア」と、……これが私の癖なのかしら、何かにつけて気持が二つに割れて、一方ではぞく〳〵するほど嬉しがってもいるのだが……。

精進落しの時間、人数、献立《こんだて》、値段などから、写真を飾る床の間の設備《しつらえ》まで、手落ちなく間宮さんがお世話くださった魚庄《うおしょう》という築地の料理屋は、一度もつれて行かれた憶えはないけれど、生前三輪の贔屓《ひいき》にしたうちで、よく皆さんと御一緒したとか、大層おいしく、お酒もお話もはずんで、「和気藹々《あいあい》」とでも言《い》いたい雰囲気だった。気さくに、ずけ〳〵ものを仰有《おっしゃ》る平山さんなどは、「会費要らずの同窓会ってのは気に入ったなア。どうです、秋子さん、来年から、八回忌、九回忌と、毎年続けてやろうじゃアありませんか」と皆さんを笑わせておいでだった。前にさんざ制《と》めて置きながら、桑田の小母ちゃんまでいゝ御機嫌《ごきげん》で、「賛成！　あたしは奥さん側《がわ》の同窓生代表として、是非とも列席させて頂きますわ」なんて、一緒になって躁《はしゃ》いでいたが……。

頃合いよくお立ちになったお客様方をお送りするつもりで玄関まで出たところ、間宮さんの運転手が見えないとやらで、主人役《あるじやく》の私たちのほうがひと足お先に失礼させて頂くことになり、頼んであったハイヤーで、途中、栄さんを乃木坂下のお宅まで送り届けてから、神宮表参道に近いアパートに帰り着いたのは、たぶんまだ十時前だったろう。先に行ってあけて置くよう、アヤ子に部屋の鍵を渡し、ハンドバッグの口を締めながらだったせいか、私は階段の途中でものの見事に転んで了った。コンクリの角《かど》へぶッつけた肘《ひじ》や向脛《むこうずね》の痛みより、あたりに散らばるコンパクトやなんかの仰山な音、われながら無態《ぶざま》な恰好《かっこう》、恥かしさのほうが先に立って、すぐには起き直る気も出ず、ついてれ隠しの笑い声が洩れて了った。……と、その時、

「いやアねえ、マ、は。まだ酔ッぱらってるの？」

二三段上の踊り場と思ぼしいあたりからのアヤ子の声音《こわね》には、ついぞ覚えのない軽蔑の、突き離すような白々《しらじら》しさが感じられて、はッと身うちが凍《こお》った。

今にして思えば、興安寺から魚庄へかけての六七時間というもの、ぐんと年齢《とし》の隔った人たちばかりの席で、しかも喪服に適《ふさ》わしい堅苦しさもあり、たまさか話しかけられるお愛想じみたふた言み言にも、吝嗇《けちんぼ》家の金使いに似た応答《うけこたえ》をしていたくらい

だから、機嫌のよかろう筈はないにしても、しょっちゅう他人様《ひとさま》から、「まるで姉妹《きょうだい》みたい」と言われている私たち母娘《おやこ》が、やっと二人きりになれた途端の、この心臓を刺し貫くようなもの言いは、一体なんとしたことか。いつも多少はおヒスを起こす月経《さわり》の時期でもないし、……いきなり目の前が真暗《まっくら》になって了ったような、なんともたよりない気持に突き陥《おと》されていた。踊り場から百八十度の転回で二階へ通じる階段ゆえ、見あげた時には既に姿はなく、バタ〳〵と駈けあがるらしい草履《ぞうり》の跫音《あしおと》も微かだった。蛍光燈のそら〴〵しい光りのなかで、ばら撒かれた品々をハンドバッグに拾い込むうち、涙がにじむほど腹が立って来た……。

普段着に着替え終わるまで、どちらからもひと言《こと》も口は利かなかった。……台所の流しに迸《ほとばし》る水道の音がして、「水、おいしいわよ。飲まない？」「お湯を沸かして頂戴。あたしはお茶が飲みたいから」突慳貪《つっけんどん》にそう答えて了ってから、その実は、初めて咽《のど》の渇《かわ》きに気がついたのだが、茶を淹《い》れたりすれば、なんか口を利くことになろうし、口を利くとなれば、どうしたって詰問の調子が出るだろう。この腹立たしさでは、つい喧嘩腰にならないとも限らない。持って帰った三輪の写真は、まだいつもの場所に吊らず、食器棚の上で壁に倚《よ》せかけてあったが、その前で、七回忌の法要をすませたばかりの今夜、母娘《おやこ》して……。少しくらいの咽の渇きは我慢しても、このまゝ寝て了ったほうが無事かも知れない。

「お湯、要りません」

「どうして？ あたし、お紅茶飲むわよ」

「どうぞお勝手に。あたしは、今夜は早寝」

カーテンの蔭なる寝台は、蟹《かに》の横匍いのようにしてはいらなければならない隙間《すきま》で二つ並べてある。わざと枕頭《まくらもと》の台電燈《スタンド》も点《つ》けずに、その一つに身を横たえたが、むろん眠《ねむ》れるどころか……。小一時間も経《た》ってから、居間の電灯が消え、ごそ〱と寝床にはいる音がした。……よそう〱、言うにしても明日《あした》のことだ、と思いながら、やっぱり口を衝《つ》いて飛び出すように、うっかり、

「アヤちゃん」

と呼んで了った。すぐには返事がないので、「あんたまだ眠《ね》てやアしないんでしょう？」

「えゝ」

いつもなら「うん」のところが「えゝ」だった。

「一体、どういうの？」

「何が？」

「何がじゃないわ。あんた、いやに反抗的なのね。何が気に入らなくって、そんなにプリプリしてるの？」

闇のなかに、むら〳〵と灰色の煙のようなものの渦《うずま》き揺れる沈黙だった。「ねえ、はっきり仰有いなね」

「もうすんじゃったことだから、……それも万事好都合にいったんだし、今さら言ったって始まらないでしょう」

「そう。でも、今日の御法事に、なんかよッぽどあんたの気にさわることでもあったのかい？」

「いろ〳〵難癖《なんくせ》をつけときながら、いざとなると嬉しがってる、桑田の小母ちゃんみたいなあんな器用なまね、とてもあたしにゃア出来ない。不愉快だったわ」

「じゃア、あんたも、法事なんてよしたほうがいゝと思ってたのね？」

「そうよ。でも、それは、マ、がなさりたいようになさったらいゝと思ってたから、余計な口出しなんぞしなかったじゃアないの」

「今夜の栄さんの態度は、あたしもちょっと気になったんだけど、パ、の御親友の方たちが、あんなに愉快そうにしていなさる席なんだから、あれでいゝじゃアないかしら」

「そうね、マ、なんぞ足もとにも寄りつけない社交家なんだから、あれでもまだ内輪にしてたのかも知れないわ。……あゝ、誰かも言ってたけど、あれじゃアまったく同窓会ね、宴会ね。マ、も思ったよりずうッと社交的だったし……」

「だってそれア、御法事はお寺ですんで、あとは、お忙しい方々においで頂いた御礼の……」

「精進落しとかって言葉も、あたし嫌いだなア。落すも落さないも、もと〳〵精進なんて気持、誰ひとりありゃアしないのに……。なんだか、パ、がいゝ煮汁《だし》に使われてるみたいで、……ともかく、とてもいやだったなア」

「あんた、ちっとどうかしてやアしない？ 世間の慣習《しきたり》ってものを、……それも、亡った方に対する愛情や尊敬を、何かの形で表わそうとする善意の催しにまで、そんなひねくれた難癖をつけるなんて……」

「あたし、法事をつまらないことだなんて、たゞの一度も思ったことないわよ。お寺で、チンプンカンプンなお経を聞いてる間でも、お焼香をしてお辞儀をした時でも、普段、うちでパ、のお写真を見てる時なんぞとはまるッきり違う、別世界から来たパ、が、すぐ目の前にいらっしゃるような、なんとも言えないいゝ気持になれたの。いくら無宗教なあたしだって、あゝいう慣習《しきたり》で醸《かも》し出される、清々《すがすが》しい、じーんと心の鎮まって行くような、一種特別な雰囲気にはすなおに惹《ひ》き込まれるし、以前《せん》から大好きだったのよ。だから、マヽと二人ッきりでお墓詣りをすればいヽ、……そこまでは、桑田の小母ちゃんと全然同意見だったんだけど、あと、やれ、余計なお金を使うんじゃアないの、時代錯誤だのって、……その揚句に、今夜の、あの態度って一体どういうの？」

「だからさ、それはさっきも言ったとおり……」

「えヽ、社交は社交で別の話よ。だけど、マヽ、があんなにお酒を飲んだり、何を言われてもエヘラ〳〵笑ったりして……」

「まア、ずいぶん失礼なこと言うわね。あたし、そんなに羽目《はめ》をはずした覚えはありませんよ」

「田口さんなんて、東大の教授ともあろう方が、マヽのほうを正面《まとも》に指さして、『この人』だなんて、そんな言い方ってあるかしら。おまけに、本郷三丁目の森本薬局の看板娘で、われわれ、要《い》りもしない薬を買いに、ずいぶん通《かよ》ったもんだ、とか、とうとう三輪にしてやられちゃった、とかって、……そんな話も、あたし、初めて聞くわけじゃアないから、吃驚《びっくり》なんてしやアしなかったけど、何もあの場でもち出さなくったっていヽと思うわ。お下劣《げれつ》もひどいもんよ」

「しかしね、あゝいう露骨な仰有り方の裏に、あの方々の、パヽに対する友情が潜んでるってことくらい、あんたにだってわかりそうなもんだがねえ」

そう言いながらも、あのすっぱぬきじみた昔日談《むかしばなし》が、私の耳にはどう響いたか、その点への反省も失われてはいなかった。ということは、同時に、娘心への響きにも十分な理解がもてたつもりなのだが、私にとっては、正直なところ、「看板娘」という言葉以外、決してそう不愉快なものではなかった。それどころか、たぶんあの方たちも御存知あるまいと思われる、不忍《しのばず》の池のほとりや動物園裏の暗がりを行く、若かりし日の私たち二人の、めったに口も利かない、慎ましやかな姿が、夜露に漐《しと》って、心の眼《まなこ》に浮んで来たりした。時代の影響よりも、私たちの性分がそうさせたのだろう、思慕の情も、羅《うすもの》を隔てゝでなければ口へ出せず、まして皮膚の接触などは、間違いにもはッと跳《と》び退《の》くくらいで、今の人たちに言わせたら、「馬鹿みたい」な逢瀬《おうせ》だった。そういう実状と思い比べれば、田口さんたちの話しッぷりには、現代的恋愛の臭気が漂いすぎた嫌いはあるにしても、アヤ子の感じ取った不潔感は、全く理由《いわれ》のないものと断言できる。が、そこまで考えて行くうちに、いつか腹出たしさは綺麗に拭い去られていた。

「ほかにも、なんにも言うことない？」

ちょっと待ったが、返事がないので、「さっき興安寺さんに行く途中のバスの窓から、あたしのお生家《さと》だったとこを教えてあげたでしょう。そうしたら、あんた、振り向きもしなかったわね。あれが、あんたを不愉快にさせた抑々《そもそも》の初まりなのかい？」

「いゝえ」

あとはいくぶん笑い声になって、「いま大きな果物屋《くだものや》になってるとこだってことは、……さア、何遍目だろうな、ずうッと以前《せん》からたび〳〵聞かされて……。でも、マ、としたら、通るたんびに、さぞ懐しい気持になるんだろうと思って、あれは、ちっとも不愉快じゃアなかったわ。むしろ微笑《ほほえ》ましいくらい。……さっき、マ、のことを、酔ッぱらいだなんて、うっかり怒鳴《どな》りつけちゃったけど、御免なさいね」

「いゝのよオ。さア、御機嫌がなおったところでそろ〳〵眠ようじゃアないの。……あゝ、パ、のお写真どうした？　あのまんまかい？」

「うゝん、前ンとこに掛けといたわ」

「そう。それアどうも……」

私たちに似て、アヤ子も、どうやら現代的恋愛は苦手らしい、……すぐそのあとへ続くべき、いゝ傾向だ、とか、困ったものだ、とかの思念も浮かんで来ない先に、労《つか》れ過ぎるとよく陥る不眠症も、……まさかその時分までお酒が利いていたわけでもあるまいけれど、存外早い安眠が来た。

間《なか》一日隔《お》いて、当日の一切を宰領《さいりょう》してくだすった間宮さんに、ちょっとお礼の顔出しをしようと思い、電話で御都合を伺ったところ、取次ぎの女中さんに替って、御自身お出になると、「今日は珍しく早い出勤で、間もなく出かけなければならないから、会社のほうへ、……そうだ、軽いお午食《ひる》でも差上げたいから、十二時半頃に来てくれないか」とのこと。いつもどおり、田村町の桑田服飾学院で十一時過ぎまで働いてから、いくら親しくても院長先生には違いない栄さんに、これ〳〵で今から出かける由の断りを言うと、「あたしも付き合ってあげようか」と、すぐまた出好きの本性を現すので、「駄目よ、お午食《ひる》を誘われてるんだから、お同伴《つれ》なんぞあっちゃアまずいじゃアないの」で、ぴたりと断って、途中ちょっとした手土産《てみやげ》を用意し、新丸ビルの五階、××産業の事務所へ行った。

お礼の言葉や差し出した土産物に対しては、「やア〳〵、やア〳〵」という空返事《からへんじ》で、秘書の女の人に、どこかへ電話をかけるよう言いつけてから、

「さっき、夙《とう》にもう大阪へ帰ったのかと思ってた小野寺から電話がかゝって来たんで、あなたの見える話をして、一緒に午飯《ひるめし》を食わないかって誘ったら、たぶん行けそうに

思うが、出かける前にもう一度電話してくれって、……あゝ、出たかい？　よし〳〵、こっちに繋いで貰おう」

　と大きなデスクの上の受話器を耳に……。

　窓硝子の裏に、山下清の貼画《はりえ》のように、ぴッたりくッついた感じの蒼穹《あおぞら》を、一点、銀に光るものが横ぎり、見るみる宮城の森蔭に消えて行った。

「奴《やっこ》さん、来るってさ。こんな殺風景《さっぷうけい》なとこにいるより、さア、秋子さん、出かけましょうよ」

「いゝえ、殺風景どころじゃアございませんわ。こんな綺麗な、広々とした空を見晴したことなんて、こゝ何年にも……」

「何年？　そいつアちっと大袈裟だなア」

　と笑って、それでも、女秘書の着せかける間着《あい》外套《オーヴァ》に腕を通しながら、二間《にけん》の一間半もありそうな、大きな窓のほうへ目を向けると、急に同感の調子になって、「あゝ、これアまったく一年に何度ってほどの、珍しい晴れ方だ。しかし、いつの間にか、空の色がすっかり秋らしく澄んで来ましたね。うん、なるほど綺麗だ」

　さっきからもう私の心の目には、まッ黄色く染まった興安寺の大銀杏《おおいちょう》だけをくっきりと抜いた水浅葱《みずあさぎ》の空が浮かびあがっていた。お葬式の日も、恰度《ちょうど》今日のようないゝお天気で、床《ゆか》の高い本堂の、三つ折りに左右へ開かれた大扉《おおど》の外なる長方形の空の色は、まるでトンネルのなかから見るような、際《きわ》だった明るさだった。御焼香くださる方々の足が杜絶《とだ》えるたびに、私の目は、自然と、底知れぬ空の深みに吸い込まれていたが、あの水浅葱がどんなに悲しかったことだろう……。

老人夫婦で、年じゅう同じ献立の三品《みしな》をおいしく食べさせるとか、ふた組がやっとと思われる、仕舞家造《しもたやづく》りの、料理屋らしくもないうちに案内され、薄ら寒いほど小暗く、しんかんと鎮まり返った座敷に落ちつくと間もなく、小野寺さんもお見えになった。

「酒を貰おうね」

「いやア、昼間はやらんよ」

「でも、ビールくらいよかろう」

「そうか。じゃア一杯だけ付き合うかな」

初めはそんな話だったのが、「どうせ飲むんなら」で、お銚子《ちょうし》が二本、三本とふえて行くうち、お二人ともいゝ御機嫌になって、やたらとアヤ子をお称《ほ》めになった揚句、なぜ早く結婚させないか、の、私としてはさんざもう聞き飽きている詰問になった。

遠方のお住居で、なんにも御存知ない小野寺さんの、

「学校のほうは……？」

　という質問を、早速間宮さんが引ッ攫《さら》って、

「そんなもなア夙《とう》にすんじまってね、今じゃア、うちの兄弟会社で鉱山関係の、××に勤めてるんだ」

「なアんだ、じゃアBG《ビージー》か？　勿体《もったい》ないじゃアねえか」

「勿体ないどころか……」

　あとは私のほうへ、「まさかあんたが、勿体ながって、手元にかッかじめて置くんじゃアないでしょうね」

「いゝえ、そんなことございませんわ。あんなおへんちゃんですけど……」

「なんです、そのおへんちゃんてのは？」

「いえね、父親に似ましたんですか、ちとどうも気むずかしやの変人でして……」

「どっちに似たって変人なんぞの出来ッこないが、あの縹緻《きりょう》なら、ずいぶんあっちこっちからの話があるんでしょう？」

「えゝ、まア、お蔭様で、それはございますんですけど、なにぶんにも、一向に当人がその気になってくれませんので……」

「それア、まア、よく聞く話だけれど、苟《いやしく》も人と生まれて、そんな筈アないな。問

題は当人にあるんじゃアなくって……」

　こう言いかける小野寺さんを差し置いて、

「そう〳〵、問題はむしろ境遇だよ。親ひとり子ひとり、……それも女親と娘との場合が一番始末が悪いようだな。どこでもきまってそうなんだ」

「秋子さんとしたら、それアむろん手離したくはなかろうけれど……」

「いゝえ、そんなこと……」

「おまけにアヤちゃんが、親孝行、なんてもんじゃアない、まるでもうべた惚れにおッ母さんが好きなんだな。いつからうちの娘が、こゝの……」

と、間宮さんは私を顎で指して、「こゝのアパートに遊びに行って、帰ってから家内にそう言ったそうだ、どうしたって親子とは思えないってね」

「じゃア、なんに思えるんだ？」

「まさか夫婦じゃアあるまい、むろん姉妹《きょうだい》さ」

「そうか。うちの子供たちなんざア、まるで仇同士《かたきどうし》みたいに、年がら年じゅう諍《いが》み合ってばかりいやアがるから、同胞《きょうだい》みたいだと言われたって、仲がいゝのか悪いのか一向ぴんと来《こ》んがねえ、……ふーん、なるほど、そういう関係かい」

「現にうちのなんぞ、たまに俺が、彼奴《あいつ》アどうだろうって、前途有望な青年の名をもち出してみても……」

「うん、実ア俺にも一人、勧めたいのがあるんだけど……」

「まあ、聞けよ。そうすると、きまってうちの奴、駄目々々！　あちらはとても駄目よ、なんててんから受けつけやアがらねえのさ」

「そうか、そいつアどうも困りもんだな」

「いくら困ったって、まさか離間策《りかんさく》を講じて、無理やり親子喧嘩をさせるってわけにもいかんからなア。……秋子さん、実ア一昨日《おとつい》の晩、あなたに御馳走になった帰途《かえり》に、われ〳〵、もう一軒梯子《はしご》をやったんですがね……」

　と、あとはその席上での話に移って、――要するに、アヤ子としては、母親ひとりをアパートに残して嫁になんぞいけるか、……言い換えれば、親子の間で、そのことに依って、決定的に、寂しさと楽しさとの差を大きく開かせるに忍びない、というような気持があって、それゆえ片ッぱしから縁談を潰して行くような結果にもなるのだろう。とすれば、まずもって、或は同時に、でもいゝが、母親の幸福を考えてあげるべきだ、はっきり言えば、あなたの再婚が先決問題だ、というのがわれ〳〵三人の到達した結論なのだ。そこで、あなたにその意思があるかどうか、よしんばないと言っても、可愛い娘の一生の幸福のために、犠牲の精神からもそうすべきだ、と説きつけて、有無《うむ》を言わせず捩《ね》じ伏せて了え、と、実はその大役が僕に押しつけられて了ったのだが、偶然今日は小野寺もいてくれることだし、あなたとの差向いよりは、だいぶ切り出しいゝのだが、——と、こゝまでお話しになってから、

「おい、小野寺、恐らく君も、われ〳〵の説に異存はなかろうね。……うん、そんなら、同志のよしみとして、ちっと助鉄砲《すけでっぽう》を打ってくれよ」

「俺ア、元来、他人《ひと》の私生活には一切干渉しない、というのを標語《モットー》にして来た男なんだが、聊《いささ》か酒の余勢を駆《か》って無茶を言わせて貰えば、アヤちゃんの問題なんざア別にしてもだな、ともかくあなたが、今もって独身《ひとり》でいるなんて、そんな不合理な話ッてありませんよ。僕をして忌憚《きたん》なく言わしむれば、つまらん痩我慢《やせがまん》なんぞよしなさいッて、怒鳴りつけてあげたいくらいなもんさ」

ずいぶん失礼なことを仰有る、と思いながらも、先夜アヤ子に対して感じた半分の腹立たしさも湧いて来なかったのは、一体どうしたッてことだろう？　相手は紙だ、大学ノートの罫紙なんだから、なんにも匿《かく》しだてしたり、恥かしがったりすることはない、……でも、紙に書き連らねる文字よりも先に、自分自身の心に対して厳しい吟《ぎん》味《み》を加える、……反省に反省を重ねる必要はある。そうだ、今夜はこゝらでペンを擱《お》いて、ゆっくり考えてからのことにしよう。

どう考えてみても、……娘のためだなんて、そんな政略的な意味をもつのならなおさらのこと、再婚の意思なんて毛頭もない。なぜかと言えば、私にとっての三輪は、完全無欠だった。それア、一日《いちんち》やそこら口も利かないほどの大喧嘩だって、何度かした憶えはあるが、「喧嘩するたび深くなる」なんて、そんな端唄《はうた》の文句みたいな野卑さではなしに、殺してやりたいほどの憎悪《にくしみ》のあとに来る心からなる和解、そのお蔭で、半歩なり一歩なり、お互の深奥《しんおう》へはいり込めたのだと思う。もし生きていてくれたなら、今頃はもう、誰にも負けないほどの、ほゞ完璧《かんぺき》にちかい夫婦になれていたろう。その新婚生活の楽しさなんて、私に言わせれば、それこそ「馬鹿みたい」なもんだ。そのあとに続く焦躁、憤慨、反撥、懊悩《おうのう》、忍耐、努力、そしてほんとうの歓喜《よろこび》、……私自身、たゞの一度も経験したことはないのだけれど、新聞雑誌の記事や記録映画で、登山の模様を読んだり見たりする度ごとに、一歩々々艱難辛苦と闘って行った私たちの結婚生活との聯想からか、他人《ひと》には格別の感激を催させそうもない、ほんのちょっとしたことで、鼻の奥にツンと来て、ほろ〱と零《こぼ》れ落ちるへんな涙脆《なみだもろ》さにきまって陥る。ほんとの意味はよく知らないが、私に感じられる「けなげさ」という言葉が、そんな場合、一番ぴたりと来るので、「あゝ、またけなげさに泣かされた」と、胸のうちに、一生口外しかねる呟きを呟くことも、一種の癖のようになっている。

間もなく、五十に手の届こうとしている私に、そういう嶮《けわ》しい山坂を、もう一度麓《ふもと》から登りなおせと言うのか。三輪の口癖ではないが、それこそ「真平《まっぴら》御免」だ。にも拘《かかわ》らず、酒席の、やゝがさつな、失礼ながら無責任とも言える調子で再婚を勧められた時、きっぱりお断しもしずに、なんのかのと笑い紛らしていたのは、一座を白らけさせたくなさの、アヤ子の所謂「社交」だけからのことだったろうか。あの場の私が、あとで「同志」の面々《めんめん》の話題に上《のぼ》る時には、きっと「まんざらでもなさそうだった」というような言葉で表現されるに違いない。「真平御免」と、「まんざらでもない」とは、ちょいとした極と極との隔たりだが、存外近い抜け道が、裏側のほうについているのではなかろうか。鋭い反省の目は、今後ともその点へ向けられるべきだ。もし毛筋ほどにもせよ、私の心に疚《やま》しいもの、アヤ子の謂《い》う不潔なものが発見されるならば、あの子に、またいつかのような、冷たい侮蔑の眼差《まなざし》や嘲罵を浴せかけられようと、一言半句の返す言葉もないわけだから……。

小野寺誠

あの日、というのは先月の上京中、三輪の未亡人も一緒だとのことで、間宮に誘われ、日本橋の料亭に行った時、玄関の沓脱石《くつぬぎいし》に、銜《くわ》えていたパイプを落して、雁首《がんくび》とエボナイトの吸い口との繋ぎ目からぽッきり折って了ったのを、座敷に通《とお》ってからも、未練《みれん》たらしくいじくりながら話しているのを見ていた秋子さんに、「三輪もしょっちゅうそればかりで、いまだに五六本遺《のこ》って居りますが、もしお気味が悪くなかったら、なかで新しそうなのを選《よ》りますから、あなた、お使いくださいませんか」と言われ、「それア、凝《こ》り屋の昌介のなら、上等舶来にきまってる、喜んで頂きますよ」と約束して置いたのだが、急用が出来てその晩の汽車で帰阪することになり、忘れるともなくそれきりになっていたところ、今朝、定宿《じょうやど》の堺屋に着くなり間宮に電話をすると、「重大な用談があるし、秋子さんからの預り物もあるから、すぐに、自宅《うち》のほうに来てくれないか」と言うので、「どうせ会社に出る途中、でないまでも、ほんの少しの廻りなんだから、こっちに来いよ」などの押問答の末、何年ぶりかで、飯倉片町の間宮家へ訪ねて行った。

細君の文子さんは、一別以来の挨拶もそこ〳〵に、深い靨《えくぼ》の笑い顔で、水引きをかけ、「粗品」とした紙包みを卓上にずらせてよこすと、

「はい、秋子さんからのお預り物」

と、いやに意味深長な言い方をして、「あの翌日、わざ〳〵アヤちゃんが届けに来てくだすったんですけど……」

「あゝ、それは御主人からの端書で……」

「そうでしたか。でもね、小包で送ったりして、もしものことでもあるといけないからって……」

「えゝ〳〵。御覧のとおり、こんな間に合せの安物で……」

と、銜えていたやつを置いて、「どれ、それじゃア早速拝見しましょうかな」

包みから抜き出し、革箱をあけて見ると、案の定《じょう》、ダンヒルも上物《じょうもの》で、いくらも使っていないらしく、吸口に歯型も止めぬ真新しさだった。そばから細君も窺《のぞ》き込んで、

「実は、お先にちょっと拝見させて頂いたんですけど、大したものなんですってね。時価、十数万円だって、ほんとですか？」

と、さも〳〵、良人のでたらめは見抜いている、と言わんばかりの口吻《くちぶり》だったのが、

なんとなく癪《しゃく》にさわって、

「貧乏人はすぐそう物の値段《ねだん》を言いたがるからいやさ」

と、冗談半分、毒づき半分の言い方をしてやった。

主人《あるじ》との差向いになってから、「一体、用談ってなんなんだ」と訊くと、無理に扮《つく》ったような真目面顔《まじめがお》で、まるっきり、思いもかけないことを言い出した。

――つい二三日前、佐々木美也子とかいう、知らない女から電話で、自分は女学校時代アヤ子と同級だったし、会社も同じ××に勤めている者だが、ほんの十分かそこらでいゝから会ってくれ、と言う。その自己紹介の要領のよさ、弁舌の爽かさ、アヤ子とは正反対と言ってもいゝような、つまり、いくぶん不良味を帯びたフラッパーらしいので、こっちも多少不良じみた興味を起こして、早速午食《ひる》の休《やすみ》に呼び寄せ、話を聞いてみると、こうなんだ。ちょっとした口喧嘩から、こゝ二三日、廊下で摺れ違っても、アヤ子はそっぽを向いて行って了う。勝手にしやがれ、とも思うのだが、どっちの言い分《ぶん》が正しいか、小父様に、……初対面の俺をつかまえて、いきなりそういう呼び方をするのだ、小父様に判定をつけて貰いたい。もとの起こりは恋愛とか結婚とかに関する話からなのだが、アヤ子は、そんなものにはちっとも興味がない、はっきり言えば、マ、と二人きりの、安らかで楽しい目下《いま》の生活《くらし》に、そんな薄汚い夾雑物《きょうざつぶつ》などが潜《もぐ》り込む隙《すき》もなければ、また潜り込ませようとも思ってない。あなたはあなたで好きなようにするがいゝし、あたしはあたしで、……そんな、暗《あん》に結婚を勧めるようなことを言う人、大嫌い！　と、大した剣幕《けんまく》。昔日《むかし》から、アヤ子の頑固は知っているが、それッきり、まるで拳螺《さざえ》みたいに、けちくさい殻《から》の蓋《ふた》をぴたりと鎖《とざ》して了った、という話。……じゃア、君はもう結婚してるのか、と訊くと、首を横に振って、でもまア、適当にやってるわ、なんて、洒々《しゃアしゃア》としたもんだ。しかし、なんと思って、僕のところにそんな話をもち込んで来たのか、重ねてそれを訊くと、ずッと以前《せん》から、アヤ子に、パヽの親友でいまだにうちとは親類付き合いをしている、というようなことやなんかで、しょっちゅうお名前を聞いていたからだ、とあっさり答えた由。

　そこで俺が、

「お前、一体、どっちに軍配をあげたんだ」

「こう言ってやったよ、それは性分の違いで、どっちが正しいの間違ってるのゝ問題じゃアないが、そんなことで、幼友達の君たちが口も利かなくなるなんて、およそ馬鹿げた話だ。もし差支なかったら、僕が、会社の退け時に誘いに寄るから、三人で、仲直りの晩飯でも一緒に食べようじゃアないか……」

「ふん、相変らず八方美人だなア。けど、まさかそれが、さっき電話で言った『重大な用談』ってやつじゃアあるまい？」

「しかし関連はあるんだ。そこらから説き起こさないと、ちょっと取《と》ッ付きが悪いんでね……」

あとを手ッ取り早く言えば、俺に秋子さんを貰え、結婚しろ、という提案なのだ。あの後、田口、平山、といった連中と顔が合う度に、きまって出るのが、三輪未亡人の再婚、延《ひ》いては娘の結婚、時間的のあと先は別として、この二つはどうにも不可分な関係にあるのだから、早速その実行運動に移ろう、という決議が成り立ち、まず秋子の配偶者をあれこれと銓衡《せんこう》するうち、誰かが、「なアんだ、燈台もと暗し、手近に適当なのがいるじゃアないか、小野寺はどうだ」で、忽《たちま》ち衆議一決したと言う。むろん善意に基くこととはわかっていても、同時にその場の空気も手に取る如くで、さぞ連中のいゝ酒の肴《さかな》にされたことだろう、と思うと、恐らく、俺の顔は、瞬間、苦虫《にがむし》を嚙み潰したに違いない。が、不思議に、たゞ一言《ごん》のもとに跳《は》ね返す気にもならずに……。

第二便で羽田を発った俺は、いま日航機の座席に尻を落ちつけ、三輪遺愛のパイプで、微かな煙と香《かお》りとを、つい鼻の先にたゆたわせている。四日間の多忙から、そしてまた一切の干渉、束縛から解き放《はな》たれた上空を駆《かけ》っていると思えば、身も心も静かに、安らかだ。

　仲間じゅうで一番先に結婚していながら、子供を授かったのは遅く、いま、総領が十八で次が十六、間《なか》三年隔《お》いて女の子を生んだあと、退院できないまゝで、そこが妻の死床となったわけ。間もなく、従来の大阪支社を本社に、東京はほんの出張所程度に切り更えて、彼地《あっち》に住みつくことにしたのを、一時も早く、哀愁の絡《まつわ》る家や土地から遁走しようとする足掻《あがき》のように釈《と》った友達もあったらしいが、なに俺は、そんなセンティメンタルな男ではない。単に、事業上そのほうが好都合だったからのことだ。爾来十四年、幸、と言っては当人にすまないわけだが、出戻りの妹があったので、家事一切をそれに任せて、俺はわき目もふらず必死に働いた。と言ったところで、禅坊主ではあるまいし、生理的要求まで擲《なげう》ったわけではないが、再婚の話にはてんから耳を藉《か》さず、その時々の相手の女にも、所謂《いわゆる》「うつゝをぬかす」ような気持になった覚えは一遍もない。花柳界では、月並な「箒《ほうき》」を以って俺を呼ぶし、仕事以外に何ひとつ趣味も道楽もない無風流男で通《とお》っている。

　今も、……たとえ地上三千呎《フィート》の宙《ちゅう》に浮んでいようとも、その無風流さに何等の変化が加えられよう筈はないのだが、……にも拘らず、こんなことを考えるさえ、むしろ滑稽《こっけい》に類するのだが、……間宮たちの観察によれば、秋子は俺に特別な好意をもっているらしい、と言う。むろん信じはしないが、万が一そうであったとしても、アヤ子を嫁にやるための手段、一方で、それをはっきり言って置きながら、俺を秋子の配偶者に選ぶ、そんな失礼な話ってあるものか。間宮、田口、平山、みんな相当いゝあたまをもった人間だということは昔日《むかし》からよく知っているし、今度の話で遽《にわか》にその評価を変えようとも思いはしないが、しかし、恐しいのは群衆心理で、優秀な大学生をも一瞬にして狂人《きちがい》にして了う。「三人よれば文珠《もんじゅ》の智慧」そんな場合もあるとは思う。が、あいつらが顔を合わせるたんびに、秋子母娘《おやこ》の結婚を話題にするのが、七回忌以来の癖となって、とうとう「三人よれば驢馬《ろば》の智慧」にまで下落させて了ったらしい。

　パイプから立ち騰《のぼ》る紫煙のなかで、静かにこんな想念が揺れていた。……あの時、「まったくそれァ重大問題だ。うちに帰って、ゆっくり考えてみてから、手紙ででも返事をすることにしよう」と答えたのは、一片の社交的辞令だったろうか。そんなことを必要とするわれわれの間柄ではない。とすれば、俺の心の奥底に、自分の目にさえ止まらないほど小《ちいさ》な何物かが潜んでいて、意識面では不動のものと思えた拒否に、保留の時間をもたせたと観るよりほかはあるまい。

……単刀直入に訊くから、お前も真ッ正直に答えろ、——秋子が好きか嫌いか？

好きだ。ばかりでなく、今時珍しくしっかりした女《ひと》だと思って、微弱《かすか》ながら敬意も払っている。しかし、彼女に対するそういう気持と、今後われ〱の生活が結びつき、いけず揃《ぞろ》いのうちの子供たちの母親となって面倒をみて貰う、（間宮たちは頻りにその点を強調した）ということとの間には、いま眼下に見おろされる青海原《あおうなばら》以上にも茫漠たる広がりがある。ひと跨ぎにそこが跳び越せると錯覚するほどのお芽出度さは、俺にはない。……あゝ、急に眠くなって来た。なアんだ、まだやっと蒲郡あたりか。ひと眠りしよう。

佐々木美也子

間宮の小父様につれて行かれた銀の匙《さじ》という洋食屋は、噂に聞いていたとおり、とてもうまかった。初めのうちちつんとしていたアヤも、たった一杯の葡萄酒《ぶどうしゅ》で御機嫌がなおり、あたしとも、いつもどおりあけッぱなしの口を利き合うようになった。もっとも、ほって置いたって、遅かれ早かれそうなることはわかっていたのだけれど、たび〱アヤの話に出る間宮という人に、軽い興味をもっていたからのこと、実を言えば、仲裁なんぞどうでもよかったのだ。

小父様は、ちっと甘すぎるほど優しくって、年齢《とし》のわりには言うことも旧臭《ふるくさ》くないし、他人《ひと》におごるのが御趣味らしく、あの後もたび〳〵天麩羅屋《てんぷらや》や焼鳥屋を付き合わされている。アヤか、小父様のお友達か、いつも必ず三人以上で、あたしとの差向いを警戒しているのは、気のお弱い証拠。いきなりちょッかいを出したがる田舎者《いなかもの》よりよっぽどましだけれど、そうかって、そんなけちくさい警戒心なんぞ、みっともないだけのもんだ。

一度、平山さんという、ふたこと目には自分の独身を吹聴したがるお友達と一緒の時だった。アヤの、でたらめな男女関係ならともかく、結婚までも不潔がる性分が話題に上って、「両親の夫婦仲があんまり清純すぎたせいだろう」とか、「一種、心理的不感症の如きもんじゃァないか」とか、「まだ〳〵美也ちゃんの薫陶《くんとう》が足りないんだ」とか、要するにその場かぎりみたいな応酬《やりとり》だったけど、黙って聞いてる手もないので、そばからあたしも差出口を利いて、——女学生時代、みんなに「ヤー坊、ヤー坊」と呼ばれていたくらいで、一体が男の子ッぽく、それも、漱石の「ぼっちゃん」みたいな、安ッぽい正義感の所有者《もちぬし》だったが、いまだにそれが抜けきらない。つまり、精神年齢があれッきり成長していないんだ、などと、ずけずけ悪口《あっこう》を浴せることによって、そうとう深い愛情を示したつもりだったが……。そのうち、今度は、アヤのマ、さんに再婚を勧めてる話に変って、やはりお仲間らしい小野寺という名が盛に出《で》だした。そして、マヽさんも、その大阪に住んでるとかのお友達も、双方ともだいぶ気持が動いて来た様子だから、十中八九は纏まるだろう。挙式は後日《あと》になっても、この話がきちんときまって了いさえすれば、アヤ子の結婚嫌悪症《けんおしょう》も忽ち平癒するに違いない。このほうの候補者なら、いくらでも適当なのがいる。そんな調子で、とん／＼拍子にハッピーエンドがついたところで、やっと話題が三輪一家を離れた。

少し青い顔をしたアヤが、社用のメモに鉛筆の走り書きで、

話したいことがあるから、お午食休《ひるやすみ》に一緒に宮城前の広場まで行ってくれない？　誰とも約束なんぞしないどいてね、きっとよ。

あたしの卓《つくえ》の上に、二つ折りにしたこれを置くと、ひと言も口を利かずに、彼女の勤める庶務課へと姿を消した。

さて、聞いてみると、今朝《けさ》、マヽさんとの間に爆発したという大喧嘩の因《もと》は、あたしのお喋りからだった。昨日、やはり午食休のぶら／＼歩きに、前の晩、間宮さんに御馳走になったトンカツ屋での一部始終を話すと、大変な吃驚《びっくり》し方なのに、こっちまでどぎまぎして、

「知らなかった？　なんにも」

「知らないし、そんなことある筈ないわ」

「でもね、マ、さんもその気でいらっしゃるような話だったわよ」

「そう？」

　と、さも不愉快そうに言ったきり黙って了って、暫くしてからの話はまるッきり別のことに移っていたが……。

　午食《ひる》も食《た》べずに、ザク〳〵と、宮城前の小砂利を踏みながら、話すうちに息がはずみだすほどの御憤慨で、昨夜《ゆうべ》ひと晩考えぬいた揚句、起きぬけに、マ、さんを詰問したという長講一席。すぐさまあたしには、母なる王妃をつるしあげるハムレットの、あのいやらしい執拗《しつこ》さが聯想されたけれど、ちゃ〳〵は入れずに謹聴した。……いや、謹聴の態度はとったものの、聞かないでもおよそわかっている、例によって例の如き、アヤ独特の潔癖の発露だ。初め、はっきり否定していたのに、あのものわかりのいゝマ、さんが、どうしたってことだろう、……たぶん、アヤの執念ぶかさに業《ごう》を煮《に》やして、その腹立ち紛れから、柄にもない皮肉な気持になったのではなかろうか、

「じゃアね、もしあたしが、あんたの言うとおり、誰かと再婚するとしたら、あんた、どうする？」

そう言ってニヤリと笑ったそうだ。そのニヤリが、女ハムレットを半狂乱にさせ、「もう二度とこゝへは帰って来ませんからね」の、最後の切り札《ふだ》を叩きつけさせることにまでなって了ったのだと言う。その晩からは、無論あたしの部屋に、居候どころか主人顔《あるじがお》で、何と何を取って来い、と、青山のアパートへ、たび／＼メッセンジャー・ガールまで仰せつかっている。でも、昔日《むかし》ながらの「ヤー坊」では、腹も立たない。

マヽさんは、会う度ごとに詫《わ》びやら礼やら、ひどく気の毒がってくれるけれど、あとはきまって、

「どうせそう永続きはしないんだから、すっかり気持が落ちつくまで、お邪魔でしょうが置いてやってくださいね、お願いしますわ」

と、さも平気そうな顔を見せておいでだが、その実、内心は、……あの人にも透明人間的な要素があるから、時には、却って、こっちでお気の毒に思うことだってある。……今日で恰度一週間、存外の永続きに、さぞマヽさんは、内心やきもきしておいでのことだろう。

間宮宗一

昔日《むかし》で言えば天長節、今日もやっぱりいゝ天気だ。秋子さんからの電話で、見せたい物があるから来てくれないか、とのこと。そうは言っても、結局は、家出娘の説得、つれ戻しの依頼かなんかだろうと見当をつけ、先約はなし、すぐに承知した。恰度、散歩に出ようと思っていたところだったので、六本木から高樹町を抜けて、四十分たらずで歩きとおした。

「見せたい物」というのは、三輪の絵で、ちゃんともう壁に掛けてあった。在世中よりむしろ死後に騒ぎ立てられ、引ッ張り凧《だこ》で、それ〳〵納まるべきところへ納まって了ったせいか、今ではめったに見られない。うちには、遺物として秋子さんから贈られた六号の静物が一枚あるにはあるが、しかし久振りで会ったような懐しさで胸がふくれる。……十二号の、熱海と思ぼしい、水平線の高い風景で、力作でもあり、出来もよさそうだ。

茶を淹《い》れるやら何やら、そこらをちょこまかしていた腰が落ちついてからの話によると、昨日《きのう》、小野寺の会社の者だという人から、桑田の学院のほうへ電話がかゝって来て、主人にことづかった届け物があるのだが、なにぶんにも嵩高《かさだか》だし重くもあるから、夕方、もしまっすぐお宅へお帰りならば、自動車に積み、その時刻にお迎いがてら伺って、御一緒にアパートまで行き、荷ほどきや吊り込みなども一切やらせて頂く、との、親切な申し入れがあった。「一体なんでしょう？」と訊くと、「そちらの御主人様の御遺作と伺って居ります」との返事に、飛び立つ想いで、小母ちゃんにその由を告げて早退《はやびけ》にし、持ち込んで貰ったのがこれだ。大阪から、客車に載せて来たという、その社員の、取次ぎの口上には、「最近、偶然の機会で手に入れたのだが、自分よりあなたの身辺に置くべきものと思い、使いを以って差し出すから、快《こころよ》く御受納願いたい」ということだったとか。

「ふーん、それアまアよかった。いつかの話だと、あなたの手元にももうスケッチ・ブックくらいしか残ってないそうだが。……この絵にしても、心あらば、さぞかし喜んでることでしょう。小野寺にしちゃア近来の大出来だ」

「えゝ、それアもう……」

と、暫く画面に目を据えていたが、「でもねえ、こんなものを頂いちゃって、なんだか、小野寺さんに申訳ないような気がしますんですけど……」

「なアに、それア、こないだのパイプのお礼、くらいの軽い気持なんでしょうから……。もっとも、十二号で、しかもこれだけの傑作となりゃア、……こんなこと言うと、また誠公《まアこう》の奴に、『貧乏人はすぐそう物の値段を言いたがるからいやさ』なんてやッつけられそうだけど、時価、……そうさなア、詳しいことは知らないが、ダンヒル十本、……じゃアちっとまだむずかしいかな？　とにかくそうとうな値《ね》にゃア違いない。にしたところで、あいつンとこは、目下馬鹿当りをしてるんだから、なんにも遠慮なんぞするこたアありませんよ」

「そうでしょうか」

　と、なお釈然たらぬ顔つきなので、

「こないだお目にかけたような、あれほどきっぱりした返事をよこして置きながら、蔭に廻ってあなたの歓心を售《か》おうとするような、あいつ、そんな政治家じみたまねをする男じゃアありませんから、御心配にゃア及びません。他意なくお受けになったらいゝでしょう」

　これで、秋子さんの、小野寺との再婚問題に絡《まつ》わる拘泥《こだわり》が、やっとさっぱりした様子だった。言いだしべえでありながら、俺の気持も、同時にカラリと晴れた。

　空《すき》ッ腹《ぱら》のせいか馬鹿にうまく感じられたケーキとレモン・ティで気分一転の後《のち》、秋子さんは、昨日使いに来た若い社員の、チャカ〱しないで、しかも、実に心持の罩《こも》

った親切さについて、事こまかに喋りだし、やがて、

「こういう方なんですが」

と、手近の小抽斗《こひきだし》から名刺を一枚、……見ると、××製薬株式会社東京支社だの、千代田区丸ノ内なに〳〵、電話なに〳〵だのという、細《こま》かな活字はともあれ……。

「なアんだ、後藤庄太郎ですか」

「あら、御存知なんですか？」

「えゝ。取引き関係もあるし、たび〳〵会ってます。今時《いまどき》の青年に珍しい堅人でして、小野寺の信用も絶大らしいんだ。よく、東京支社のお目付役《めつけやく》だなんて、仲間に冷かされてますよ」

「そうですか。それアまア……」

と、何やら喜色満面で、「ひと目惚れ」と言ってはおかしいが、予《かね》て自分の思い描いていたアヤ子の婿《むこ》にぴたりだから、……まさかまだ奥さんはあるまい、あなたと小野寺さんとのお力添えで、なんとか話を纏《まと》めたいのだ。いかな我儘娘でも、あの方なら、……言わせもしないが、また文句のつけようがあろう筈もない。この絵のお礼を、手紙は手紙として、取敢ず電話で申上げようと思っていたところだから、今すぐにかけて、もしお宅だったら、後藤さんのこと、あなたからもち出してみてくれないか、

という性急《せっかち》な、そしていつにない熱のあげ方だった。この天気で、祭日の今時分、うちにいる気遣いない、と言っても肯《き》かずに、事務所まで長距離電話を申込みに行った。……階段を駈けあがって、せい〳〵いう息の下から、

「ねえ、間宮さん、きっとこの御縁は纏《まとま》りますよ」

そこまで言うと、亡夫の作品に向ってぴたりと掌《て》を合せ、あとは呟くように、「だってね、あなたのお導きですものねえ」

その気持はわかるにしても、遽《にわか》に随《つ》いて行ける心境ではなく、ちょっと白らけかゝったので、

「これ、あんた憶えがあるんですか？」

と、額《がく》へ顎をしゃくってみせると、

「いゝえ。カンヴァスの裏に、Sep……九月ってことでしょうか、そのあと、一九二七としてありますから、昭和二年ですね、ともかく、まだあたしが嫁に来ない前の絵ですわ」

「そうですか。じゃア、フランスから帰って来たての、脂《あぶら》の乗りきってた時分の作だな。……いゝねえ、やっぱり……」

見詰めるうちに、いつかこっちまで、三輪昌介と正面《まとも》に向い合っているような気持

になって……。

果せるかな、小野寺はもう出かけたあとだったが……。

佐々木美也子

銀の匙のフォアグラの味が忘れられず、間宮の小父様にそう言えば、喜んで御馳走してくださるにきまってるのだが、どうしてもアヤが承知しないので、とうとう自前《じまえ》の割勘《わりかん》で無理しちゃった。ボイルの伊勢海老もすてきだったし……。予想を上廻《うわまわ》る勘定をすませるまでは、すましこんでいたのだけれど、扉《ドア》を出るなりの、「今日はもう映画はやめて、まっすぐうちィ帰ろうね」にへんな実感が罩《こも》って、歩道へ踏み出すなり、あたしたちの笑いは、……みっともないとは思ってても、容易にとまらなかった。だから、大きく揺れていたろうと思われる肩を、背後《うしろ》から、軽くポンと叩かれた。庄べえだった。

「往来のまんなかで、どうしたってんだ」

「話したって通じまいけど、とても可笑《おか》しなことがあったのよ」

「まアいゝ、歩きながら話そう」

気がつくと、アヤは、忽ちもう「高貴なる女王《グレーシャス・クイン》」といったすましこみ様《よう》で、わき目もふらない。

「どっか、行くとこあるの？」

「別に。今そこで友達と別れたとこだ」

「映画、つき合わない？」

「うーん」

その曖昧な口吻《くちぶり》に、「だけど、お前には同伴《つれ》があるんじゃアないか」の気持が露《あらわ》だったので、アヤを呼び止めて置いて、

「これね、あたしのいとこ。死んだうちの親父《おやじ》さんの妹の息子《むすこ》で、後藤庄太郎、通称、庄べえっていうの」

「初めまして」

なんて、例によっていやに紳士面《しんしづら》をする庄太郎。アヤのお辞儀も、和服でなければみっともないくらい。

「この人、三輪アヤ子ってね、女学校時分からの仲よしなの。目下、仔細あってあたしと同棲中」

と、そういう堅苦しさをほぐすつもりで、わざと乱暴な言い方をした。

含羞《はにかみ》やら遠慮やらで、「先に帰る」と頑張るアヤを、こっちは手馴れたもので、なんのかのとうまく籠絡《ろうらく》して了い、とうとうスカラ座のイヴ・モンタンを見に行った。むろん庄べえに払わせて。

その時からなんとなく予感はあった。が、こうまでぴたりと来ようとも思わなかったのだが……。あの後、午食休《ひるやすみ》やなんかに、もう二度か三度会ってるのに、勿論、アヤからもち出す気遣はないにしろ、自然とあたしの口の端《は》に上る庄べえの噂に対しても「そう？」「そうなの」で軽くいなして了う。何気《なにげ》なく目も逸《そら》す。だけど、ちっとも「不潔」そうな顔つきではない。

うちの課長に呼ばれ、別だん絞られるようなへまをした覚えもないが、と思いながら行ってみると、

「××産業の間宮さんから、用があるから、退社時間より一時間ほど早めにこっちへよこしてくれ、という電話があったから、そろ〳〵もう仕事しまってもいゝよ」

と、いやに御機嫌がいゝので、

「あたし一人ですか？」

「え？　どうして？　別になんとも言っとられなかったが」

課が違うからだろうと思い、アヤのとこへ訊きに行ったが、なんにも知らないと言うので、こっちもなんにも喋らずに、たゞ、今日は一緒に帰れない由だけを告げて置いた。

　通された社長室には庄べえがいた。

「たったいま聞いたばかりなんだが、君と後藤君とはいゝとこ同士なんだってね」

から、あんまりそう廻り道もしないで、「君なら、どっちの性分もよく呑み込んでると思うんだが、仮《かり》に後藤君とアヤちゃんとが結婚するとしてだね、どうかしら、合うか合わんか……」

「そんなことより、好きか嫌いかが先決問題じゃアない？」

「そう〳〵」

たわいなく賛成なすって、「まだそのほかにも、家庭の事情とかなんとかいろ〳〵あるけど、何よりもまずその点だね」

　小父様の前で「庄べえ」もいかゞと思い、

「庄兄《にい》さんはどうなの？」

いゝ年齢《とし》をして赤くなるんだから呆れちまう。つい、もっと困らしてやりたくなり、念を押して、「好きなのね？……どうもそうらしいとは思ってたけど」

小父様が、それ以上の追撃を絶ち切ろうとかゝって、

「さっきから訊いてみたところでは、三男坊ではあるし、別だん家庭的な差支えもなさそうだ」

とかなんとか、しかつめらしくあたしに話しかけてから、「そこでだ、アヤちゃんのほうなんだが……」

ふとした悪戯《いたずら》気《ぎ》から、

「わかんないなア。だってね、あたしが庄べえの、……あ、いけねえ、……でもうかまわないでしょう？　アヤはね、いつこの人のことを話しても、まるッきり興味ないッて顔してるのよ。へんでしょう？」

「ちっともへんじゃアないさ。きまりが悪いんだ」

「でしょうね。じゃア、きまり悪がるってことは、例えばいま庄べえが真赤《まっか》になったのとおんなじこッて、好きだと観《み》ていゝんでしょうか？」

小父様は噴きだして、

「なに言ってるんだい。何もかも承知の上で、……悪い奴だよ、お前は」

初対面が銀の匙の歩道だったという話から、いんねんをつけて、そのあと間もなく三人で新丸ビルを出て、今度こそ心配なしに、たらふくフォアグラを食べさせて貰っ

た。

調子よく滑り出せばこんなものなのに、どうして映画や小説の主役たちは、大部分偶然に転嫁《てんか》されて了う愚かしさから、しないですむ余計な苦労を重ねるのだろう？もっとも、それが世間一般だとすれば、そうしないと嘘になる、写実精神に悖《もと》る、という理由も成り立つだろうけれど、われ密《ひそ》かに思うに、上映時間＝興行成績や、原稿料＝不労所得に絡《まつ》わる御都合主義の犠牲ではなかろうか。御名答。随って十中八九の結末《エンド》は、看客並に購読者にとって、アンハッピーエンドとなる。これも御名答、ということにして置こうか。

三輪秋子

よく「足元から鳥のたつよう」と言うけれど、ほんとに嘘みたいな手ッ取り早さで……。庄太郎さんの大阪本社への転勤は、挙式前から既にきまっていたことなので、新婚旅行と引越《ひっこし》とが一緒くたになり、目の廻りそうな慌たゞしさのうちに、十日たらずでばた／＼と片づいて了った。汽車の出て行ったあと、送って行こうと言ってくれる栄さんも、たった一人でアパートに帰るなり、どことかで飲んでいるという間宮さんたちからの、車をやるからすぐに出て来い、の、執拗《しつこ》いお誘いの電話も、一切お断りして、……ほッとなんてしやしない、……相手は紙だから恥かしがらずに書くが、壁からパ、のお写真をはずして、抱き締めて泣いたのだ。もちろん悲しかろう筈はないにしても、嬉し涙でもなかった。淋しさ？　とてもまだそんなとこへは行きつけやアしない。あたしにも、アヤ子にも、庄太郎さんにも、どこからか降り注《そそ》いで来る「けなげだぞ」という褒《ほ》め言葉に泣かされる、……だから甘《あま》いのだ、……甘くってもなんでも、……パ、、喜んで頂戴！　褒めて頂戴！

　ひと月ちかく経《た》ってからだったろう、風呂からあがりかけて、「アヤちゃん、そろ〳〵来てもいゝわよ」と呼ぶつもりの、「アヤちゃん」だけが声になって飛び出したのに、びくッとして、もう一度首までつかり、浮かした態《かたち》の二の腕を見詰めると、小《ちいさ》な小な気泡《あぶく》のついた生毛《うぶげ》が戦《そよ》いでいる。……可哀想な生毛！　頬ッぺたから顎へ、つる〳〵と……。張り詰めた気持の緩んだあとには、そんな淋しさも来たが……。

　それからは、働け働けで、「どうしたんでしょうねえ、副院長さんのこの頃の張り切り方って、少しへんよ」などと、生徒たちの評判は、いゝのか悪いのか、いずれにしても、こっちの知ったことじゃアないが……。

　夏休には、尼ヶ崎のアパートに新婚の夫婦を訪ねて、み晩泊った。アヤ子は悪阻《つわり》であまり元気はなかったけれど、それでも、小野寺さんの御招待で、最後のひと晩は、有馬の温泉宿に楽しく過ごさせて頂いた。ちょっとがさつそうに見えて、その奥には、温《あたた》かさと、誠実さとをおもちの方とわかり、今頃になって、つく〴〵感心させられる。あゝいう方の下で働く庄太郎は、延《ひ》いてはアヤ子も、ほんとに幸福《しあわせ》だと思う。

　この一年の早かったこと、もうまた祥月命日が廻《めぐ》って来た。今日も穏《おだや》かな秋日和。どちら様へも御通知はしなかったのだけれど、珍しく御夫婦づれの間宮さんが、自家用車で誘いに寄ってくだされ、同乗させて頂いて、定刻三時のちょっと前に興安寺に着く。間もなく栄さんが、これも珍しいことで、御主人の種吉さんと一緒に来てくれる。間宮さんが、

「実ア僕は、お焼香をすませたら、鎌倉の兄貴のとこへ行くつもりで、これをつれて来たんだが、偶然君ンとこも御同列ってのは、なんだか秋子さんに見せつけに来たようで、ちょっとうまくなかったなア」

などと冗談を仰有る。続いて美也ちゃんも来たが、折からの日曜を幸、昨夜《ゆうべ》おそく着き、中野の後藤さんで泊めて頂いたアヤ子たちがなか〳〵来ない。

「ヤー坊はね、いざ出かけるって間際になると、きまって、なんだアかんだアって愚図つく癖があるのよ。庄べえが、早く早くなんて急《せ》き立てる様子が目に見えるようだわ」

「そうよ。きっとそんなことね。あんまり待たせても悪いから、かまわずお経、始めて貰いましょうか」

そんなことを言っているところへ、大銀杏の黄金《こがね》の雨を浴びながら、山門の前に自動車が停まった。いずれタクシーなのだろう、運転手は知らん顔で、先におりてから半身車内に突っ込み、やっと五十日かそこらの嬰子《あかんぼ》を受け取ろうとする庄太郎さんを、「いゝの、いゝの、だいじょうぶよ」と言うアヤ子の声も聞こえんばかり、そろ〳〵と、用心ぶかい降り方をする時、美也子が、耳朶《みみたぼ》に息がかゝるほど口をよせて来て、何を言うかと思えば、

「どう? あれ、まるで宝物みたいに、不潔の塊《かたま》りを抱いて来たわ」

またしても大人《おとな》を小馬鹿にしたような、皮肉がった口を利く、と、ちょっと腹だたしい気持のそばから、すぐもうわが子の幸福《しあわせ》がこちらの胸にもいっぱいに拡がって、けなげな者よ!……途端に鼻の奥へツンと来ると、水浅葱《みずあさぎ》の空がみる〳〵銀粉で鏤《ちりば》められて行く……。

上から『彼岸花』（1958年）、『秋日和』（1960年）
ともに監督/小津安二郎　写真提供/松竹

II

『晩春』をめぐって

縁談寠

一

「小父さん」

子供からの馴れで、そういって阿野《あの》を呼びかける都留子《つるこ》の調子には、毛ほどの不自然も感じられなかった。心からの信頼が、それを覆い隠そうとさせたり、控え目にさせたりするような邪気《じゃき》なしに、ぞんざいといってもいゝほどの露骨さで見透《みす》かされた。

「小父さん、お酌してあげましょうか」

暫く話が杜切《とぎ》れていたあと、だしぬけにそう言って、隅を切った長方形の、平べッたい急須《きゅうす》のような、錫製《すずせい》の酒器《しゅき》を把りあげ、真正面の席から身を乗り出して来て、そのとき初めて都留子は、晴々とした微笑《わら》い顔を見せた。脣《くちびる》より、寧《むしろ》、じッと見詰めた大きな目もとで笑っていた。

日本のより、西洋のより、一番好きな老酒《ラオチュウ》を、その、一合たっぷりはいる錫の容器《いれもの》で、一杯半ほどあける間、すまして見ていた娘が、話の杜切れ目とはいえ、急に酌をしようと言い出したり、思いもかけない烏睛《くろめ》の笑いを見せられたりして、阿野は、（へーえ、都留ちゃんでもね……）というような気持で、黙って支那焼きの盃を突き出して注がせた。

「重いのね」

　球《たま》を踏まえた唐獅子《からしし》のちょッぽりを摘《つま》んで蓋《ふた》をとり、なかを窺き込みながら、「あら、でも、もうたんとないわよ」

「なけれア、手をたゝいて、あとをそう言っといてくれりゃアいゝじゃアないか」

「いやだわ、わたし」

「なぜ、何がいやなのさ」

「わたし、手なんぞたゝいたことないわ」

お酌をしたことで、――というより、そう思い立った瞬間を境として、明かに娘の気分は一変していた。雨に早く暮れた夕方、ぱッと電気が来た時のように、急にどこもかも生々として来た。――阿野も、それにつれて気分を明るくしていた。気分ばかりではなかった、荷厄介《にやっかい》にしていた思考の上にも、おかげで一道の光明が落ちて来た。

……阿野は、その日、娘の母親である田島の未亡人・勝子からの、またしても「都留子の縁談についていろいろ御相談申上げたく」の手紙に促《うなが》されて、度々のことに、今ではもう一向気乗りのしないのを、ほかにもちょっとした用事を兼ねて、不承不《ふしょうぶ》精《しょう》、わざ〳〵湘南の住居《すまい》から上京して来たのだった。まったく、それは、何遍目《なんべんめ》か、初めの頃のは、そろ〳〵もう忘れかけるほど、出来かゝっては破れ、出来かゝっては破れした挙句だったが、然しその度数の多さ、年月の永びきだけだったら、別にそう（復《また》かい！）というような気持で、おのずと眉根がより、聞かない先からくさ〳〵させられて了うようなこともなかったのだろうけれど、この半年ばかりのうちに、続け様に起った三つ四つの話がうまくいきかゝっては、急にまたひどく風向きが悪くなったりして、結局一つ残らずこわれて了ったのなどは、——十分察しはつくとしても、大部分は母なる人の、焦慮《あせ》れば焦慮るほど気迷《きまよ》いが多くなり、神経質になりすぎて、ほんの一時の気分に拘泥《こだわ》って行った結果に負うところが多かった。形はどこまでも相談に違いないのだけれど、要するに肚《はら》の底は、女らしい頑迷さでちゃんときまって了ってから、話を打ち切るまでの経緯《いきさつ》に、いろ〳〵と尤千万《もっともせんばん》な理窟やら、繊細な心理の動きやら、洞察やら、不平やら、ひと通りもふた通りもあって、その胸のうちを洗い浚《ざら》い気持よく吐き出そうという時に、きまって聞き役に撰まれる自分なのだ、とわかって来ては、いかに無職渡世の阿野でも、そう〳〵はいゝ顔ばかりもしていられなくなることがあったのだ。

「然しまア、結局は当人の心持次第さ」

初《はな》のうちは、頻りにそれを言ってみた。が、母親一人の、暇すぎるほどの手元で、二重三重の箱に入れられて育って来たような、その上、通《かよ》っていた学校が、旧教の尼さんを校長に頂いていようというのだから、自然今もって朝晩の祈禱を怠らないような、そういうおとなしやかな都留子にとっては、親の意見に逆《さから》ってまでも、というほどの「当人の心持」なんぞ、事実あろう筈もなかった。母親の心持の動く通りを、ごく内輪《うちわ》に、寧ろ微に、敷写《しきうつ》しになぞっているような頼りなさだった。そのくせ、最後の決定となると、母親は、逆に相手の武器を取り上げた態《かたち》で、「第一には、当人もあんまり進んでいないようですし……」という言葉で、他人の阿野なぞには、二の句をつがせなかった。結局、馬鹿のように、たゞフン〳〵いって聞いているか、さもなければ「じゃア、まア、貴方のいゝようにすればいいじゃアありませんか」とでも言って、つッぷくれて帰って来るよりほかに、どうにもあがきのつかない立場だった。

けれども阿野は、一度も本気で腹を立てたりしたことはなかった。とゞの詰りはわかっていながら、お愛嬌でもおべんちゃらでもなく、手紙でいってよこす相談にはすぐ返事を書くし、来てほしいといわれれば、東京まで出向いても行くし、度々見合のような立場に立合ったこともあるし、――一つには、日暮しに困るほど暇だったせいもあるが、もって生れた親切気に、ともすれば一時の腹立しさなどは忘れて了う性《たち》だったから、ぶつ〳〵呟くような気持も、実は、それほど芯《しん》からというわけではないのだった。それに、田島とは、小学校時分からの旧《ふる》い友達で、今年二十三になる都留子がやっとよち〳〵歩きかける頃、急性の盲腸炎で亡《なくな》るまで、かれこれ二十年近い友情は、そういう早い死によって、寧ろ一層色濃《いろこ》くされてもいた。無論、死水もとってやり、引き続いて葬式万端の指図から、都留子には一つ違いの兄にあたる総領の貴一の教育、時にはまた財政上の相談など、田島家のこととなると、殆ど習慣的にも、わが身に引うけて世話をやく気になっていた。

　未亡人の勝子に対しても、結局の好意は捨てられなかった。父親のないあと、幼少な三人の子供たちを一身に引うけて、二十年が間、まず〳〵瑕瑾《かきん》なく育てあげたほどだから、実際賢母には違いないとしても、言語動作がいやにぎすついて、だん〳〵女学校の舎監じみて来るのなどは、阿野の好みからいえば、「いや、とてもやりきれねえ」とでも呟きたいところなのだが、然し旧い馴染《なじみ》で、性分の奥底《おくそこ》の馬鹿正直や一徹や涙脆《なみだもろ》さも知っているだけに、表に現われたところばかりで、易《たやす》くその気になるようなことはなかった。今度の縁談についても、つゞまるところは、あまり自己本位な考え方をするところから、たまには皮肉の一つも言ってやったり、不愉快そうに押し黙って了ったりしたこともあるけれど、それもほんの一時の気分で、大根《おおね》の好意に変りはなかった。あとで思えば、「いかにもあの人らしい」というようなことで、微笑《ほほえ》ましく、時には涙ぐましくさえなって、綺麗に忘れて了えた。また年輩からいっても、経歴からいっても、そうあっていゝ筈の阿野だった。

明治初年からの、船具《せんぐ》一切の大問屋に生れて、なんの某《なにがし》を落籍《ひか》せたの、どこそこでどういう大した催しをしたのと、そんな、これぞと目につくような使い方はしなかったけれど、それでいてかれこれ百万ちかい金子《かね》を、だらしもなく酒と女でなくして来たのだから、せめてはすなおに人の心持が読めて、気をゆったりと落ちついていられでもしなければ、放蕩冥利《ほうとうみょうり》にも尽きようというものだった。おまけに、それほどの放蕩の挙句には、大抵の人が陥《おちい》らなければならない筈の窮乏からも、仕合《しあわせ》と彼は救われていた。先代の一方ならぬ愛顧をうけた番頭が、今時には珍しい、正《まさ》しく死を決しての諫言《かんげん》に、法律では兎も角も、事実上は現在の雇人から隠居を仰せ附かった態《かたち》で、業務はもとより、家計一切その男に任せ切って、それ以来もう十年近い田舎《いなか》住居《ずまい》だった。細君は、夙《とう》の昔に愛想《あいそ》をつかして、さっさと暇《ひま》を取って、故家《さと》へ帰って了ったし、子供はなかったし、一時は阿野もショボンとしていたが、何人《なんにん》でも手当り次第に囲《かこ》って置いた女たちの、それ〴〵利口に身の振り方をつけて行ったあとに、最後まで踏み止まったお藤《ふじ》というのが、いつからともなく、ずる〳〵べったりに鎌倉の住居《すまい》に一緒になって、今では夫婦同様に暮していた。水の手が切れたあとまで、まごついていたような女だけに、お藤は、却ってそういう堅い暮しには向いていた。一年二年と、阿野の気持も、静寂や簡素に馴れて、くすみ、錆《さ》びて来た。交際《つきあい》はうるさく、東京の街《まち》は目まぐるしく、酒も、晩酌の一本をもてあますほどの、昔、夢にも思い及ばなかったような、不思議なことになって来て、それを今ではもう「不思議」とも感じなかった。盛りの頃の、一晩の小遣にも足りない五百円という金子《かね》が、月々店から届いて来るのを、多くも少くも思わずに、女中とも三人口《さんにんぐち》の一家、たゞもう安穏《あんのん》に暮していた。——そんな風だったから、自然、恰度成金の可厭味《いやみ》と好一対《こういっつい》になる、あの俄貧乏《にわかびんぼう》の萎縮や猜疑や負惜《まけおし》みなどにも陥《おちい》らないで、くすみはくすんだなりに、以前の寛濶《かんかつ》も保《たも》たれていたのだ。と同時に、所謂苦労人らしく、卑屈なまでに自分というものを摺りへらしてもいなかった。まだ〳〵どこやらに若旦那気《ぎ》が残っていて、——つまりいえば、うっかり相手に吊り込まれて了うような、尻の軽いところがないではなかった……。

「然しね、お都留ちゃんを見ていると、なんだかこう、可哀想になって来て仕様がないんだがね……」

　今日《きょう》の午後も、亡友の書斎だった二階の八畳間で、勝子と差向いに、いろ〳〵と今度また新たに起って来た縁談の話最中《はなしさいちゅう》、ふとこんなことを言い出したりした。

「何が？　どうして？」

「どうしてって、貴方《あなた》みたいに、毎日ずうッと続けて見ていたら気がつかないかも知れないけれど、この頃、……たってもう一二年この方のことだけれど、お都留ちゃんを見るたんびにそう思うよ、──だん〳〵こう元気がなくなって来て……、この頃はまためっきり顔色も悪いし、痩せたし……」

「それア、貴方、年齢《とし》のせいよ」

「年齢のせい？　冗談いっちゃアいけない。女の二十二三とは、花で言ったら真ッ盛り……」

「ですからさ、その盛りの過ぎないうちに、……一体いえば、普通よりもう三四年はおくれているんですからね、それであたしも……」

「それア、無論、おくれてるとも！　一体貴方があんまり考えすごすのがいけないんだよ。なんでも物事《ものごと》は、こうこじらせちまっちゃア駄目だ。明けても暮れても縁談々で、三年も四年もせめ通されてみなさい、――どんなに快潤な娘《こ》だって、いゝ加減痩せちまわアね。年比《としごろ》の娘に縁談と来れア、ちょいと考えると、猫に木天蓼《またたび》だが、こいつが存外、素人考《しろうとかんが》えかも知れないて」

「そんなにいうほど、何も弱ってやアしませんよ」

「弱ってますとも！　あんなに無邪気な、快潤な娘《こ》だったのが……」

「ですからさ、それは、貴方、年齢《とし》の加減ですよ。いくら都留子がおてんばだって、二十三にもなりゃア、少しは貴方……」

「いゝえ、それアそれとして、あの衰弱はまた別ですよ。あれア全く縁談窶《えんだんやつれ》だ。一生の大事だと思やア尚更、迂闊《うかつ》にどれがどうともいえやアしないからね。……可哀想だよ、全くあれじゃア可哀想ですよ。今日《きょう》あたりの様子なんてもなア、あたしア、正面《まとも》に見ていられないくらいだね」

「だって、結局は当人次第だっていうのが、前々からの貴方の持論じゃアありませんか。そうとすれば、どうしたって当人の意思を慥《たしか》めてみるよりほかに……」

「それア無論当人次第さ。親次第や他人次第でよかろう筈はないにきまってるけれど、そこは、あんた、やっぱり、……なんだよ……」

「そこはどうなんですよ」

「そこは、ほんとのことを言うと、貴方がいけないんだよ。貴方があんまり突っ込んで考えすぎるから、当人の考えてみる余地なんぞなくなっちまって……」

「だって、それア、親ですもの！　貴方なんぞ、子供をもってみたことがないから……」

「それを言われりゃア一言《ごん》もないんだが、……それアもう、親としてどこまでも心配するのはあたりまえのことだし、また至極結構なことでもあるんだが、そこがなかなかむずかしいところでね……」

「え丶、全くむずかしいわ」

「つまり、なんだア、露骨に言っちまえば、貴方のは、少し自分の考えを喋りすぎるんだよ。自分の考えは考えとして、出来るだけ当人には言って聞かせない方がい丶と思うね。さもないと、あ丶いうおとなしい娘《こ》のことだから、知らず識《し》らずの間に、すっかり貴方の考え通りになっちまうんだからね。そうすれア、当人次第というじょう、つまりは貴方次第になっちまうわけなんだから……」

「まア、なんてんでしょう！　貴方もずいぶん出鱈目ね」

「え？　どうしてさ」

「どうしてって、そうじゃアありませんか、……たったいま貴方は、あ丶いう年齢のいかない者に、一生の大事がそうはっきりきめられるものじゃアない、それを無理にきめさせようとするから痩《やせ》るんだって、そう仰有ったばかりじゃアありませんか」

「然しそれは、だね……」

「ですからあたしが、あの娘の参考にもと思って……」

「ところが、その参考ってやつがね、うまく参考だけですんでくれりゃア、文句《もんく》はないんだけれどね……」

「なんぼ都留子がぼんやりだって、もうそれくらいなことは、貴方……」

「いゝえさ、決してそういうつもりで言ったんじゃないが、……つまり、考えというやつが、純粋に考えとしてだけ話せるわけのもんじゃアないんで、自然そこに話している人の気持がはいって行くからね、そいつが大きいんですよ。今度の話には、馬鹿に阿母《おっか》さんが乗り気になってるとか、今度はそれほどでもなさそうだとか、先達《せんだって》までは乗り気だったが、この二三日あんまりよく思っていないらしいとか、そんな風に、貴方の気持が、一々お都留ちゃんの方へ映《うつ》って行くんだからね。考えとか参考とかいうようなものなら、それアまたお都留ちゃんはお都留ちゃんで、相当しっかりした見識をもってるかも知れないけれど、阿母さんの気持、ということになって来れば、これにゃア手も足も出せまいからね。みす〳〵阿母さんが可厭《いや》がってるところへ、自分から進んで行きたいとは、ちょっと言い出せまいからね」

「それじゃ、一体どうすればいゝって言うの？」

「貴方ほどの人でも、思案にあぐねてるんだ。まして、はたから、どうしろもこうしろも、言えるわけはないけどさ、……ところで、じゃア一体、貴方御自身の時にはどうしたんだい」

「それア、今とは時代も違うし、無論、両親の言いなり放題になっちゃったんだわ」

「じゃア、まア、やっぱりその流儀でやっとくより仕方あるまいね。ほかにもまだいろ〳〵流儀はあるだろうけど、とかく人間てえやつは、自分のやって来た方法が、一番間違いないように思い込んでるもんでね、なかなか容易なこッちゃア他流《たりゅう》へは変《かえ》れないさ」

「ねえ、阿野さん、そいじゃアね、仮に貴方に娘さんがあったとして、どういう流儀で結婚させる？」

「それアもう大した新しさだね。――絶対自由だ。自由恋愛、自由結婚！　親爺は絶対放任主義さ」

「なアんて！　実際になれけれア、どんなえばった口でも利けるけど……」

「いゝえ、全くだよ。自分の嬶《かかぁ》を自分で探し出せないような男や、自分の亭主を自分でつかまえて来られないような女じゃア、とてもこれからの世の中で、一人前《にんまえ》の働きが出来ッこありゃアしないよ。早いためしがあたしだ、親爺《おやじ》任せで貰った婿は、自分からさっさとおん出て行っちまうし……」

「お金の力でつかまえといた女たちは……」

「や、仰有る通り！……金の切れ目が縁の切れ目さ。……そこへ行くと貴方なんざア大出来の部だ」

「だって、いまさら出て行こうにも引取りてがないじゃアありませんか。それとも、貴方にでもお願いして置いたら、大金持の御隠居さんかなんか探して来てくださる？」

「ちげえねえ！　それよりいっそ新しく、若き燕なんざアどうです」

「えゝ、結構！　こっちは老いたる鷗かなんかでね」

それで笑い話になって了ったのだが、阿野が、即席の造語で「縁談窶《えんだんやつれ》」と呼んだ都留子の陰鬱には、実際しんみりした同情がもてた。結婚という、一生涯のうちで一番華やかな、晴がましい事実を前にして、若い娘が、まず事の重大さに気圧《けお》され、母親の気持に影響されて、思考の自由を欠き、感情の潑剌さを失って、――おまけに、どれもこれも、次から次と破談になって了うのに、心持は益々消極的に、否定的に傾いて行くばかりで、少し大袈裟に言うなら、仕舞には縁談で命をとられはしまいかと案じられるほど、身をも心をも傷《いた》めつくしているのが、哀《あわれ》にもいじらしかった。せめては、その誰にも言えないことを、こっちから気軽く指摘してやって、「ほんとうにそうなの！ もうこの頃では、縁談と聞いたばかりでぞうッとするわ！」くらいの本音《ほんね》を吐かせ、凝《こ》りきった気持を揉みほごしてやりたかった。そこへ行くと、同じことでも、母親の焦慮《いらだち》や心配には、少しも同情がもてなかった。この方には、どこかに享楽的な感じがあった。今度こそ、今度こそと、決定をあせっている心の陰には、この永の年月つゞいて来た心配と、綺麗さっぱり手を切って了う淋しさが、早くも朧げな脅威の姿を現して来ていることも、思いやるにさして難くはなかった。「邪推すれば」という前置をつけて、憚りなく無礼な想像を逞《たくま》しゅうするならば、それは、寡婦の抑圧された性慾から来る、惨忍性の現れだとも、言って言えないことはないくらいだった。——兎も角も、母親には、苛立ちながら、心配しながら、それでどこかに楽しんでいる気持がみえた。全く反対に、娘は、喜ぼうとしながら、そわ／＼すべき筈だと感じながら、それでだん／＼気が滅入《めい》るばかりだという風があった。——この点に関する考察が、積り積って来て、今日《きょう》という今日は、半ば世を捨てた気持の阿野も、柄《がら》になく、義憤めいた胸の熱さを抑えかねた。笑いながらも、冗談口《じょうだんぐち》を叩きながらも、幾度《いくたび》となくそこへ触れて行こうと試みたが、然し、灸所《きゅうしょ》を抑えて、身動きのならないようにして置いて、その上でかれこれ言うとなれば、無論勝子はかん〳〵に慍《おこ》って了うに違いなかった。そうかと言って、遠巻きに寄せて行くのでは、鰻にぬめりを与えた神様が、女に授け給うた自衛本能で、円転滑脱《えんてんかつだつ》、無碍自在《むげじざい》な没論理を掉《ふる》い、弁舌さわやかに、うまくぬるりと脱《ぬ》けられて了うのがおちだった。それでも、幾度かそういう失敗を重ねた挙句、とうとう都留子の陰鬱と衰弱だけは是認させることが出来た。

――と、思うと、すぐもう話は、思いもかけない方角へ逃《そ》れて行って、

「いえね、それについても、実は、貴方に御相談ねがおうと思ってたことがあるんですがね」

と、未亡人はひと膝のり出し、俄に声をひそめて、「まア、万が一そんなこともあるまいとは思うんですけれど、あゝしてこの頃すっかり元気がなくなって了ったところから、ヒョイとわたしの胸に浮んで来たことなんですが、――なんかこう、自分一人で考え込んでるようなことでもあるんじゃアないでしょうか」

「というと、つまり、なんですか、惚れた男でも……」

「えゝ、まアそうですね、……もと〳〵あゝいう晩熟《おくて》の方ですから、まさか学校へ通《かよ》っていた時分には、そんな気もなかったろうと思うんですし、それから後《ご》は、たまさ

かどっかへ出かけるったって、わたしか兄貴殿《あにきどの》か、……まア、めったに一人で出してやったことはありませんから……」

いつまでも都留子が、子供のように思われてならない阿野としては、ついに一度そんな疑いをもったこともなかったのだけれど、もの〳〵しげに声をひそめたり、どこまでも身贔負《みびいき》な考え方をする母親に対しても、ひと口に「そんな馬鹿なこと！」と笑い消して了いたくはなかった。他人の口からそれを言わせて、自分の安心を堅めたい意図《いと》が、露骨に見え透いているだけに、それまで一度も思い浮べたことのない事実の方へ、却って、一足飛《いっそくと》びに突きやられた態《かたち》だった。

「さアねえ……」

「といったところで、勿論、何も疑わしい事実なんぞはないんですけれど、たゞあんまりしょんぼりしていますからね」

「それア、まア、あたしも大抵大丈夫だろうとは思うけれど、こればッかりは、いくらはたから厳《きび》しくしたって、――よしんば貴方が、つきッきりにそばにくッついていたって、見る目かぐ鼻の取締りまではつかないんだから、惚れたとなれア、遠慮なく惚れるでしょうがね……」

「それだって、どこの誰それともわからない人なら……」

「いや、わかってる場合だっていくらもあるでしょう。昔のお姫様じゃアあるまいし、お輿《こし》の簾《すだれ》ごしに見初《みそ》めるばかりが見初とは限らないんだから」

「それア、そうだけれども、うちなんぞじゃア、めったに若い男が出這入りするようなこともないんだし……」

「貴一の友達だって遊びに来るでしょう」

「あのまた兄貴殿と来たら、貴方も御承知のとおりの変人で……」

「兄さんのお友達、……なんて、小説によくある筋ですぜ。それに第一なんだア、今時の娘さんたちは、西洋の活動役者、――壁だかシイツだかの上に映ってる、それこそほんとうの幻《まぼろし》みたいなものにも惚れるっていうし、そうかと思うと、恐多くも雲井の上の御方をお見初め申して、昨年の御成婚当時なんぞは、全国に亙って数十万の失恋者を出したって言うくらいだから……」

「冗談は冗談として、ほんとうにどうでしょうね」

「そんなこと、あたしンだってわかりアしないやね。そんな無理な……」

「いゝえ、それアそうですけど、一度貴方から、それとなく訊《き》いてみて頂いたらどんなもんでしょう。却ってまた、藪《やぶ》をつッ突いて蛇《へび》を出すようなことになっても困ると思ってるんですけど……」

「おん婆《ば》さんの役だね？　だけど、あたしだと、男はよし、ぐッと若く見えるから、はたからじゃア、お尻で『の』の字を描《か》きながら、娘の方で口説《くど》いてるとことしか見えまい。そいつが辛《つら》いて」

「まア、呆れた！　ほんとに貴方は、いつまで経《た》っても馬鹿ね」

「年齢《とし》をくうたんびに利口になるもんなら、貴方なんぞ、もういゝ加減……」

「うるさい人ね！　いゝわ、なんでもそうして茶化して了うんなら、もう決して相談なんぞ頼まないから」

「たすかる！」

そんなことで、然し結局阿野は、その「おん婆役」を引きうけ、うちでも拙《まず》かろうというので、散歩を名として、夕方から、都留子をおもてへつれだしたわけだった。

それは、三月にはいって間もなくだった、——午《ひる》ごろ、阿野が新橋におりる時分から吹きだして、麻布《あざぶ》市兵衛町《いちべえちょう》の高台にある田島の二階では、硝子戸の響で、どうかすると相手の言葉も聞き損《そこ》なうほどの南々風《おおみなみ》になったやつが、いい按排《あんばい》に、出かける頃にはぱッたりと凪《な》いで、雲を吹き払われたあとの空が馬鹿に美しく、気温も穏かに、散歩にはもって来いの夕方になっていた。

「あゝ、あ、あゝ！」

そういう気持のいゝ戸外《おもて》へ出て行って、却って阿野は、あたまとも体ともつかない労《つか》れを感じだした。両肘を折り曲げ、うんと胸を開くように空を振り仰いで、声に出して大きな溜息をついたりした。

「夕空の色なんぞが、もうどことなく春めいて来たね」

「えゝ、これからだん〳〵鎌倉はよくなりますわね。もうじき摘草《つみくさ》でしょう？」

「そう〳〵、摘草なんてことがあったね。もうちっと温暖《あたたか》になったら、一遍《ぺん》みんなで出かけておいでな。あっちも、地震後はすっかり汚《きたな》くなっちまったがね」

「やっぱりどこもかもバラックなんでしょうね」

「街《まち》はもと〳〵汚いんだから、新しく建《た》て変って、却っていゝくらいなもんだけれど、木や草がね、地震後急に埃ッぽくなったような気がするよ。山なんぞ見ても、あっちこっち禿《はげ》だらけだしね」

「そうですかね」

「でも、東京よりはまだいくらかましだよ。ほんとに遊びにおいでな」

止むを得ない急ぎの用事で、勝子は二三度訪ねて来たことがあったけれど、息子や娘には、たゞの一度でも阿野のうちへは寄りつかせなかった。無論それは、性《しょう》の知れない女が一緒に住んでいるからで、例の賢母式教育法から出ていることとは知れていたが、別に苦《く》にやむほどのことではなし、こっちからも、ついに一度遊びに来いと誘ったりしたためしはなかったのだけれど、ふとした調子で、なんの拘泥《こだわり》もなく、無論お世辞でもなく、すら〳〵とそんな言葉が出て了った。

「えゝ」

顎の上まで、毛糸の襟巻を掻き合せながら、娘は、反跳《はずみ》のない、曖昧《あいまい》な返事をした。

「女は、お嫁に行って、子供でも生《う》んじまうと、なんにも出来なくなるから、お前さんなんぞ、今のうちに、摘草でもなんでも、せい〴〵したいことはして置くんだね」

「えゝ」

　相変らずの返事だった。尤も、気がついてみれば、今時の娘が、摘草なんぞ、何がしたいことなもんか、と我ながらその迂闊《うかつ》さ加減が可笑しかった。それから延《ひ》いて、もう一つ心に浮んだのは、鎌倉の春を思うと同時に、すぐ摘草を云々《うんぬん》したこの娘も、よっぽどおくれている、全く今時には珍しいねんねえだ、というような感慨だった。

「一体お都留ちゃんは、どんなことが好きなんだい。阿母さんがあゝいう風だから、芝居や活動なんぞ、めったに見せて貰えないんだろうね」

「えゝ、三遍かしら、四遍かしら、……数えるほどしかつれてって貰ったことないわ。……でもね、わたし、そう見てみたいとも思わないの」

「へえ、そいつは珍しいね、女の好きなものッてば、芝居《しばい》、蒟蒻《こんにゃく》、蛸《たこ》、芋《いも》、南瓜《かぼちゃ》って、昔から大抵相場のきまったもんだがね」

言いきらないうちに、都留子は、顔半分襟巻のなかに埋めて、くッくと笑い出し、二三歩行くと、立止って了って、腰をかゞめ、膝をもんで可笑しがった。

「なアんだい」

阿野も足をとめ、微笑《わら》い顔を振り向けて、「何がそんなに可笑しいのさ」

「な、な、なんですって？」

こみ上げて来る笑いに遮《さえぎ》られながら、「も、も、もう一度言ってみて頂戴」

「芝居、蒟蒻、蛸、芋、南瓜、……かい？」

それでまた新たに笑い崩れたが、やっと、帯の上から横腹を叩き叩き歩き出したと思うと、もう一度ぷッと噴き出して、

「なんですって？　芝居、芋、蛸……？」

「いゝえ、芝居、蒟蒻だよ、芝居、蒟蒻、蛸、芋、南瓜さ」

「あら、そうかしら、あたし、お芋なんぞ大嫌いだわ」

「そうかね。然し、なにしても、女ッてものは、よっぽど食い意地が張ってるんだね。それだけの中で、食べられないものッたら、芝居ひとつッきりじゃアないか」

「ほんとね。でも、それア昔の女だからよ」

「じゃア、今の女はなんだい」

「そうねえ、――テニス、編物……」

「なんだ、体裁《ていさい》のいゝことばかり言ってるぜ！」

ところが、ぶら〳〵虎の門まで歩いて出て、阿野が好物の支那料理を食べようということになって、そこの、黒く冷たい食卓に差向いに腰を却《おろ》してから、最近十日ばかりのうちに、馬鹿に進みかけている縁談の方へ、話の筋道《すじみち》が向いて行くと、人が変ったように、忽ちまた都留子の快濶が失われて了った。伏目でいるとか、そっぽを向くとか、始終、少しも阿野へは目をくれずに、「えゝ」と「いゝえ」を微《かすか》に呟き返すばかりで、折角の御馳走にも、碌すッぽ箸をつけようとはしなかった。それは、幾度《いくたび》観察し直してみても、決して昔風の含羞《はにかみ》やきまりの悪さからではなかった。今度のがうまくいって、いよ〳〵話がきまったとしたところで別だん嬉しくもないし、大抵はまたいつものでんで、途中でこわれて了うんだ、そんな風にたかをくゝって、少しの希望も興味もないばかりか、一度々々売れ残りの感を深められて行く苛立《いらだち》や屈辱で、もうその話は一切聞きたくない、とでも言いたげな、少し言葉を強めれば、不貞腐《ふてくさ》れた態度さえ仄《ほのめ》くのだった。それでも、いつものように、母親の前だと、まだいくらか遠慮もあるのだろうけれど、なアに、阿野一人ならかまうもんか、の気持か、今夜はそれが、殊に露骨だった。

引ずり込まれて、阿野も、陰気な、重ッ苦しい気分になり、結婚とか、結婚生活とかいうものに対して、懐疑的な、寧ろ虚無的な思索に耽りながら、機械的に、時折盃を唇へ持って行くばかりで、やゝ暫く話が杜切れていたのだが、そこへ、突然の、「小父さん、お酌してあげましょう」だった。そうして、雨に早く暮れた夕方、ぱッと電気がついた時のように、急にどこからどこまで、生々《いきいき》と、華かに、明るい娘の笑顔を、眼前咫尺《しせき》の間に見出したのだった。

(そうだ〳〵、それでこそ嫁入前の娘だ!)

阿野には、その晴々しさが馬鹿に嬉しかった。同情は同情として、好みから、陰気臭くじめ〳〵したことや、あんまり理窟ッぽくこねくり廻すようなことは、真ッ平御免と言いたい方《ほう》の性分《しょうぶん》だったから、その点からも、年がら年じゅう縁談々々で、そればかりを苦に病んでいるような母親の態度がいかにも馬鹿らしく思えてならなかったところへ、娘のそうした明るい笑顔を見せられたので、これでどうやら娘を、その在《あ》り形《かたち》の姿に見出したように思えたのだ。母親の悪い影響のもとから、肇《はじ》めて明るみに引っ張り出せたような気がしたのだ。

（ざまアみろい！　嫁入前の娘なんて、そんなもんじゃアないんだから）

遠くにいる母親の方へ、肚《はら》のなかで、そんな悪態《あくたい》を投げつけてやりたいような、やっと溜飲のさがった気持だった。その嬉しまぎれから、

「どうだい、お都留ちゃん」

と、顔じゅう笑《え》み皺《しわ》めて、酒器の蔓《つる》を把《と》ると、いきなり娘の鼻さきへ突きつけるようにして、「お前さんも一杯お飲み！　なアに、かまうことがあるもんかね。お前さんとこのお袋《ふくろ》なんぞ……、あれア、まア、なんのこたアない、寄宿舎の舎監みたいな婆さんだから、あんなもんの言うことを、一々そう真正直《まっしょうじき》に聴いてたひにゃア、人間、見てるまに乾涸《ひから》びちまうばかりだ。さア、一杯飲んでごらん」

「可厭《いや》な小父さんねえ！」

顎を引き、眼を可怕《こわ》らしくして、娘は、窘《たしな》めよ！　という心持に睨み据えたが、然しその結果は、却って相手を、それとは全く反対の方角へ押しやるようなものだった。

「何が可厭なもんか。……そら、そこにある氷砂糖《こおりざとう》を入れて、溶《とか》して飲むんだから、甘くておいしいよ。まア、一杯やってごらん」

「嘘ばッかり」

「嘘なもんかね。わざ〳〵そのために出してある氷砂糖じゃアないか」

「だって、小父さんは、先刻《さっき》ッから一つも入れてやしなかったじゃアないの」

「それア、小父さんは、甘いのが嫌いだからさ。お前さんは……」

「わたし、これだけ頂こう」

半透明な結晶体を、ひょいと摘みあげると、抛《ほう》り込むように口へ入れた。

「馬鹿だね、こんなうまいものを……」

阿野も、諦めて、手酌で自分の盃を満し、銚子を置いたが、その捌《さば》き方《かた》には、内心すくなからず感服させられて了った。堅ッ苦しく、開き直って断りでもすることか、相手を少しもてれさせずに、うまくヒョイと躱《かわ》した手際は、――無論、手際と呼ばれるほど、意識的なり、或は練磨的な感じのものではなかったけれど、――その軽さが、迂鈍《うどん》なうまれでは、十年茶屋奉公をした挙句でも、易《たやす》くは出せない味に行っていたのに、（へーえ、都留ちゃんも、なかなかこれで才女なんだなア）というような感慨を喚《よ》び起され、思わず識らず改めて顔がうちまもられた。――楕円形《たまごなり》に口をあけて、肉の薄い頬を一層細長くし、顎の下をぷくりと脹《ふく》らませて、すまして舌の上で氷砂糖を弄んでいる。歯に触れて、カチャ〳〵と音がする。……やゝ褐味《あかみ》を帯びた細い毛を、無造作な束髪にまるめあげたのが、自然の癖で、前髪に緩《ゆる》い波がうって、色つやの悪い額に乱れかゝっている按排といい、なんとなく阿野は、大患《おおわずら》いの快復期に、三日目、五日目と、だん〳〵食ものの数を許されて行く時分に、今日《きょう》からドロップくらいしゃぶってもよかろうと言われて、その最初の一つを口に入れた娘の子でも眺めている父親の、同じ可愛いゝといううちにも、いとしらしさの深い気持が、——自分には子供のコの字も覚えはないのだけれど、静かに、というよりは、へんに寂しく、じッと胸に滲み亙って来た。

「……成程なア……」

明けても暮れても縁談々々で騒ぎ廻っていながら、いざとなると、ひどく引ッ込み思案になり、意地悪根性か、吝嗇《けち》ン坊《ぼう》の物惜《ものおし》みにも似通《にかよ》うほどの頑迷さで、なにのかのと相手に難癖《なんくせ》をつけては、破談にして了う母親の気持も、それにつれてなんとなく頷《うなず》けるような気がして来た。すまし込んで、口のなかで氷砂糖をカチャつかせているような子を、嫁にやるということが、いかにも、ちょいと無慚な感じがしないでもなかった。

「あゝ、気がつかなかったが、サイダーかなんか、飲みものを貰ってあげるんだったね」

「いゝえ、そんなもの、要《い》らないわ」

「なんにも手をつけないじゃアないか、支那料理、嫌いなのかい？」

「でも、そうおかずばかり食べられやアしないわ」

「あゝ、そうか」

馬鹿々々しいほど感に堪えた受け答えをして、「成程！ 酒を飲まないと、おかずばかりじゃアうまくないんだね？ ……そいつアどうもお気の毒だったね。遠慮しずに、早くそう言やアよかったのに」

「でも、いゝわ、待っててあげるわ」

「待っていられちゃア、こっちの酒に味がなくなるよ」

「いゝじゃアないの？ ひとのことなんぞ構わずに、いくらでも召上れよ」

「その間、氷砂糖をしゃぶりながら見物していてくれるか」

「あら、どうして？ これ、食べちゃア可笑しいの？」

「何も可笑しいこたアないさ。昔は、これでも、なか〳〵贅沢なお菓子だったんだぜ。キャラメルやドロップの親爺《おやじ》が金平糖《こんぺいとう》なら、こいつはそのまた先代の、祖父《おじい》さんぐらいにあたるかな。お前さんなんぞ、金平糖の味だって碌すッぽ知ってやアしまい？」

「知ってるわ。今だって、駄菓子屋へ行けば、硝子の瓶に入れて売っててよ」

「あゝ、あんな細《こまか》いやつじゃアないんだ。もっと、……そうさな、恰度、小指の先ほどあって、それで、あんな、色なんぞつけてありゃアしなかった。そいつをね、振出しといって、口の大さが、恰度一つだけ転《ころ》げ出すくらいに出来た瀬戸の容器《いれもの》なんぞに入れてね、逆《さかさ》に、カチャ〳〵振り出しちゃア食べるんだ。なかにゃア、白磁《じき》の素晴しい陶器《やきもの》に、蠟塗《ろうぬり》の蓋《ふた》なんぞついた、それア上品な振出しがあったもんだよ。今じゃア古道具屋を探したって、容易なこッちゃア手にはいらないかも知れないが、つまりまア、それくらい大切にして食べたもんさ。氷砂糖となると、喘息の薬だなんて、有難そうに煎じて飲んだりしたもんだ。どうだい、謂《いわ》れ因縁《いんねん》を聞けば、なか〳〵これで大した貴重品だろう？」

「一体、小父さんは幾つなの？」

「だしぬけにそんな失礼なことを訊くやつがあるもんか。西洋ではね……」

「知っててよ、そんなこと！……うちの阿父様とおない年ぐらいなんでしょう？」

「まア、そんなところかね」

「そうすると、明治三年？　四年？　慥からうちの阿父様は、三年で、午《うま》の歳《とし》だったと思うわ」

「いや、小父さんはもっとずっと若いさ。だけど、そんなことより、そのうち一度、ほんとうに鎌倉へ遊びにおいでな。お前ンとこの舎監婆さんはね、お前さんたちをうちへよこすと、碌なことは見習って来ないと思うもんだから、それで、一度だって遊びによこしてくれないんだけれど、なアに、決してそんなこたアない。いろ〳〵とまたなんだア……」

「金平糖のお講義？」

「冗談いっちゃいけない。人の一生ということについてだね、すこぶる有益な……」

「小父さん……」

話なかばにヒョイと呼びかけて置いて、都留子は、それきりふと口を噤《つぐ》んで了ったが、見ると、目のふちをぽうッと赤くしていた。僅かな間《ま》あとを待ってから、

「なんだよ、さきをお言いなね」

と、促した阿野には、勘で、どうやらお藤のことを言いかけたらしく察しられたが、

「ひとを呼んどいて、それッきりあとを言わないなんて、それこそ大した失礼だ」

「いゝわ、よすわ」

「なアに、言わないたって、小父さんにゃア大抵わかってるけれどね」

「じゃア、いゝじゃアないの」

「だけど、そんなこと、まさか阿母さんが喋って聞かせるわけでもあるまいが、よく知ってるね。誰から聞くんだい」

「わたし、あの人知ってるわ。いつウか、まだ子供の時分に、銀座通りで、小父さん

と一緒に歩いてたところへぶつかっちゃったことがあるじゃアないの」

「へーえ、そんなことがあったっけかね」

「あったわよ。そのあと、小父さんがうちにいらっしゃった時、阿母《おかあ》さんにさんざ油をとられて、まいっていらしったじゃアないの。だから、お名前だって知ってるわ。お藤さんておっしゃるんでしょう？」

「そうかね、そんなことがあったかなア」

「その時分には、まだ芸者さんだったのよ。だもんだから、わたしたちに気がついて、小父さんが挨拶をなさると、急にすうッとそばから離れて、お連《つれ》でないような顔をして、どっか、唐物屋《とうぶつや》だかなんだったかの店へはいっちまったのよ。わたし、遠くから、――阿母さんなんぞまだ気がつかないでいるうちから、ちゃアんと見ていたの。だから、いまだに髪《あたま》や着ていたものまですっかり憶えてるけど、袷《あわせ》時分でね、髪《かみ》を島田に結って……」

「いや、どうも、痛み入るな。そこまで憶えていられちゃア」

「丈《せい》はあんまり高くなかったけれど、撫肩《なでがた》で、すらりっと見えるような人だったわ。今でも、まだあんなにお綺麗？」

「いやはや、お都留ちゃんにまで冷《ひや》かされるに至っちゃア、小父さんも形《かた》なしだなア」

「冷かすんじゃアないわ。ほんとうに綺麗な方だったわよ」

「有難う。そうしていまだに憶えていてくれる娘さんがあると言って聞かせたら、嬉しがったり、気まりを悪がったりで、やっこさん、どうしていゝかわからないだろう」

近所づきあいさえしない、まるで世捨人《よすてびと》のような、女の今の境遇が、ふと、もの哀れに思い浮べられた。長火鉢に手をかざして、大きく目を瞠《みひら》いたまゝ、じっとさしぐんで了う様子まで、あり〳〵と眼前《まのあたり》に見るようだった。勢《いきおい》、阿野は、子供のあたまの印象ぶかくも、偶々《たまたま》そうした記憶を保《たも》っていたというだけのことに対して、心密《こころひそ》かに、感謝といってもいゝほどの好感を贈り返さずにはいられなかった。母親の勝子などに会ったひには、互に口を利き合ってさえ、そこがどうも、そうさらりとは行きにくかった。なんとなく拘泥《こだわ》っているところがあって、――無論それには、お藤の方で、「とてもあたしなんぞ……」の全く皮肉でも反感でもない卑下《ひげ》した気持から、二三度の来訪の折にも、お役目に茶や菓子を持って出るなり、一時《いっとき》もそこへ坐り込むような親しみは見せず、ただもう臆々《おずおず》と含羞《はにか》んでばかりいたせいもあるのだけれど、然し大体に於て、眼中《がんちゅう》にも置かないといった風なあしらいは受けていた。どこまでも隠女《かくしおんな》に対する態度で、妾扱《めかけあつか》いにすらされないくらいのものだった。それが今の都留子の口吻《くちぶり》には、よしんば好奇心はあっても、世間並な反感や軽蔑などは、薬にしたくも見出せなかった。子供心にも、綺麗だと感じられた人に、今もって軽い好もしさが残っている、というだけのことなのだが、それでも阿野にとっては、十二分の嬉しさだった。

「あの時には……」

と、都留子は、生意気に、ものを思い出す上目使《うわめづか》いをして、「ずいぶん大人の人に見えたけど、今から思うと、きっとまだ二十歳《はたち》か、そうはなってないくらいだったんじゃアない？　この頃のことにすればなんでもないけど、あの時分としちゃア、可なり目につくほど華美《はで》な風をしてたから、……そうだわ、きっと今のわたしなんぞより、四つか五つくらい若かったんだわ。ねえ、そうでしょう？」

「やっぱり女の子だね、そんなことまで気をつけて見ていたのかい。一体それア、いつ頃の話なんだね？」

「もう十年以上も前のことよ」

「そうすると、お前さんは、十《とお》ぐらいかい？　呆れたもんだね、そんな時分から……。第一、よく芸者だなんてことがわかったもんだ」

「それア、わかるわ。それに、その後に見えた時に、小父さんが御自分で、いろんなことをべら／＼喋ってらしたから……」

「お前さん、それをすっかり聞いてたのかい」

「えゝ、聞いてたわ。だって、お茶の間にいたんですもの、いやでも聞えて来るじゃアないの」

「いやはや、押しの利かねえことおびたゞしいもんだね」

「え」

「いゝえさ、子供というやつア、うっかり油断がならないッてことさ」

都留子は、ニヤリと笑って、

「でも、御幸福だわね」

「え？　誰が？」

「小父さんだって、あの方だって」

「御幸福は恐れ入ったな」

と、ます／＼苦笑いで、「然し、男と女とが一緒に住んでれア、それで御幸福と思えるくらいが花かも知れないよ。小父さんも、もう一度そういう気持になってみたい」

「あら、可厭《いや》だ！　そういうわけじゃアないけど……」

「いゝよ、わかってるよ。……ところでさ、西洋の諺《ことわざ》に、……小父さんだって、こう見えて、洋書の一冊や二冊は読んでるんだからね、そのつもりでお聞きよ、ハッピイネス・イズ・ハッピイ・エキスペクテェション、――幸福とは、楽しき予想なり、かね、そういった意味のことがあったっけが、全くその通りだね。『楽しき予想』よりほかに、『幸福』なんてものはありゃアしないんだ。……嫁入り前の人を捉《つかま》えていうのは、少し残酷かも知れないけれど、お前さんなんぞ、せめていまのうちに、うんとその『楽しき予想』をやっとくこったね。どうもそう、いつもくよ〳〵してちゃア仕様がないじゃアないか」

「あら、ちっとも、くよ〳〵なんぞしてやアしないわ」

「だって、このごろ、一向元気がなくなっちゃって……」

「可厭だわ、そんなこと……」

「顔の色つやだって、前のようじゃアないし、慥《たし》かに弱ってるよ。……それアね、お前ンとこのお袋みたいに、あゝどうも朝から晩まで、縁談々々で攻めつけるんじゃア、誰だって仕舞にアまいっちまうだろうけどさ、そこをだね、もっと暢気《のんき》に、あゝ、また始った、くらいに、……阿母さんの口癖だ、くらいのことに、軽く聞き流しときアいゝんだよ。一々あれを、正面《まとも》からうけて、そのたんびにやきもき思ってたひにゃア、とてもお前、やりきれるもんじゃアありゃアしない。それで、なんだア、自分で行きたいところでもあるんなら、遠慮なくそう言って、うんと一つ頑張ってお了いよ。もし直接阿母さんに言いにくいようなら、いつだって小父さんが聞いてあげらアね。あんな、阿母さんみたいな人に任せといたら、いつまで経《た》ったって埒《らち》アあきやアしないよ。よさそうな話ならよさそうな話で、余計また迷うんだもの。あゝどうもこねくり返してばかりいたんじゃア、仕舞にゃアひとさんだって相手にしてくれなくなっちまうからね」

いつの間にか、都留子は、すっかりまた悄気込《しょげこ》んでいた。伏目に、膝の上で、手巾《はんけち》の角《かど》を、十二単衣《ひとえ》の襟《えり》もとのように、幾重《いくえ》にも折り重ねしていた。その様子を見やりながら、阿野は、最後のひと滴《しずく》まで盃のなかに切った。

「どうしたんだい。あんまり阿母《おっか》さんの悪口ばかり言ったんで、ちっと御機嫌を損じたかな？」

「いゝえ、そんなこと……」

むッつりと、低声《こごえ》で答えた。

「それとも、お前さんの、是非行きたいというようなさきでもあるんなら、恰度いゝ折だから、遠慮しずに、すっかり小父さんに打明けていってごらんな。どんな話でも、決して悪いようには取り計らわないから、何しろ、そういうことにかけたら、小父さん、少しさばけすぎてるくらいさばけてるんだからね」

ます〳〵不愉快そうに、都留子は黙り込んで了った。折角のいゝ目もとを、じっと伏せたきりでいるせいか、様子が、急に、どことなく病弱らしく、或は生来の遅鈍《ちどん》とさえ見えた。氷砂糖を口へ擲《ほお》り込んだ才女ぶりなどは、所詮想像にも及ばないほどの重さと鈍さとは、目見えに来た山出《やまだ》しの下女を思い出させられるくらいで、寧ろ腹立たしかった。

「ねえ、言ってごらんな。何も、必ずしも、今までに阿母さんから出た話のうちに限ったこたアないんだぜ。そのほかで、……阿母さんの知らない話だって、ちっともかまやアしないんだから……。つまり、自分一人で、内証《ないしょ》で思ってるとかなんとかいうような……」

「そんなことありませんわ」

やっと引き出された言葉は、いやに冷たく、他人行儀だった。そうかといって、飽まで隠し通そうと思うことが、肚の底に蟠《わだかま》っている様子でもなかった。やっぱり、前から想像していた通り、そういう話は一切ごめん、といった気持らしかった。

「そうかい。じゃア、まア、この先《さき》、もしそういう場合があったら、いつ何時《なんどき》でも、腹蔵《ふくぞう》なく言って貰うことにして……、あゝ、そう〳〵、すっかりまた飯をいうのを忘れちまってた。……おい、ちょいと、姐さん〳〵」

　気忙《きぜわ》しなく手を叩き立てて、女中を呼び、飯を言いつけてから、さっき綺麗にからにして了った銚子をもう一度把りあげて、執念《しゅうね》く注いでみて、一滴も出ないのに、やゝ手持無沙汰《てもちぶさた》の態《てい》で、ふと、古ぼけた黒天鵞絨《くろびろうど》の三つ折りの口に、女持の金時計をちょいと引き出して見ながら、「こうっと、これから飯を食って、何時《なんじ》の汽車に乗れるかな」

「こゝから、すぐもうお帰りですか」

「あゝ、そうしよう。……お前さんは俥で送らせるよ」

「いゝえ、よござんすわ。……近いんですから……」

「どういたしまして！　夜道を、一人で歩かせて帰したりしてごらん、あとで舎監婆さんに、目のくり玉が飛び出るほど叱られなきゃアならない。とんでもないこってす！」

「ほんとねえ」

　と、やっとニッコリ笑い顔になった。

「そうだろう? お前さんだって、ちったア馬鹿々々しいと思うだろう?」

「えゝ」

「かまうこたアないから、これから、もっとなんでも、自分の思った通り、ガン〳〵やってやるがいゝんだ。あんまり言いなり放題、なア〳〵いって聴いてると癖ンなるよ!」

馬鹿に威勢よくそう言って、阿野は、自分でもさも面白そうにくッくと笑った。

やがて食事がすむと、汽車の時間が半端《はんぱ》になったから、一緒にもうちっと歩いて、タクシーの空車《あきぐるま》でも拾えたら、市兵衛町まで送って行こう、と言うことになって、八時をちょっとすぎたころ、二人は、ぶらりとそこを出た。

そとは、静な、どことなく、春の訪れが感じられるようないゝ晩だった。二重廻しの前をかけずに、阿野は、少し足もとのひょろつくほどの微酔《ほろよい》機嫌《きげん》で、先に立って、ゆっくり〳〵溜池の方へと歩いていた。

二

大へん貴方に誘われたとか、おまけに自分でも行きたいらしい都留子の口吻《くちぶり》ゆえ、そのうち一度お邪魔に伺わせるかも知れない。何しろ、どこへでも、自分から進んで出かけてみたいように言うなどは、こゝ何年にも覚えのない、それは〳〵珍しいことで、先夜の支那料理は、よっぽど御馳走だったとみえる。――こんな風に諧謔《かいぎゃく》をまぜて、母親からの礼手紙のうちにいってよこしてあったので、阿野は、待つともなく心待にしていたが、天気都合もわるく、かれこれするうちに月が変った。お藤も、十数年も前に銀座通りで行き会った時のことを、今もって憶えているという話を聞かされて、「あら、まア、いやだ。……へえ、そうですかねえ」などと、努めて平気らしくみせてはいたが、以来、見も知らない他家《よそ》の娘に対して、今が今まで夢にも思いそめなかった好感情を、むず痒く胸の奥に潜《ひそ》めているらしく、或る朝なども、庭の隅で見つけたと言って、黒土《くろつち》だらけにした掌《て》の平《ひら》に、生々《いきいき》と露をふくんだ白緑《びゃくろく》の蕗《ふき》の薹《とう》を二つ三つ載せて来て、縁先《えんさき》に立って見せながら、

「もうそろ〳〵土筆《つくし》ン坊も出てるかも知れませんわね。……どうなすったんでしょう、この頃のうちに、早くいらっしゃればいゝのにねえ」

などと、だしぬけで、誰のこととも見当をつけかねるような口を利いたりした。

「お都留ちゃんかい？」

色気もなく、鼻の穴へ指先を突ッ込んで、鼻毛を索《さぐ》っては引きぬき、引きぬき、膝の上に広げた新聞紙へ、一本一本植えつけていた阿野は、さも興《きょう》もなげに、「なアに

来るもんかね。第一お袋が、自分でさえ寄り附きたがらないところへ、大事な娘を一人でよこす気遣はありゃアしないよ」

「それア、お一人じアね……」

「いゝえさ、いずれ女中なり、兄貴殿なり附けてよこすにしたところでさ……。兄貴は尚更のことよこしたがるまいから、……やっぱり、自分がついて来るんでもなけれア不安心なんだろう」

「そんなら、別に……」

「来て貰いたくもない、か？」

「そんなこと言っちア悪いけれど、なんだかあたし、あの方ばかりは気づまりで……」

「どの方だって、あんまりそうさら〳〵ッともいかないくせに。……然し、それアそうだ、あの方が御一緒なら、俺だって、どっちかといやア、お断り申したいね」

「女中さんでもおつれンなって、気軽《きがる》に出ていらっしゃればいゝのにねえ」

「嫁入前の体《からだ》だ、仮令《たとえ》一日でも半日でも、預ったとなりア気骨の種《たね》だよ」

そんな風に言う肚は、阿野の方が一層待ちくたびれて、しびれをきらして了って、――けれども、そこは男だけに、どうとも勝手にしやアがれの気持だった。「それより、早速そいつ、煮て食わせないか。うまそうだ」

「へんねえ、どうしてこんな苦ッぽろいものがおいしいんでしょう」

その後、四五日してからの日曜が、カラリと晴れて、いかにも春めいた、穏かな陽気になった。ぼんやりうちにくすぶっているのは勿態《もったい》ないほどだった。

「八幡様の桜がチラホラ咲き初めましたって。……ちっと散歩でもしていらっしゃいましなね」

「うん。……実ア、いま考えてるところなんだがね、ちょいと東京まで行って来ようかとも思ってるんだ」

「なんか御用？」

「いや、用ってほどのことでもないんだが、上野の梅川で、濱野先生や小林君の作った小唄の披露があるってえから、……濱野先生からわざ〳〵案内状まで頂いてるから、ちょいと顔だけでも出しとかないと悪いかと思って……」

「じゃア、行ってらっしゃいましよ」

「下谷のお峯が手をつけたんじゃア、大抵ほどは知れてるがね……」

「なんのかんのって、このごろ、いやにお尻が重いのねえ」

「お年齢《とし》の加減かな？」

少し芸人じみた、薄色の、春秋《あい》のインバネスを出して来させたりして、十二時の汽車にゆっくり間に合うように、早めに扇《おおぎ》ヶ谷《やつ》の住居《すまい》を出て、長閑《のどか》にぶらり〳〵歩いて行った。成程、山の上の別荘の庭に、いつの間にかもう桜が咲きそめて、陳腐《ちんぷ》ながら、三日見ぬまの軽い驚きもわるくはなかった。そういえば、めき〳〵と麦も伸びていたし、小松の緑も立って来ていた。陽《ひ》の道が大ぶん高まり、暖かそうな空の色だった。

寿福寺の踏切近くへ来かゝった時に、恰度下《くだ》りの列車が、小川を隔てた彼方《むこう》の土手の上を、遮二無二といいたい勢で、大地を揺《ゆす》って遠ざかって行った。その二等車の青筋を見ると、ふとそこに都留子が乗っていそうな気がした。――そういう直感を、迷信的に、すぐ信じ込んで了いたがる質《たち》の阿野だった。

(行き違いになっちゃアつまらないぞ)

と思いながら、停車場を表口におりても、裏口に出ても、或る牛肉屋の角からこっちは、どっちにしろ一本道なので、――いつかもう自分の東京行きなどは二の次の、初《はな》ッから出迎にでも来たような気になって、上《のぼ》りの発車時間には頓着なく、一層歩度を緩めて、いやに若々しい、ヒョロ長い姿を運んで行った。が、その牛肉屋の角まで行き着く間には、今の汽車で着いて来たらしいのは、――たぶん香風園の客だろう、男女四五人づれの、ぎっちり詰った自動車に行き会ったばかりだった。時計を見ると、まだ五分やそこらまご〳〵していても、自分の乗ろうという上《のぼ》り列車に間に合わないこともなかった。さすがに、そこまで来てみると、そんな、なんの根拠もないあてずっぽうのために、みすみすひと汽車おくらせるのも馬鹿らしかった。裏駅へ出た方が近いのだけれど、初めてでは、十中八九そこへ気のつく筈はないから、きっちり五分という時間を切って、そこらをぶらつきながら待ってみて、それで来なかったら、裏口の方へ廻って行こう、と心をきめたが、今の下《くだ》りでないまでも、今日《きょう》上京の留守中には、どうも、入れ違いにやって来そうな気がしてならなかった。——待ってみると、五分という時間もなか〳〵永かった。それが、ゆくりなくも、阿野の心に、痴情の限りを尽した昔日《むかし》の思い出を喚び起して来た。……三日三晩ひと間《ま》に籠りきって、食べるものさえ碌に食べず、たまに執《と》る箸も、寝床の上に腹ン匍《ばい》のまゝ、というような為体《ていたらく》でいながら、その四日目の午後《ひるすぎ》、妓《おんな》が髪を結《ゆ》いに行っている間、餉台《ちゃぶだい》に頬杖をついて、じッと時計のセコンドを睨めたきりで過した一時間あまり、……今、髪結《かみゆい》さんが、紐で腰にぶらさげている鋏《はさみ》で、パチリと根の元結《もとゆい》を切った。……今、あの沢山ある毛を梳《す》かせながら、目尻を吊しあげて、薄目使いに鏡のなかを見ている。……今、前髪をとった。……今、鬢《びん》を出した。……今、手鏡《てかがみ》をかざして、髱《たぼ》の出《で》具合《ぐあい》を見ながら、なんか文句をつけている。……今、髷《まげ》が結えた。……今、鏡の前を立った。

……今、むき出しのまゝ懐《ふところ》中に差し込んでいた敷島を……、あゝ、煙草なんぞ帰って来てからゆっくりのめばいゝのに！……今、上り口へ出て来た。……なんという沢山な下駄だ！　どれでもいゝじゃアないか、いゝ加減に突ッかけて、さっさと帰って来れば！　ガラッ、――サア、格子戸をあけた。……今、一足。……今、二足。……こゝまで、百歩とはあるまい……。――目に見えず、耳に聞えず、手に触れられない女の一挙一動を、寸分《すんぶん》の誤りなく思い計ろうとして、尺蠖《しゃくとりむし》のようにぴッたり〱と、青白い時計の指針面《ししんめん》に心を吸いつけ、伸びつ、縮みつ、じり〱と迫りよって行った一時間あまり！――今にして思えば、我ながら薄気味わるいほどだが、ひとを待つ時の歩みの遅《のろ》さが、ふと、そんなふた昔も前の、一生ひとにも話せないような記憶まで揺り醒《さま》して来たのだ。

（あの女もどうしているか……）

陽《ひ》の翳《かげ》るように、寂《さび》しく心が暗もうとした時に、表停車場の方からの踏切を、日除《ひよけ》だけに幌をかけた俥が、横切り近づいて来た。馬鹿に眼性《めしょう》のいゝ阿野には、片手を軽く幌の骨にかけて、すましこんで乗って来るのが、紛《まぎ》れもなく、ひと目で都留子と知れた。

（やア、来た！　来た！）

子供の無邪気さで、思わずニコ／＼顔になっていた。見事に直覚のあたったこと、五分という時間を切って待ってみただけの甲斐があったこと、それはすぐにも人に喋って聞かせたいような、得意な気持で、喜びを二倍にも三倍にも大きくしていた。俥で近づいて来る僅か半町たらずの間が待ちきれない思《おもい》で、自分の方からも歩みよろうとしたが、よして、丁字形《ていじけい》に交《まじ》わる街角の、突き当りの真正面《ましょうめん》に、両掌を重ねてついたステッキの上に、やゝ猫背《ねこせ》にこゞみかゝるようにして立っていた。そうしていれば、真正面を向いて来る都留子の瞳のまん中に、いや応なしに映る筈だったから、黙ってそこに突ッ立ったまゝで、先方《むこう》から声をかけさせてやろうと思った。

外の光があまりに明るすぎるためか、都留子は、薄く眉間《みけん》に八の字をよせ、目を細めて、ガクン／＼体を揺《ゆす》ぶらせながら近づいて来た。もう見つけるだろう、もう気がつくだろうと思うと、自然笑い顔になり、歯が出そうになるのを、無理に唇を結んで見詰めていたが、どこまで近づいて来ても、都留子の表情になんの変化も起らなかった。とうとうつい鼻のさきへ来て、右へ梶《かじ》を切ろうとして、往来の窪みに、ゴトンとひとつ俥が揺れる拍子に、眠気《ねむけ》ざすほどいゝ心持そうに細めていた眼を、ぱッと睜《みひら》き、同時にそこに突ッ立っている男の姿だけは認めたらしかったが、すぐ梶の向おうとしている方角へ視線を逃《そ》らして了った。洋銀鍍金《ニッケルめっき》をした泥除に陽《ひ》が輝《かがや》いて、俥も梶を転じようとした、その途端《とたん》に、阿野は、黙ってステッキを挙げると、幌の横を、ポンポンと軽く叩いた。と、波形《なみがた》に切った幌の裾へ、白い指がかゝって、眼が一つ窺《のぞ》いた。

「おい」

「あら！」

「俥の上で居眠りなんぞしちゃアみっともないぞ」

「あら、小父さん？　ちっとも気がつかなかったわ」

「こゝに立って、遠くから見ていたんだのに、コックリ〳〵……」

「いやアよ！　寝てやしないわ！……えゝ、いゝの、こゝでおろして頂戴」

俥夫が前掛をとる間も抵捂《もどか》しげに、フェルトの草履で軽く降り立つと、腿《もも》に洋傘《ひがさ》を横たえ、胸でお辞儀をして、笑顔《えがお》を小揺《こゆす》りにゆすりながら、「こんにちは。先達《せんだって》はどうも……」

「よく来たね。一人でかい？」

「いゝえ、兄さんと」

「へえ、貴一君と……。それで……？」

「テニス……。どっか、お友達ンとこのコオトに行くんですって……」

「それで、停車場で別れちゃったのか。……なアんだい、兄貴のやつも、ちょいと顔ぐらい見せに来れアいゝのに」

「わたしのおかげでひと汽車おくらしちゃったなんて、ぶつ〳〵いってたくらいですもの、送ってなんぞ来てくれるもんですか」

「そうかい。まア、いゝや。……俥を帰そう」

「えゝ」

と、板のようにピッタリ合せた襟もとへ手をやろうとするのを制《と》めて、素早《すばや》く腰さげの銀貨入れから五十銭丸を摘み出して払い、さてぶら〳〵歩き出しながら、

「そうかい。然しまア、よく出かけて来たね。口ばッかりで、とても来やアしまいと思ってたんだ」

「あら、そんなことないわ。……小父さん、いやにお洒落して、どっかお出かけじゃアなかったの？」

「実ア、東京へ行って来ようかと思って……」

「あら、そいじゃア悪かったわね」

「なアに、いゝんだよ。別にそう大した用事でもないんだから。……それより、ひとのことを言うけれど、お前こそいやにめかしこんで来たじゃアないか。第一、鎌倉あたりじゃア、まだ一人だって、洋傘《こうもり》なんぞさして歩いてる人ありアしないぜ。……ち

ょいと見せてごらん」

　韋《かわ》の組紐《くみひも》で、手頸《てくび》にかけてぶらさげていたのをうけ取って、「なんだい、これア、……薪《まき》ざッぽうみたいなもんだね。……これが今年の流行《はやり》かい？」

「あんなこと言って……。早い人は、もう一昨年《おととし》あたりから持って歩いてたわ」

「少し、どうも、悪趣味だね」

「だって、これ、小父さんの御贔負《ごひいき》の、仏蘭西製《フランスせい》よ」

「それア、お前、丈《せい》のシュウッと高い異人の女が持って歩いてたら、またどうにか見られるかも知れないけれど、日本人の女が……」

「いゝことよ」

と、奪い返して、「小父さんみたいな時代おくれに、何がわかるもんですか」

「折角そうして、重い思いをしてぶらさげて来たもんだ、さして行ったらいゝじゃアないか」

「どうだっていゝわよ！」

「それとも、近頃、世の中が物騒だってんで、護身用に携帯している薪ざッぽうかな？」

「えゝ、そう！　小父さんみたいな不良老年が、四辻《よつかど》に立って、いきなり俥の幌なんぞ叩くから……」

「それア、こう見えたって、それくらいの親切気《しんせつぎ》はあるよ。あの時おこしてやらなきゃア、夙《とう》の昔に俥からほッぽり出されてらアね」

「わたしね、ほんと言うと、大ぶん眼が近いらしいの」

そう言って、何が可笑しいのか、一人でくッくと忍び笑いをして、「学校に行ってた時分、お教室で、先生が黒板にお書きンなる字が見えなくって困っちゃったわ」

「それならそれで、ちゃんと度の合った眼鏡をかけなけれア、だん〳〵……」

「いやアよ、眼鏡なんぞ！……だから、それを言うと、きっと眼鏡をかけさせられると思ったから、阿母《おっか》さんにも誰にも言わずに、とうとう見えず仕舞で押し通しちゃったの、白状するの、今が初めてだわ。ずいぶんでしょう？」

「そんなことして置いたひにゃア、だん〳〵度が進むばかりだし、第一、神経衰弱になるって言うぜ」

「先刻《さっき》もあたし、ほんと言うと、遠くに誰か立ってるようだと思ったから、初めの間《うち》、一生懸命見てたのよ」

「あゝ、それであんなに、額に八の字なんかよせて、薄目を使ってたのかい」

「えゝ、そう！」

「馬鹿だねえ」

なんと言うこともなしに、阿野は声を立てて笑った。

「馬鹿だってしょうがないわ。……でもね、あたしが近眼だってこと、誰にもお喋りしちゃアいやよ」

空を突いて立った寿福寺の杉木立の影に、ほどなくもう踏切だった。その、ほの暗さのなかに、恰度旗竿のように、白と黒とに塗り分けた棒の、グゥッとおりて来るのが、へんにはっきり見えた。上《のぼ》り勾配《こうばい》を、喘ぐように黒烟《くろけむり》を吐き立てながら、汽車が通り過ぎて行った。

「あれ、あいつで小父さん、東京へ行くつもりだったんだ」

それから、先刻《さっき》、同じ踏切の近くで、下《くだ》りの列車を見ると、なんとなくそれに都留子が乗っていそうな気がしたことや、ゆっくり時間があったので、どっちの道から来てもいゝように、あの街角で待ち合せていたのだ、というような話をして聞かせて、

「どうだい、まるで千里眼だろう？」などと戯れた。口でこそそう軽々しくは言うものの、阿野がその直覚を喜んでいる気持は、実はもう少し本気だった。もしあすこで、そんなよしない空想には一顧《こ》も与えずに、どん〳〵裏停車場の方へ行って了ったとすれば、恰度都留子を乗せて来た俥夫が、あの白と黒とに塗った通せん棒に遮《さえぎ》られて、

立ちどまって額の汗でも拭いている時分に、その鼻のさきを轟々と走り過ぎて行く汽車のなかには、彼自身が、なんにも知らずに新聞でも拡げているところだったのだ。それを思うと、――少し大袈裟に言うなら、自分の力で、或る程度まで運命を支配し得たような、可なり得意な気持にもなり、同時に、さようにして危く逢い得たこの訪問者に対しては、へんな勿態《もったい》がつき、愛着も深くされた。――けれども、それをそのまゝ語れる相手ではなかった。これが、若い頃、ひや〳〵するような、むずかしい逢《おう》瀬《せ》を楽しんだ相手の女ででもあったならば、どんなに繰り返し繰り返し、自分の勘《かん》のよさや、行為の親切さ、丹念さを、自慢したり、恩に着せたりして、そのひと晩中の語り草にするか知れないところなのだが、……などと、そんなことも考えられて、独笑《ひとりえみ》したい気持だった。

「可なり遠いんですのね」

「うん、もうじきだ。……うちのが、大へんなお待兼だったよ」

「あら、そう？……でも、なんだかわたし、具合が悪いわ」

「一緒に摘草をするんだって、ひどく楽しみにしていたから、お茶漬でお午飯《ひる》をすましたら、一つみんなで出かけようじゃアないか」

「お午飯《ひる》、いゝわ。朝がおそかったから」

「こっちも、大船の鯛飯《たいめし》かなんかですまそうと思って、実アまだなんだから、なんにもあるまいけど、まア、仕様がない、お午飯はお茶漬にしとくんだ。その代り、晩にはなんか御馳走するよ」

「御馳走なんて沢山よ。……あら、嬉しいわねえ、わたし、摘草、ずいぶん暫らくぶりだわ」

「珍しい天気だから、兎も角もちっと戸外《おもて》を歩いてみようよ」

「いゝわねえ！……あら、田舎の匂がして来た」

もの珍しげに、鼻をスカ〳〵いわせた。

「どうなっているんだい、帰りは？　貴一が誘いに来ることになってるのかい」

「えゝ、たぶん夕方よってくれるでしょう」

「よけれア、お前さんは、二三日泊って、ゆっくりして行ったらどうだい」

「ほんとにそうしたいわねえ。……わたし、それア田舎が好きなのよ」

「じゃア、貴一が来たら、僕からそう言って……」

「駄目よ、そんなこと！　どんなに叱られるか知れやアしないわ！」

　とんでもない！　という顔つきをしてみせてから、いやに早熟《ませ》くさった調子になって、「ほんとに、小父さん暢気ねえ」

「あゝ、だいぶ暢気ンなったよ」

いつになく阿野は、茶化《ちゃか》したり、冷《ひや》かして了ったりする気になれなかった。先方《むこう》の言う意味とはだいぶずれて、——安心立命を得ての、ほんとうの気安さ、そういう境地に近づこうとし、まただん〳〵に近づいて行けそうにも思われるこの頃の感慨を、相手に通じようと通じまいと、そんなことには頓着なく、たゞふわりと口にしてみたのだ。

「いゝわねえ」

「なアに、お前さんだって、そうなりたいと思えば、今すぐにだってなれるんだけど……」

それから先は、故意《わざ》と控えた。その「いゝわねえ」が、雲を摑《つか》むというよりも、更に頼りないくらい漠然とした憧憬《しょうけい》で、芯《しん》からいゝとも、従って遽《にわ》かにそうなりたいとも思っているわけでないことは明かだった。またそれでいゝので、そうでなくてはいけない、とさえも言えそうだった。たゞ、嫁入前の、今を真盛《まっさか》りの年比《としごろ》で、仮令《たとえ》漠然とでも、そういう、人生の寂しい一角を翹望《ぎょうぼう》する念のほの見えるのがいじらしく、もの哀れだった。

都留子として、そんなところまで突ッ込んで感じたり、考えたりしていようとも思

われなかったが、こっちの調子に吊り込まれてか、存外しみ〴〵と、湿りをもって、

「そうねえ、なれるんだわねえ」

と、呟いた。これが、阿野には、「小父さん、いっそのこと、わたし、尼にでもなって了いたいわ」と言われたのよりも、遥かに深くこたえた。顔も見やらず、無論返事もしずに、ステッキを振り〳〵歩いて行くうちに、義憤、というような、胸の熱さが感じられて来た。……一体親たちは、自分たちの娘達をどうしようと言うのだ！　どうしたら気がすむと言うのだ！　また娘たちも娘たちで、どうされたいと言うのだ！　どうされれば嬉しがり、有難がるのだ？――そう思って見渡すと、誰にも彼にも、まるッきり「意思」というものが失われているような気がした。およそ気まぐれといって、ぐうたらといって、こんな巫山戯《ふざけ》た話ッてえがあるもんか！　とでも怒鳴りつけてやりたかった。みんなが馬鹿に見えて、馬鹿に見えて、いかにも腹が立ってやりきれなかった。――思わず足早《あしばや》になり、とうとうそこからは、ひと言も口を利かずにうちまで帰って来た。

三

「景清土牢の跡」と立札をした岩山の裾を、だん〳〵奥へはいって行くと、道幅《みちはば》はた

っぷりあるが、つゞら折りの、可なり急な阪にかゝる。それをあがり切ったところで、二岐路《ふたまたみち》を右にとり、ちょっとした山の尾根《おね》をうねって行く道が、予てから阿野の気に入っていた。白ッぽい、粘りけの強そうな土が堅くしまった上に、心あって振り撒いたように、いつも、程よく褐色《ちゃいろ》の松葉がこぼれていた。両側の、灌木の間から、すく〳〵と幹をぬいている松の太さも、疎《まばら》さも、いかにも手頃な感じで、左に遠い海の眺望《ちょうぼう》も妨げもしず、また余りにしまりのない眼界をおッぴろげてもいなかった。あちこちの段畑《だんばたけ》や、農家の屋根を見おろす浅い山の感じも親しみ易かった。大体の見当で、たぶん大船の方へ出て行く道らしく思われるのだが、何度通《とお》ってみても、殆ど人に出会ったことがなかった。そのせいか、よく鵯《ひよ》や鵙《もず》のような小鳥の啼声を聞いたり、枝から枝へとび移る姿を見かけたりした。うちを出て、十町も歩くか歩かないで、そういう、どう考えても鎌倉らしくない景色のところへ出て来られるのが嬉しかった。たび〳〵行って、その「鎌倉らしくない」感じを失って了うことが惜しまれるところから、謂わば取って置きの散歩道にしていたが、然し、珍しい今日の客の待遇《もてなし》ぶりには喜んでそっちへ案内して行った。ひどく初附《はなづき》合《あ》いの悪いお藤も、ちゃんと胸に用意されていた好感情のためか、忽ち仲よしになって了って、二人肩を押し並べて、何が面白いかと思われるような、いかにも取留りのない、女らしい話題を、さも面白そうに、それからそれへと引き続けながら、阿野の、折角心入れの道案内も、なんの気にもとめずについて来た。あまりの張合のなさに、足をとめて待ち合せ、

「どうだい、ちょいといゝだろう」

と言ってみたが、それで話し熄《や》んで、俄かにあたりを見廻したりしていたが、

「えゝ。……海が見えるのねえ。そうでしょう？　あれ海でしょう？」

などと、めったに東京を離れたことのない都留子でさえ、一向気のない返事をしていたくらいで、お藤などは、おやおや、いつの間《ま》にか、へんな山ンなかみたいなところへ来て了った、とでも言いたげな、怪訝《けげん》な顔つきをしていた。

（とてもいけない！）

そう思うと、自分で自分の心遣いが、可笑しく顧《かえりみ》られて、娓《くど》く言う気もなくなって了った。で、やがて道を左に切れ込んで、佐助《さすけ》の谷《やと》の方へおりて来た。その途中には、銭洗《ぜにあらい》井戸《いど》というのがあって、弁財天が祀ってあった。つい近年からのことだが、そこに湧いている清水《しみず》で金子《かね》を洗って行くと殖える、つまり金持になる、という迷信が行われだして、御縁日には、東京や横浜あたりからも、可なりの参詣者が出かけて来るようになっていた。中には、紙屑同然になって了った泡沫《ほうまつ》会社の株券などを持って来て、ざぶ〳〵やって行く輩《てあい》もあるというに至っては、いっそ御愛嬌だった。停車

場からの参道の、崖になっていたところへ、荒削りの大谷石を十二三段重ねたのにさえ「銭洗弁天参詣者寄附」と立札がしてあり、泉のそばには、無論型の如く奉納の金額と名前とを誌《しる》した木札が、可なり沢山打ちつけてあったが、然しその三十畳ばかり敷ける洞窟のなかには、龕《がん》に嵌《は》めこんだ小さな祠《ほこら》があるきりで、社《やしろ》もお堂もあるわけではなく、従って堂守もいなかった。御縁日だけに出張して来るのだろう、普段は床几を積み重ねたりした掘立小屋の茶店が一軒たっていた。それだけのことで、参詣者の慾張っているわりには、まだそう俗ッぽく荒されてもいなかった。

弁天様の御縁日というのが、月の幾日《いくか》かも知らなかったが、いゝ按排に、阿野は、まだ一度もそういう日にめぐり合わなかった。いつ行ってみても、深閑《しんかん》として、人ッ子一人いなかった。歩くと汗ばむような季節には、その洞窟のなかが、ひと憩《やす》みして行くによかった。——が、それでも兎に角名所だった。山の上の、松の疎林《まばらばやし》のなかの道では、なんの感興をも催さなかった女連《おんなれん》に、そこでなら、少くとも目的地へ着いたという、軽い満足だけでも与えることが出来ようと思った。道々、阿野は、株券を洗いに来る話などもして聞かせた。

「へえ、そうお？ それはあたしも初耳だわ」

お藤の方がよけい興味をもって、そんな風に言った。「じゃア、あたしも、一つ、お金子《かね》を洗ってみようかしら」

「前にもいらしたことあるんでしょう？」

「いゝえ、初めて。……あたし、鎌倉にいても、八幡様に大仏様に、長谷の観音さん、それくらいよりほか、どッこも知りませんの。……ちっともおもてへ出ませんもんですから」

「あら、そうですか？　御一緒に散歩なんぞなさいませんの？」

「いゝえ、ちっとも一緒につれて歩いてくれないんですのよ」

「そうお？……小父さん、貴方ひどいのねえ」

「ふゝん」

阿野は、たゞ鼻のさきで笑っていた。なんぼなんでも、そういう会話には加って行けなかった。

祠《ほこら》の前には、小さな蠟燭が箱ごとあげてあり、いっぱい蠟涙《ろうるい》のこびりついた、横に十本ほどずつ三四段、一度にたくさん灯をともすことの出来る燭台なども供えてあった。袂《たもと》を索《さぐ》ってマッチを取り出し、慰みに一本蠟燭をつけたのが悪戯《いたずら》気《ぎ》のもとになって、その火を移して、隣へ隣へと、四五本ばかりも立て並べた時に、お藤が気がついて、

「あら、まア、何をしているのかと思ったら、あんな悪戯《わるさ》をして！」

「あゝ、もっといっぱいおつけなさいよ」

「まア、貴方まで！」

と、笑い顔で睨んでみせてから、「およしなさいましよ。そんなに矢鱈にお蠟を使って、悪いわ」

「いゝわよ！　お代《だい》をあげて行けばいゝんでしょう？」

「まア、都留子さん！　貴方、一本いくらか御存知？……もういゝわよ。ほんとに貴方、もうおよしなさいましよ。罰《ばち》があたるわ」

「お蠟をあげたり、罰にあたられたりしてたまるもんかい」

「だって、黙って使って……」

「断ろうにも、だアれもいないんじゃア仕様がなかろう」

「ですからさ、……だから悪いじゃアありませんか」

「よし！　じゃア、これだけにしとこう。いくつだ？　ひい、ふう、みい、よう、い、むう……」

鼻の頭で数を読んで、「はゝア十六本か。数《かず》が悪いな。序《ついで》のことに、あと四本……」

「およしなさいッてばね！　冗談半分そんなことしちゃア駄目よ！　罰があたったたっ

て知らないから」

「よし、これでおしまい！　二十本……。いくら置いてってやるかな？」

「まア、置いてってやる、だって！」

賽銭箱に、手早く五十銭玉をほうり込んで、

「おつりは要りませんよ」

「一体、いくらあげたの？」

「五十銭」

「あら、高いお蠟ねえ」

「じゃア、いゝわ」

と、都留子がしゃ〳〵り出て、「今度はわたしが、もう十本ばかりこっちのへつけてあげよう」

「まア、貴女もずいぶん茶目さんねえ。もうおよしなさいましよ」

「かまうもんですかね！　二十本五十銭なんて高すぎるわ」

そう言って都留子が、箱のなかからカチャ〳〵と蠟燭を拾いあげて、別の燭台に、一本々々灯をともしては立て並べだした。浅い洞窟だったし、おまけに、震災で突当《つきあた》りの天井に大穴があいて、そこから春らしい陽影《ひかげ》が落ちて来たりするので、小さな

灯《ともしび》の色は、さして冴えもしなかったけれど、それでもちょっと綺麗だった。井戸といっても、祠のすぐ前に、僅か畳一帖半かそこらの、人工を加えたらしい溜《たまり》に、澄《ちょう》明《めい》な清水が湛《たた》えられているのだったが、阿野は、笑いながら出て来て、そこへチラチラと火影《ほかげ》の映っているのに気がついた。

「綺麗だ、綺麗だ」

ゴブラン織を裏から見たような、はっきりしない柄の、紫ッぽい袷に、とび〳〵に紅《べに》のはいった帯を小さくしめた後《うしろ》つきは、痩せてすらりとしているだけに、いかにも女らしく、――というのは、生娘《きむすめ》らしくなく、あたりのほの暗さのなかに浮びあがって見えた。思わず、阿野は、自分のことを「小父さん」などといって呼びかけるような、そういう年のいかない娘に向けるべきでない眼つきを、その肩や腰に射《い》つけていた。漁色《ぎょしょく》にも飽き果てたような、五十何歳かの男が、或る一人の女を、特に女として見やる眼つきには、ちょっと鋭いところがあった。無職渡世の阿野とも思えない、へんな生々《なまなま》しい感じがあった……。

そこを出たところに、杉だか檜だかの苗畑《なえしろ》があった。苗は、一尺四五寸から二尺ばかりで、これでつくのかしら、と危ぶまれるような貧弱さ加減だった。ふとお藤が、そこへはいって行って、小腰をかゞめてあたりを見廻していたと思うと、

「あら、あってよ、あってよ!」

と、仰山《ぎょうさん》らしく呼びかけた。

「なアに?」

都留子も足をとめて、陽《ひ》を眩《まぶ》しがるような細眼《ほそめ》をして見やった。

「土筆ン坊、沢山あるわ!」

「あら、そうお?」

「もう駄目だよ」

いざとなると、摘草のお相手は、阿野にとってはちっと迷惑だった。「もうお前、すっかりほうけちゃってるだろう? そんなもの、出たてでなくっちゃア甘《うま》かアありゃアしないよ」

「いゝえ、まだ大丈夫ですとも! ほら、御覧なさい、こんないゝのがあるわ」

踞《しゃが》んだまゝ、お藤が、遠くから一本振って見せた。

「あゝ、あるわ! とってきましょうよ。小父さんもいらっしゃいね、沢山あるから」

都留子もそう言って誘うので、厄介なことになった、と思いながら、阿野が小戻りして、茶店の陰で小用《こよう》を足し、清水で手を洗ってから、苗畑《なえしろ》の柔かい土を踏んではいって行った頃には、もう二人とも、左の掌の平からはみ出すほどとっていた。

「成程、こゝはたんとあるな」

都留子が、手を伸して渡してよこすのを受けとってみると、太短《ふとみじか》く、袴《はかま》が上から上へと重り、細《こまか》な亀甲《きっこう》に組み合わされた頭も堅く締って、みず〳〵していた。

「うん、こういうのなら甘い」

「小父さん、どうして召上るの?」

「三杯酢《ばいす》でもいゝけれど、やっぱり鹹《しおから》く煮て、飯の菜《さい》にした方が甘いね」

「それにゃア、うんと取ってかなくっちゃア駄目よ。ずいぶん沢山のつもりでも、煮ると、ほんのこれンばかりになっちまうから」

「へえ、よくそんなことを知ってるね」

「そのくらいのこと、誰だって知ってるわよ。小父さんが、知らないと思ってる方がよっぽどうかしてるわ」

「そうかなア」

と、まだ腑におちないらしく、「この頃の人は、摘草なんて悠長なまね、……第一、とてもそんな暇がありそうにも思われないじゃアないか」

「あら、そんなことないわ。いくら世の中が忙しくなったって、女の人なら、一遍《ぺん》や二遍、摘草に行ったことのないなんて……」

「へーえ、そうかなア。いつの間にそんなことするかなア」

「そんなこと言えば、小父さんこそ、いつの間《ま》にそんなこと憶《おぼ》えたの？」

「それア、お前……」

「そらごらんなさいな。……誰だって、いつとはなしに知ってるのよ」

「ふーん」

「いつまでも、そんなつまンないことに感心してないで、小父さんもちっと手伝って頂戴よ」

「よし、じゃア、ひとつやるかな」

阿野もそこに跼んで、枯草の間にニョキ〳〵と頭を出している、剽軽《ひょうきん》な、そのくせどことなく品のいゝ、一種趣《おもむき》のある草を摘みにかゝった。都留子に言われて気がついてみると、成程、人間には、いつどこでともなく知って了うことが沢山あった。世の中が忙《せわ》しければ忙しいなりに、そういうことは余計ふえて行くらしく思われた。

（えらいもんだ！）

どんな負担《ふたん》にも堪え得る人間のあたまの出来に対してとも、または次から次へ続いて来る時代々々の進歩に対してとも、そこまではっきりとは意識しなかったけれど、たゞ漠然とした驚異や、尊敬や、頼母しさの混り合った感じが胸へ来た。

(いつどこでともなく、……こいつが大きい。これがなければ、人間の行き着くさきも、およそ知れたものなんだけれど、この手で、前の時代までのことなら、なんでも、知るともなしに知って了うんだから、どこまで大きくなって行くものか、まるであてもつきゃアしない……)

そんな風な、楽天的な、希望に満ちた気持になり、自分のような無為放慢《むいほうまん》な一生などは、なんの役にも立っていないようで、やっぱり、そっくり取り除いて了うことの出来ない一つの存在だ。なんのことはない、この土筆ン坊のようなものだ。……土筆が職《しょく》すぎると言うなら、少くとも、或る時代の、いくつかの新しい仕事を、林檎かなんかに見立てるとして、それを次の時代まで持ち運ぶための、鋸屑《おがくず》の役くらいは勤めているのだ。いくら出来がよくっても、林檎だけでは困るのだ。――この平凡な思考を、平凡を承知で、楽しく考え続けた。――人力《じんりょく》、というよりも、寧ろ自然の力の大《おおき》さ、その可能性の極《きわまり》のなさ、そういうものを、目にこそたゝないが、いつもじりじりと動いている親車《おやぐるま》の廻転のように思い描くにつけても、軈《やが》てそこから原動力を得て、目まぐるしくコチョ〳〵と刻んでいるような、小さな一個人の歯車にさえ、馬鹿にならない値打《ねうち》を与えるのだ、などと。

阿野は、上が向きたくなった。少し窮屈になって来た腰を思いきり伸し、土のついた手を打ち合せながら、山懐《やまぶところ》の上に広がった蒼穹《あおぞら》をふり仰いでみた。いゝ気持だった。

「どうしたっていうんだ。また馬鹿によく晴れたもんだな」

ひとり言《ごと》の気持だったが、自然と声は大きくなっていた。三人とも、土筆の簇生《そうせい》に導かれるまゝに、いつかあちこちへ、十間も、それ以上も離れてしまったが、都留子が、遠くから、何事が起ったか、という風に振り向けた顔が、いやに黄色ッぽく見えた。空の色を見詰めていた眼を、すぐに移したせいだな、と思いながら、

「実に綺麗な空だよ。泥ばかり見てないで、たまにゃア上を向いてごらん」

返事はしなかったが、蹲んだまゝで、首を挙げ、心持胸を起したと思うと、眼に見えない指先が、その額際《ひたいぎわ》をつッ突きでもしたように、コロリと、他愛《たわい》なく尻餅《しりもち》をついて了った。

「どうしたんだい、馬鹿！」

笑いながら、揶揄《からか》ってみたが、黙って、崩れるように、横につッ伏《ぷ》したので、阿野は、声も立てられないほど吃驚し、跳ぶように駈けよるなり、うしろから抱き起した。

青い顔がぐたりと、……目は軽くつぶっていた。

「お都留ちゃん、どうした、しっかりおし！」

すぐそこへお藤も駈けよって来た。

「どうなすって？」

手のつけようもない、というように、眼を据えて、そこに棒立になっているのに、

「ぼんやりしてないで、お前、足をお持ち！ 兎に角日陰へつれてこう」

「大丈夫、なんでもないの」

生際《はえぎわ》に、玉のような汗だった。

「あゝ、脳貧血でしょう？」

「なんでもいゝから、早く足を持てよ！ あの茶店まで擁《かか》えて行って……」

「いゝえ、ひとりで歩けますわ」

助け起すと、ぐったり身をよせかけながらも、足は運べた。

「じゃア、お前は、先へ行って、あすこの床几にねかせられるようにしとけよ」

「はい」

お藤はそばをすりぬけて、茶店へ駈けつけて行った。

「なんでもない、すぐよくなるから安心しといで！」

「えゝ。……御心配かけてすみません」

「なアに、そんなこと……」

「一体、わたし、今日はちっと無理だったの。……体の加減が……」

「それに、普段、あんまりうちンなんかにばかりいるからさ」

茶店へ来てみると、お藤が、二脚ずつ、背なか合せに載《の》せ重ねてあった床几の一つを、ひっくり返そうとして真っ赤になってやっていた。

「早くしろよ」

「そう仰有ったって、なか／＼これ重いのよ」

そばへ行って片手ですけてやり、すぐそこへ病人を腰かけさせた。

「有難う」

前にかゝろうとするのを、さゝえ制《と》めて、

「うつ向いちゃアいけない！　かまわないからねなさいよ、ねた方がいゝ！」

言われるまゝに身を横たえたが、

「小父さんたち、あっちイ行ってて。……なんだか、胸がむか／＼して来たから」

「ちっとも遠慮するこたアないから、かまわずお吐きよ」

「いやだわ！　どっか見えないとこに行ってて」

そのとき気がつくと、都留子の左の手には、土筆を、一杯はみ出るほどくるみ込んだ手巾《はんけち》の四隅《よすみ》が、しっかり握られたまゝになっていた。騒ぎのなかにも、阿野には、それがひどく可笑しかった。

「これは、まア、はなしたらどうだい」

と手を持ち添えると、都留子も、ほんの微かに口もとで笑って、

「あら、ちっとも知らなかった」

「慾ばっているから、一度握ったものは、死んでもはなさない気だろう」

「あゝ、恰度それがいゝ」

お藤が、そばからうけとって「何か枕になるものはないかと思って探してたんだけど……」

「枕はしない方がいゝんだ、支《か》うなら、寧ろ足の方へかっておやり。それから、帯をゆるめて、ちっと胸をはだけてやるといゝんだ。……じゃアね、小父さんはあっちへ行ってるから、吐きたいだけ、心置きなく吐くといゝや」

そのまゝ、阿野は、亜鉛《とたん》屋根《やね》の茶店を出て、まずこれでひと安心、というような折の、特別味の深い煙草に火をつけながら、少し離れた岩角へ行って腰をおろした。……騒々《そうぞう》しいほど藪鶯《やぶうぐいす》が囀《さえず》り交《かわ》して、山間《やまあい》の空気は、閉《た》て切った部屋のなかほども

動かず、紫がかった烟の、たゆたいながら、静にのぼって行くのも長閑《のどか》だった。

（縁談窶だ）

ふと、いつぞやの即席の造語が、その時とはやゝ違った色調《いろあい》を帯びて、あたまに浮んで来た。今の感じでは、それは、母親との交渉やなぞよりも、もっとよけい自然の力に動かされて来ているもののようだった。相手のない、そして同時に意識しない恋の病《やまい》とも言えようか。体のなかに籠って来ている自然の力が、形をとってそとに現われる道がないために、却って我が身を損《いた》めている、――そういう風な意味を含んで来た。これもまた、緩やかな親車の廻転から、一つの小さな歯車へ伝って来る力だった。その止めても止まらない動きを、一時たりとも静止させて置こうとするのは、どういう意味から言ってもいゝこととは思われなかった。

（誰でもいゝんだ。……俺だっていゝんだ）

真面目にそんな不思議なことを考えた。「俺だって」という考え方が、やがて「俺が」になり、続いて、「誰よりも一番俺が」まで行って了った。そこまで行く間、少しも肉情的な慾望などには手伝われず、どこまでも生真面目《きまじめ》に、当人本位に考え進んだことに、ふと気がついた時には、阿野も、もう少しで噴き出しそうになった。然し、その真面目くさった滑稽は、我ながらいゝと思った。ちっとも拵えたところのない愛嫣に、人間ばなれ、と言っては大袈裟すぎるかも知れないが、少なくとも男ばなれのした感じがあって、ひどく阿野の好みにかなった。

暫くすると、お藤が、小屋から姿を現わして、

「もういゝの」

と、遠くから声をかけ、すぐまた引っ込んで了った。立ちあがって、二つ三つ尻をはたいてから、阿野は、ゆっくりゆっくり戻って行った。

「どうもすみません」

都留子は、後《うしろ》向《む》きに、恰度背負《しょい》揚《あげ》を結び直しているところだったが、そういう声《こわ》音《ね》も、もうしっかりしていた。

「そんな、立ったりしていゝのかね？」

「えゝ、もう大丈夫」

「でも、すぐよくなってよかったね。……吐けたかい？」

「いゝえ、胸のむか〳〵するのも、小母さんに帯をゆるめて頂いたら、じきになおっちゃったの」

「それア、よかった。……だけど、ちょいとおどかされたぜ。泥の上にいきなりコロッとねちまうんだもの」

「わたしだって吃驚したわ。小父さんが空を見ろって仰有るから、上を向くなり、クラ〳〵ッしたと思うと、そこらじゅう一面に真ッ黄色になっちまって……」

意味のない笑声《わらいごえ》で遮って、

「初めてかね？」

「えゝ、……ずいぶん可厭《いや》な気持のもんね。なんだかこう、地の底へめり込んで行くような、とても鬱陶《うっとう》しい気持だったわ」

「そうだよ、小父さんも、若い時分、馬術の稽古をしていて、はっと思う間にへんにあたりが暗くなって来て、ズルズルズルッと、たわいもなく馬からおッこッちまったことがあるがね、馬場のなかだったし、いゝ按排に並足《なみあし》の時だったから、別にどこも怪我はしなかったけれど、驚いたねえ。おッこッてからも、まだ、一体なにがどうしたんだか、皆目《かいもく》自分でわけがわからなかったっけ」

「そうね、全く早いわね、あら〳〵っと思う間に来ちゃうのね」

「へーえ」

と、お藤が感嘆して、「一体、どうなるんでしょうね」

「頭の方へ血が通《かよ》わなくなるのさ」

「あら、そうですか、あたしなんぞ、普段から至って血のめぐりのよくない方なんだけど……」

「あんまり悪すぎるんで、脳貧血の方で愛想《あいそ》づかしをして、よりつこうともしないんだろう」

「そんなことかも知れないわね」

笑いながらお藤はうしろへ廻って、都留子の襟もとや、背筋の皺を按排してやった。

阿野は床几に腰をおろし、そこに置いてあった半巾包《はんけちづつみ》を把りあげて、

「とんでもない余興で、土筆ン坊なんぞどっかに飛ばして来ちまった」

「えゝ、あたしも。そのくせ、半巾だけは持って来てるのよ」

「みんな慾張ってやアがる。それじゃア折角とった土筆ン坊を、どっかに振り撒いて来ちまったんだね？」

「えゝ、きっとそうなんでしょうね。憶《おぼ》えてないけど」

「俺は、半巾ごと、そっくりあすこへ置いて来た」

それを拾って来てから、めい〳〵清水で手を洗って、もしこれで、お金が殖えるように手が殖えたらどうだろう、三十三間堂へ行って、千手観音のお仲間入りでもしなくちゃアならない、などと戯《たわむ》れたりして、やがて、佐助の谷《やと》から町の方へおりて行った。

四

同じ年の秋、ぱた／＼と話が運んで、都留子は、名古屋の素封家の倅《せがれ》で、慶応の理財科を出て三菱に勤めている、三十一歳の青年と結婚した。帝国ホテルで二時から式、五時から披露と、万事手ッ取り早くすますと、そこからじかに東京駅に乗りつけて、長途の旅に堪えないほどの老齢で、郷里の方に残されている新郎の祖父母を訪ね、旁々《かたがた》蒲郡あたりに楽しい新婚の日を送ろうとして、八時半の急行でたって行った。

阿野は、どのみち鎌倉へ帰る身ゆえ、両家の近親四五人や、手伝《てつだい》の男たちと一緒に、汽車の動き出すまでプラットフォムに立って見送りをすませ、そこでみんなと別れた。次の横須賀行までは、たっぷりまだ三十分ばかりも間があったので、腹はくちかったが、少し飲み足りない気持から、食堂にはいって、時を消そうとした。

「野菜サラダかなんかで、……こうっと、日本酒は貰えませんかね？」

それから、バーの上の電気時計を気にしい／＼飲み始めた。瓶詰の酒が、肉食のあとの舌に粘《ねば》りつくようで、あんまりうまくもなかったが、それでもよそうという気にはならなかった。味は二の次、なんとなく酔いがほしかった。小さな台附《だいつき》のコップで、慌しくあおりつけて、二合瓶一本綺麗にあけて了ったあと、まだ十分たらずの半端な時間が残ったので、今度はウイスキイを一杯あおった。銜《くわ》え楊子《ようじ》でそこを出た時には、電灯のまわりに、チカ〳〵光る針のようなものが映るほどで、自分でも眼つきの変っているのがわかった。紋のついた羽織の肩を滑りたがる二重廻しの袖を掻きよせ、掻きよせ、もう一度プラットフオムへあがって行ったが、自然、先刻《さっき》の急行と思い比べられるせいか、どの客車《はこ》もどの客車もがらあきに見え、見送人の影などは一つもなく、いやにあたりが深閑《しんかん》としていた。気がつくと、日曜で、半分はもう我が家へ帰りついた気持の、若い勤人たちが、傍若無人《ぼうじゃくぶじん》にワヤワヤと乗り込んで来ないせいもあった。阿野は、長いボーギー車の片隅に、つまらなそうに、ぽつねんと腰をおろした。

（しまった、夕刊を買って来るんだっけ）

そう思ったのは、読むものでもないと、ぐっすりねこんで了いそうな気がしたからだ。草履をぬぎ、いやにガサゴソと仰山らしく鳴る袴の膝を胡坐《あぐら》に組んで、ふか〳〵とクッションに倚りかゝった。

とうとう四五人しか乗らないで発車して了い、新橋でも、幾人《いくたり》も殖えなかった。連《つれ》もなく、読みものもなく、一人ぽつねんとしていたけれど、然し予期されたような眠《ねむ》気《け》は来なかった。却って、あたまがへんに冴え返って、つい一時間ほど前に東京駅のプラットフオムで、取り残された母親の勝子と、別れの挨拶を取り交した時の有様などが、はっきり思い描かれて来た。

「どうも、なんともお礼の申しあげようも御座いません。何から何までお世話頂きまして、……いずれ改めて、鎌倉の方へお礼には伺いますけれど……」

そんな風な、いつにない鄭重さが、とは言え、決してよそ〳〵しくは感じられなかった。

「だん〳〵と、貴方もさぞお労れでしょう。……もう、ホテルの方は、万事内村さんと柳君とでやってくれることになってますし、それに貴一君もいますから、こゝからもうじかにお帰ンなすって、今夜はまア、ゆっくりおやすみなさるんですね」

「いゝえ、わたくしなんぞより、貴方こそ、先達中《せんだってじゅう》から、いろ〳〵あちこちして頂きまして、さぞ……。ほんとに、おかまいさえなければ、今夜はわたくしどもで泊って頂けるといゝんですけれど、これからまた鎌倉までお帰りでは……」

「なアに、馴れてますから」

「それにしましてもねえ……」

「じゃア、いずれまた……」

「さようですか。それではまア、これで失礼いたしますが、……ほんとうに有難う御座いました。どうぞ、おうちへもよろしく仰有ってくださいまし。わたくしも、いずれ両三日中にはお伺いいたすつもりで居りますけれど……」

「どうぞもう、そんな、……遠方のところをわざ〳〵いらしって頂いたりしては……」

そういう堅苦しい、他人行儀《たにんぎょうぎ》な挨拶のすぐ裏に、却ってお互の気持はヒタと潜《ひそ》み隠れて、いやになるほどよくわかっていた。もし、いつもの調子でものを言い合うとすれば、あまり感情がむき出しになりすぎて、悪くすると、わけのわからない涙を誘われないとも限らない。それを、言葉のしかつめらしさで、どうやら心を甲《よろ》って、そのまゝ別れて来たのだが、甲《よろ》われただけに、その奥の心は寂寞《せきばく》たるものだった。それは、酒でもほぐれなかった。

ふと阿野は、小《こ》さんの「饂飩屋《うどんや》」という落語《はなし》を思い出した。市井《しせい》の男が、婚礼の帰り道に、鍋焼饂飩《なべやきうどん》を捉《つかま》えて、罪のないくだをまく情景で、ほんの、夜更《よふけ》の街上スケッチといった風なものだが、酔漢らしく幾度も同じことを繰り返して、「おめえ、仕立屋の太兵衛を知ってるだろう。世間のひれェ男だ」といい、そこの久しく見えなかった娘が、今夜婿をとったが、自分の前にピタリと両手をついて、「さて、小父さん、この度は誠に……」などと、立派に挨拶を述べたのだが、なんとも言えず嬉しかったものとみえ、「俺のことを、小父さん、小父さんて言やアがるんだ。どうでエ、饂飩屋！」などと、たゞもう他愛もなく悦《えつ》に入っているあたり、なか〳〵人情の機微《きび》を穿《うが》っていた。言うまでもなく、今日の都留子は、「さて、小父さん……」どころの騒ぎではなく、呉服屋の飾窓《ショウウィンドウ》の人形《マネキン》よろしく、カチカチに堅くなって、始終うつ向いたッきりでいたけれど、阿野の心の奥は、饂飩屋の屋台に首を突っ込んで、とろけそうな様子でくだをまく男と、あまり大した変りもなかった。たゞ、その市井の男のように、何ひとつ阻《はば》まれるものもなく、御機嫌のありッたけを、そのまゝ流露《りゅうろ》させることが出来ないだけの話で、「俺のことを、小父さん、小父さんて言やアがるんだ」のなかに含まれている殉情主義《センチメンタリズム》は、そッくりまた阿野のものでもあった。従って、娘の上よりは、母親の気持の方へ心が向いて行き、そっちには、まざ〳〵とした同感が感じられた。

　むずかしく額に八の字をよせ、きッと脣を引き結んだ自分の顔が、彼方側《むこう》の硝子窓に映ったり消えたりした。胸に高く腕を組んで、造りつけたように、阿野は、瞬《まじろ》ぎもせず、空を見詰めていた……。

　表停車場に出て、俥でうちへ帰り着いたのは、十一時半ごろだった。玄関のあく音に、すぐ跳んで出たお藤が、

「お帰ンなさいまし」

「フム」

ひどく不機嫌らしく、鼻音《びおん》で答えて、阿野は外套をかなぐり捨てた。

「いかゞでした、御無事におすみなさいまして？」

「あゝ」

「それはまア、お目度うございました。さぞ、お嫁さん、お綺麗なことだったでしょうね」

「うん」

長火鉢の前に坐ったが、いつも東京から帰って来た時の、あの、なんとも言えない気安さや落ちつきは感じられなかった。それどころか、紫檀《したん》の餉台《ちゃぶだい》でも、その上の巻煙草入れや夕刊でも、座布団でも、茶箪笥でも、電灯でも、総て部屋のなかのものが、いつも在るところから、一分一厘はずれずに、キチンと置かれているのが、なんということもなくもの寂しく、気が沈んだ。

「どうなすったの？ 馬鹿に元気がないじゃアありませんか」

微笑《わら》い顔で、お藤もそこへ来て坐った。

「労れた！」

調子よく出たその言葉ほどには、労れが感じられているわけではなかったけれど、それよりほかに、元気の悪かろう理由《いわれ》とてもなかったのだ。

「そうでしょうとも！　先達中から、ほんとに貴方も、お大抵じゃアありませんでしたわね。それに、こんなことって、すっかりすんじまったとなると、気のゆるみで、急にどかッと労れの出るもんですから……。でも、ほんとうに結構でしたわ。何しろ、この四五年越《ご》し、なんていうとは、貴方もお関《かか》り合いで……」

「なんのこたアない、自分の娘をかたづけてやったような気持だ」

「ほんとうに、あたしでさえ、肩の荷が卸りたようですから……」

「あゝ」

返事とも溜息ともつかない深い息を吐き出して、阿野は、両掌の平で顔じゅうやけにこすり廻した。老人《としより》らしく眼の玉の奥が、グル〳〵ッと音をたてた。

「あゝ、そう〳〵」

と、お藤は思いついて、「お風呂が沸かしてございますよ」

「なんだ、今時分まで……。無用心《ぶようじん》じゃアないか」

裏山の松は唸りだしたし、雨戸の隙を洩れて、硝子戸がつゝましやかに鳴るほど風《かぜ》立《だ》って来ていた。

「いゝえ、もう夙《とう》に熄《おき》になってますから……。ざッと浴びていらしてから、おやすみンなった方が、労れがぬけやアしませんか」

はいろうか、よそうかを考えるでもなく、暫くぽかんとしていたが、

「あのお袋も、あれで、存外気のいゝ人さ」

と、だしぬけに、とんでもないところへ話を飛ばした。

「どなた？」

新しく淹《い》れた番茶を、大きな六兵衛の湯飲に注《つ》いで、火鉢の上から手渡しながら、

「都留子さんの阿母《おっか》さんですか？」

「可なり念の入ったわからずやだけれど、あれで、やっぱり、子供のこととなると、まるで……」

何をもって来て形容したものか、考えているうちに、

「それア、貴方、あたりまえじゃアありませんか」

「いや、時にゃア、それが、どうだかわからなくなるような、むちゃも言ったもんだがね」

「でも、今日は、さぞお喜びでしたでしょう」

「うん、それアね……」

嬉しそうよりも、寂しそうなところが、阿野の心には深く触れているのだが、然し、そこまで立ち入って話して聞かせるほどの気持もなかった。それで、暫く話が杜切れた。阿野は、鼻の上に海老皺《えびじわ》が出るほど堅く眼をつぶって、舌の焼けそうな熱い茶を音をたてて少しずつ啜《すす》り込んでいた。

「お婿さんは、和服でしたの？……洋服？」

それには、和服？という問いに、首を横に振って見せただけで、相変らず、さもうまそうに茶を啜り続けていたが、鼻の頭を掠める湯気をむず痒《がゆ》そうに、ひとつ、ブルンとひとツ擦《こす》って、

「まア、然し、お都留ちゃんも、これからだよ。これから先の永い間には、いろんなことがあるんだ。嬉しいことや、悲しいことや、泣いても笑っても追ッつかないようなことや……」

「そうねえ」

お藤も茶を飲みながら、阿野に惹《ひ》き込まれてか、沈んだ調子で、じッと火鉢のなかを見詰めていた。

「人の一生ってものは、なか〳〵これで大へんなもんだ」

「でも、いろ〳〵浮いたり沈んだりがあるんでいゝんでしょうねえ」

「むずかしいような、暢気《のんき》なような、……へんなもんさ」

「お婿さん、よさそうな方ですか」

「まア、大体よさそうだがね。それア、人間だから、いゝとこも悪いとこもあるだろう。何しろ、お都留ちゃんも、これからが本舞台《ほんぶたい》だ。鬼も仏《ほとけ》も、いろんなもんを彼方《むこう》に廻して、……まア、然し、なんとかなって行くもんだが……」

縁の下で虫が鳴きだした。何か、火鉢のそばへでもよって来たそうな、枯々《かれがれ》とした、心細い声だった。お藤は、小さく欠伸《あくび》を嚙み殺してから、ふと柱時計をふり仰いで、

「どうなさるの、お風呂？」

「そうさなア」

「やがてもう一時ですからねえ」

「明日《あした》の朝、起きぬけにはいれるように、焚きつけさせといて貰おうか」

「えゝ、ぴッたり蓋をして置いて、明日の朝、ぼうッとひとくべしたら、すぐはいれましょうよ。……じゃア、お召換なさいませんか」

「あゝ、ねよう。労れた、労れた！」

　今度こそ、ほんとうに芯《しん》から労れた気持だった。口に出してそう言うと、急にもう矢も楯《たて》もたまらなくなり、羽織袴のまゝで、いきなりそこへ横になろうとした。

「あゝ、いけません、いけません」

お藤が慌てて立って行くと、手早く、茣蓙《ござ》の上に出してあったフランネルの寝間着の、襟もとを捌《さば》いてハラリと広げ、長々と足を投げ出して、後手《うしろで》に、やっと上半身だけを支《ささ》え起している阿野のそばへよって来た。「さア、ちゃんとお召換なすって……。そこでごろねをされたひには……」

「よいしょ！」

かけ声かなんかで、威勢よく身を起したが、足もとがヒョロついて、お藤の肩につかまり、やっと踏みこたえた、阿野は、どんな重いものでもさしあげるかと思われるような恰好で、うーん、とひとつ大きな伸びをした。と、クラクラッと目がまわって、他愛なく苗畑《なえしろ》に転《ころ》がった都留子のように、……あゝ、このまゝになるのかな、と思った……。

裏山の松に、疾風《はやて》のような風が亙《わた》って、それがすぎると、急にあたりがしんとした。

……翌朝、風呂は、そのまゝ水になった……。

（参考作品）

父と娘

広津和郎

一

朝のラッシュ・アワーから少し時間がはずれていたので、京浜線もそう混んではいなかった。

弁護士の庄田義一は、大森から乗るとポケットから『法律時報』を出してページをめくったが、興味を惹いた題目もないので今度は朝刊を出して、戦争記事や政治記事にざっと眼を通した。今日は仕事の上で差迫った重要な事もないので珍らしく頭がのんびりしていた。

窓外に眼をやると、霽《は》れ渡った冬空が風がないので瑠璃色に光り、黄《きい》ろい朝日が沿線の家々の屋根や樹立にやんわり当っていた。大きな戦争が戦われているとは信じられないような静かな平和な朝であった。二人ずつ腰かける座席であったが、義一の席は彼一人だけだったので彼は身体を斜めにして、片足をクッションの上に投げ出し、ゆったりした姿勢を執ることが出来た。

すると、不図《ふと》彼の背後の席で、二人の女が話している話声が耳に這入《はい》った。二人とも中流の奥さんらしい中年婦人であった。

『ほら、片田さんのお嬢さんね、あの方《かた》もとうとうお嫁づきになりましたよ』

『おや、左様でございますか。あの美彌《みね》子さんと仰っしゃいましたわね。たしかもう今年二十七八におなりでしたと存じますが』

『ええ、左様でございますよ。二十八でいらっしゃいますよ。あの方も妙で、お父さまが生きていらっしゃいます間は、どんな縁談があっても振向きもなさらなかったんでございますが、お父さまがお亡くなりになりますと、直ぐお嫁づきになりましたよ』

『まあ、左様でございますか。父親一人、娘一人で、父親が娘を可愛がりますと、娘はお嫁に行きたがらなくなるって申しますからね。父親と較《くら》べると、若いお聟さんがみんな物足りなくなるらしいんでございますね』

義一はそこまで聞くと、聞き耳を立てずにいられなかった――父親一人、娘一人で、父親が娘を可愛がると、娘は嫁に行きたがらなくなる。――なるほど、そういう事もあるかも知れない。緋紗《ひさ》子を考えても思い当る節がある。

　今緋紗子はやっと婚約者が出来て、その婚約者の両親に会うために、婚約者と一緒に京都に行っているし、今度こそはどうやら結婚する気になったらしいので、その安心もあって、義一はこうして久しぶりにのんびりした気分になっているわけであるが、緋紗子をそういう気持にさせるまでには、随分骨の折れたものであった。

　丁度七年前、彼は妻に死に別れたが、その時緋紗子は十七歳で女学校四年生であった。親ひとり子ひとりの不憫さから、彼は父であると共に母であり、そして友達でもあると云った気持になって娘を育てた、彼が再婚を勧められても振向かなかった主なる原因の一つは、緋紗子を哀れと思ったからであった。

　今度の橋口京太郎と婚約させるまでには、随分度々の縁談があったし、又随分度々の見合もさせたけれども、緋紗子はどれもこれもてんで問題にせず、『わたしはいつまでもお父さまと御一緒に暮すのよ』と云って聞かなかった。

　そんな風にしている中、だんだん婚期を逸してしまうような事があってはならないと思うのが又父の心配であった。『見合結婚が駄目ならいっそ恋愛でもさせて見たら』そう思った義一は、恋愛の相手の見つかるような機会を、娘のために探すことを努め始めた。軽井沢に別荘を持ったのもそのためであった。『健康のため』を口実として、夏になると緋紗子をそこに行かせたが、自分も行かないと緋紗子が東京に帰って来てしまいそうなので、彼が忙がしい身体を土曜日の午後から日曜日いっぱいにかけて軽井沢で過すことにした。

併《しか》し彼のこの希望もどうやら達せられる時が来て、その軽井沢で知り合った橋口京太郎から熱心な求婚申込があった。今年帝大の工科を出た京太郎は、家も京都の素封家であったし、彼が会って見て人物も相当確《しっか》りしている方なので、彼は緋紗子に極力勧めた。

『お父さまがそうしろと仰っしゃるなら、お父さまにおまかせするわ』

二十四の緋紗子の口からは、消極的ながらとうとうこうした承諾の言葉が洩れた。義一はほっとした。長い間の重荷が下りた心持であった。これで父親としての大きな責任の一つが果せたというものである。

今京都の京太郎の両親に会いに行っている二人が東京に帰って来たら、そろそろ結婚の準備に取りかからなければならないのであった。——今は正月であるが、式を挙げさせるのは三月頃が適当だろうと彼はひとり心に決めていた。

こんな風な場合なので、二人の中年婦人の会話は、彼には身につまされて聞かれたのであった。

『併し今度はうまく行くだろう。うまく行って呉《く》れなければ又困りもする。此処で緋紗子の事が片づいたら、何もそうそうあくせく稼ぐ必要もないから、自分も今後は時間の余裕をこしらえて、好きな事でも研究しよう』

弁護士というような職業を持ちながら、彼は一方絵に興味をもっていた。浮世絵の蒐集家としては、その方面では相当名を知られていた。彼はいつか自分の研究を系統立てて一冊の本に纏《まと》めて置きたいというような念願を、心の底に持っていた。

二

Mビルディングの事務所に這入《はい》って行くと、いつもの事で部屋はキチンと整理され、テーブルの上に塵一つとどめないように掃除されていた。——彼の出勤前に、女秘書の宮川まさ子が毎朝こうして掃除して置いて呉れるのであった。

『先生、お早うございます』

『ああ、お早う。……今日は、と。……さし迫った問題はなかった筈だが、山一の方は？』

帽子を壁にかけ、外套を脱ぎながら、彼は自分のテーブルの方へ進み寄った。

『昨日先生が仰っしゃった通りに返事を出して置きました。先程神田の吉川さんからお電話がございましたから、あの事件は調査に十日間かかると申して置きました。よろしゅうございましょうか？』

『ああ、好いとも、好いとも。十日もあれば十分だ。……兎に角あんたはえらいものだよ。大概の事は僕に相談しないで答えて呉れても、ちゃんと間違っていないので、僕はいつも感心しているんだ。いや、僕よりもあんたの方がもっと間違わんかも知れないな』

『まあ先生御冗談仰っしゃって』

宮川まさ子はタイプライターの前から、身体を斜めに捻《ひね》って振向きながら、頬を赧《あから》めて笑った。――二十八だというのに、未婚のためか皮膚がつやつや光っていた。

実際この女の頭の呑込みの好さには、義一は相当驚嘆し且《か》つ便利に思っているのであった。秘書に雇ってから三年になるが、二ヶ月位から彼の仕事の性質をすっかり呑込んで、手紙の返事なども、その意味を一寸云えば好かった。彼が文案をねらないでも、彼女は無造作にタイプライターでぽんぽん叩いて行って、それで筆を入れる必要のないような返事がちゃんと出来上っていた。

事件の日取りなどもよく覚えていて、彼がついうっかりしていると、『先生今日は裁判所においでにならなければ』と注意して呉れるのも彼女であった。

所謂《いわゆる》美《び》人質《じんしつ》ではないが、併し聡明な理智的な眼附や、気立の優しさや、生き生きした皮膚の色つやが、この彼の事務所を明るく清潔に朗かにして呉れるのに大いに役立っている事を、彼は感じていた。――そういう意味で、健康の美しさと云ったものが彼女にはあった。

彼が机上の手紙類に手をかけようとすると、

『京都から電報がまいって居りますので、そこに重ねて置きました』

とまさ子が云った。

『なに、緋紗子から？――何だろう、今頃電報などを寄越して――』

義一は他の手紙を後廻しにして、娘の電報を開いて見ると、

ゴゴ一ジ五フンソノチックヒサコ

『おや、もう帰って来るのか。おかしな奴だな。大阪や奈良あたりを歩いて来るんだろうと思っていたのに』

併し愛娘《まなむすめ》が帰って来るという事は、義一には嬉しくない事ではなかった。あの我儘娘が京太郎の両親に気に入って呉れれば好いが。――そういう不安が一寸心を掠めたが、併し親の慾目か、器量と云い気質と云い、何処と云って欠点はなかった。あの娘を気に入らないと思うような両親がある筈はないという自信を彼は持っていた。

『よし、今日は用事がないから、ひとつ自分で迎えに行ってやろう。そして二人を何処かに飯でも食いにつれて行ってやろう』

その時刻になると彼はビルディングを出て、東京駅のプラットフォームに立った。一時五分の普通急行は定時に著《つ》いた。

多分二等寝台車から二人が下りて来るのだろうと思ったので、義一がその方へ歩み寄ると、『お父さま』緋紗子は普通二等車の窓から首を出して呼びかけた。

『何だ、そっちか』

彼がその窓の側に寄って行くと、

『お父さま、これを持ってよ』と緋紗子は窓から赤革の小さいスーツケースを出した。見ると京太郎の姿が見えない。

『京太郎君は？』

『置いて来ちまったわ』

『えッ、それじゃ緋紗子一人で帰って来たのか？』

『ええ、そうよ』

途中で買ったらしい土産物の包をぶら下げながら、緋紗子はにこにこしてステップから下りて来た。

『やっぱり東京が好いわ。わたし小田原あたりから早く東京に著かないかと思っていらいらしていたわ。電報を打って置いたから、屹度《きっと》お父さまがお迎えに来て下さるだろうと思っていたのよ。そうしたら、やっぱり来ていて下すったので、嬉しくって堪らないわ』

『……』

一体何事が起ったのだろう？ と義一は快活な娘の顔を見ながら思った。さっき一寸不安に思ったが、やっぱり京太郎の両親に気に入られなかったのだろうか？ それとも京太郎と衝突でもしたのであろうか？

二人はプラットフォームを歩き出したが、暫く行くと義一は云った。

『御飯はまだだろう？』

『汽車の食堂で食べて来てしまったわ』

『そうか、私は多分京太郎君と一緒だろうと思っていたので、二人を何処か御飯を食べにつれて行こうと思っていたのだ』

『まあ、そう、それは残念ね。……それならその代りに、わたし今晩とても美味《おい》しいものを拵えて、お父さまに御馳走しますから、夕方早めに家にお帰りになってね』

緋紗子はなかなか料理が上手であった。彼女はそれを拵えて、父と一緒に食べるのが好きであった。

『うん、それは大いに楽しみにしていよう。だけれど、それはそうと、どうして一人で帰って来たんだい？　京太郎君はどうして一緒に帰って来なかったんだい？』

『喧嘩しちまったのよ』と緋紗子は無造作に答えた。

『喧嘩？』

『ええ、だって、わたしの云う事聞かないんですもの』

『どんな事を聞かないんだ？』

『つまらない事よ。そんな事どうでも好いのよ。……それよりわたしやっぱりこうしてお父さまのお側に帰って来ると、嬉しくって堪らないわ』

『併しつまらない事で、そう無暗《むやみ》に喧嘩なんかするのは好くないね』

『ええ……だって……好いわ、後で御飯を食べる時ゆっくりお話ししますわ。わたしの云う事無理ではないと思うのよ。後でお父さまに聞いて頂くわ』

『うん、よし、それじゃ後で聞くことにしよう』

『じゃ、わたし今直ぐ大森に帰って、御馳走の支度にかかりますわ。屹度遅れちゃ厭ですよ、お父さま』

『ああ、五時か六時には帰って行くよ』

駅で直ぐ大森に帰って行く娘と別れると、義一は事務所に戻って行った。

どんな喧嘩か知らないが、あの京太郎と破談になるような事でもあると、折角此処まではこんだ努力が水の泡となる。又改めて方々へ写真を送ったり、見合をし直させたりするのも、考えると臆劫な話だ。――若い娘の心というものはどういうものかよく解らぬ。法律で解決のつくような問題であれば、どんな問題でもこんな当惑はしない。彼が明敏な頭の持主である事は弁護士仲間でも有名であった。併し自分の娘の事となると、どうもなかなか見当がつかぬ。……

『もうお帰りでございますか？』

娘と京太郎とを駅から何処かへ御飯を食べにつれて行くと云って出て行った義一が、直ぐ戻って来たので、宮川まさ子は眼を瞠《みは》って訊《き》いた。

『ああ、帰って来た』

義一は何かに屈託しているような表情でこう云ったが、自分の椅子に腰かけると、急に女秘書の方へ向って顔を上げて、

『あんたにでも訊いたら解るかも知れんと思うんだが、緋紗子は一人で帰って来たんだよ。どうしたのかって訊くと、喧嘩をしたっていうんだよ。……そして悲観してでもいるなら兎に角、ひどく快活で「お父さんの側が一番好い」っていうんだよ』

『それは先生が余りお可愛がりになるからじゃございません？　ほんとうに先生はお嬢さまをお可愛がりになるんですもの』

『うん』

義一は腕を組んだ。――今朝方省線電車の中で二人の中年婦人が話していた会話も思い出されて来た。一寸気に入らない事があると、直ぐ父の事を思い出して、帰って来るようでは、この先一体どうしたら好いだろう。

三

五時半に義一は大森に帰って行った。帰る前に有楽町で一寸下車して、緋紗子の好きなジャーマン・ベーカリーの菓子を買う事を忘れなかった。こうした心遣いが総ていけないのかも知れない、と彼は菓子を包ませながら考えたりした。

『まあ、お土産？　嬉しいわ』

大森山王の高台に上ると、緋紗子は父の帰りを待兼ねたように門の前に立っていたが、菓子の包を見ると、十四五の小娘のようにそれを引っ奪《たく》り、父の腕にぶら下りながら玄関に這入って行った。

『お父さま、スープが少し出来損なってよ。でも、シチューは相当自信が持てるのよ。

だから、それと差引きに我慢してね』

『ああ、好いとも、好いとも。緋紗子のこしらえた料理なら、どんなものでもお父さんには美味しいよ』

　そう答えながら『こうした優しい物の云い方がみんないけないのかも知れない』と義一は考えた。

　父の部屋と緋紗子の部屋との間に、親子が食事をする食堂があった。それは春にはサン・ルームになるが、冬になると壁に作りつけのストーヴに赤々と薪がくべられ、何か山間《やまあい》のスキー小舎《ごや》と云った感じになった。それは緋紗子の好みにまかせて設計したものであった。父の書斎は日本間で、緋紗子の部屋は西洋間であったが、夜になると、二人はその中間の食堂のストーヴに当りながら、父は書見に耽り、緋紗子は編棒などを動かしているのであった。

　その晩も、ストーヴの火を赤々と熾《おこ》しながら、二人は食卓に向った。

　スープの前にオードブルも出た。薄く器用に切ったパンに、キャヴィヤーを塗ったのなどもオードブルの中にまじっていた。

『ほう洒落れているね』

『そう、美味しい？　うれしいわ』

一杯の白葡萄酒に顔に光沢《つや》の出た父が、うまそうにフォークを動かすのを、緋紗子は嬉しそうに眺めながら自分も食べた。スープの次には牡蠣フライ、それからチキンシチュー、それからサラダ、料理自慢の緋紗子の腕前は相当なものであった。

そうして上機嫌に食事を終ってしまうと、扨《さ》て次にはいよいよ例の問題——何故緋紗子が京都から一人で先に帰って来たかという問題を問い質《ただ》さなければならない。

『さっき京太郎君と喧嘩をしたので一人で帰って来たと云ったね。これから結婚生活に這入ると、そう今までのように我儘ばかり云っているわけには行かないよ。そこのところを緋紗子ももう二十四なのだからよく考えなければ……』

『わたし結婚なんかしないわ』

『そんな事を。……いつまでも結婚しないわけには行かない。ね、女には婚期というものがあるから、それにはずれると老嬢《オールドミス》にならなければならない。……一体どんな喧嘩をしたんだい？』

『だってね、京太郎さんが結婚したら他に家を持つというのよ。わたし結婚しても今まで通りお父さまの家で暮すのだと主張したのよ。……そうしたらあの人そんなのないって頑強に聞かないのよ。……だから、わたし帰るって帰って来てしまったの。だって、わたしお父さまと離れて暮すの厭だし、このお部屋にだって別れるの厭だし……』

『何だ、そんな事で喧嘩したのか。あっははは』

『だって、わたしに取っては笑い事ではないわ。重大問題だわ』

緋紗子の眼は涙ぐんでいた。それを見ると義一は当惑しないではいられなかった。

『うん、併しだよ、緋紗子』何と云ったら娘を説き伏せられるかと、彼は一語一語考えながら喋《しゃ》べるようにゆっくりと、『それはお父さんが聞いても、決して京太郎君が無理だとは思わないよ。いいかい。結婚した夫婦というものは、二人協力してこの人生の第一歩を踏み出さなければならない。つまり二人が一つの新しい人生を創り上げて行くんだよ。……お父さんの人生というものはもう一つの任務を果している。併し京太郎君や緋紗子の人生は、これから第一歩を踏み出さなければならないんだ。それは、二人で始めなければならないんだ。好いかい。ね、それだから京太郎君がお前と二人だけで家を持ちたがるというのは、当然の事なんだよ』

『そんな新しい人生なんて面倒だわ。わたし今まで通りお父さまのお側にいた方が安心ですもの』

『困るな、どうも。それじゃ、こう云おう。お父さんとしてもだよ、お前を京太郎君のような好い青年にまかせると、それでお父さんの義務は済んだ事になる。そうしたらお父さんも今のように働くことはないから、これから自分の趣味の研究をゆっくりやる。つまりお前達に現役を譲って、お父さんは予備役になって、予備に適した仕事をしたいんだ。——ね、好いかい、六ケ敷《むずかし》く云うと、これが歴史の……人間生活の歴史の順序というものなんだよ』

『お父さまが趣味の方の研究をなされば、緋紗子もお父さまの助手となって働きますわ。お父さまの趣味は緋紗子の趣味なんですもの。わたしもお父さまの影響で、絵が好きなんですもの』

緋紗子の眼は壁に一枚だけ掛けてある春章の美人画の上に行った。義一は蒐集品の中から気に入ったものを一枚ずつ、こうして時々この食堂に掛け替えるのであった。

『困るね。どうも。——それじゃ、こう云おう。若《も》しかするとだね。お父さんも今まで緋紗子ゆえに、再婚を勧められても断わって来たが、併しまだ五十そこそこなのだから、場合によれば、結婚しないものでもない……』

『あの……お父さま結婚なさいますの？』

『いや、今のは譬《たと》え話だよ。これから幾つまで生きるか解らないが、併しお前の身が片付けば或は結婚しないものでもないと云うんだよ』

『……』

無言のまま緋紗子はじっと父の顔を見上げていた。その眼に現れた何という悲しげな、何という寂しい表情……

父は慌てて、

『ほんとうに譬え話だよ。そう決めているというわけではないんだよ——唯ね、お前の生活はお前の生活で始めなければならない、そうお前が思わなければいけないというんだよ。終るものの生活と始まるものの生活というものがあるという事……終るものから見ると始まるものの生活が始まらないと安心出来ないという事をお前が理解しなければ——好いかい、お前が結婚するまではお父さんが安心出来ない……それを考えて呉れなければ……お父さんも初孫の顔が見られたら見たい……平凡な人情と云えば平凡な人情だが、これが過去から現在から未来と続いて行く生物の法則なんだから……』

『そう、お父さまは結婚なさいますのね』

ぼんやりと独語《ひとりごと》のように呟いた緋紗子の声音には、父の云う事など少しも聞いていないで、自分の考えだけを追っているような響きがあった。『そう、それならわたしも考えますわ』

つと立上ると、まるで物に憑かれてでもいるように、ふらふらと緋紗子は食堂から出て行った。

『緋紗子！』と義一が呼びかけても、彼女は返事をしなかった。

『困ったものだ』と彼は溜息をしながら、此処で下手な慰めを云うよりも、少し考えさせた方が好いかも知れないと思った。慰めていれば又益々父親の優しさを心に沁み込ませる結果になってしまうであろう。――此処で慰めないという事は彼には辛い事であった。けれども、娘に辛い覚悟を決めさせるためには、自分も辛い思いを我慢しなければならない。

彼は書斎から古書の随筆集を持って来て、ストーヴの側で読んでいた。静かな晩で庭にそよぐ風もなかった。省線電車の音が甲高く響かないのは、空が霽れてはいても空気が何処かしっとりと潤いを帯びているためなのであろう。

緋紗子の部屋ではコトリという音もしなかった。

泣いているのだろうか？　それとも眠っているのだろうか？

義一は便所に立った序《つい》でに、娘の部屋のドアを開けてそっと窺《のぞ》いて見た。緋紗子はテーブルに突っ伏していた。

『緋紗子』

『向うへ行ってて頂戴、向うへ行ってて頂戴』

緋紗子は突っ伏したまま、手で父に向うに行って呉れという形を示した。

『どうしたんだい？ 泣いているのか？』

『泣いてなんかいやしないわ。――お父さま、緋紗子は考え事をしているんですから向うへ行ってってよ。――そんなところに立ってらっしゃっては厭よ』

『………』

『ね、後で考えが決まったらお父さまにお話ししますから、向うへ行ってらしって頂戴と云ったら行ってらしって頂戴よ。御心配なさらなくても大丈夫……』

『………』

父は暫く突っ伏している娘を見下ろしていたが、そのまま食堂のストーヴの側に戻って来た。

四

一時間ばかりして、緋紗子は部屋のドアを少し開けて、父の方をそっと窺いた、義一が吃驚《びっくり》した程、その顔附は冴えていた。淋しい影が漂ってはいるが併し頬には微笑が浮んでいた。

『どうしたんだい、此処に来たら好いじゃないか』

義一はストーヴの側のもう一つの椅子——緋紗子の始終腰をかける椅子を指した。

『ええ』

緋紗子はドアの間から擦り抜けるようにして、近づいて来たが、椅子にかけると、父の顔をじっと見ながら、

『お父さま、わたし京太郎さんと結婚しますわ』

『おお、そうか。決心して呉れたかい？　それが好いよ。それが好いよ。決まる時決めた方が好いんだよ。それでお父さんもほんとうに安心した。京太郎君の云った事は、決して無理ではないんだよ。今にお前にもよく解るよ。——もうそんなつまらない事で喧嘩なんかするんじゃないよ』

『お父さま、そうしたらお父さまも結婚なさるんでしょう？』

『うん……』

『ねえ、そうなんでしょう？　お父さまもう心当りがおありになるの？』

『いいや』と云いかけたが、心当りなどないという事をはっきり云ったら、緋紗子の心持が又逆戻りするかも知れない。そうしたら又困らなければならないと考えたので、

『まあ、あるようなないようなものさ』

『あるようなないようなだって。……お狡《ずる》いわ。……ねえ。……おありになるんでし

ょう。わたしのお母さまになる方どんな方か知ら？』

『……』

義一は苦笑しないわけに行かなかった。

『お若い方？』

『そうだね、緋紗子は若い人と年取った人とどっちが好い？』

『それや、お若くて綺麗な方が好いわ』

『そう、それなら若い人として置こう』

『どんな方か知ら？　ねえ、お父さま、わたしの知っている方知らない方？』

『さあね。知っているかも知れないね』

『知っているかも知れないなんて、随分漠然とした云い方ね。とてもお狡いわ』

『あっははは。別段狡いわけでも何でもないよ』

『この家に来た事ある方？』

『さあ、うん、来た事があるかも知れないな』

『又知れないなだって。……若くて綺麗な方で……わたしの知っている方……でこの家にも来た事がある方で……』

緋紗子はじっと考え始めた。

『今晩ひと晩考えて見るわ』

『じゃ明日までの宿題かな。――お父さんも一つ考えて見よう』

義一は上機嫌であった。嘘も方便かも知れない。これで緋紗子が落着いて本気に結婚という事を考えて呉れれば、この偶然の出鱈目は決して出鱈目ではない。

『さあ、もう十時だろう、お父さんは眠くなった。そろそろ寝るとするか』

『おやすみ遊ばせ』

緋紗子は食堂から出て行く父の後姿を見送りながら、尚も何か感慨に耽っていた。

五

昨夜の思いも寄らぬ事態の好転は、庄田義一には大変満足であった。朝事務所に行って、宮川まさ子の顔を見ると、彼は得意になって、それを吹聴しないではいられなかった。

『そう、あんたの云った通り、僕が親父として甘過ぎたのかも知れないね。――僕も緋紗子の身が片づいたら、自分も結婚するかも知れないと云ったら、最初は急に悄気《しょげ》てね。けれども、それが、効果があって、お父さんがその気なら自分も結婚するとはっきり云い出したよ。……あっははは、嘘も方便とはこの事だよ』

『まあ、左様でございますか。それはよろしゅうございましたわね。お父さまは御自分のものだと思い込み過ぎていらっしゃるんでございますね』

『まあそんなものだったんだろうな。いや、どうも、子供というものは実に六ヶ敷いものだ。殊に男親の手で女の子を育てるのはね。……甘過ぎてもいかんし辛過ぎてもいかんし……』

併しその朝は昨日に引換え、相当急がしい朝であった。午前十一時頃から裁判所に行かなければならないが、その前に二軒ほど一寸寄って行かなければならない用件があった。

『それじゃ、僕は日本橋の山一と三田の黒川とに寄って、それから裁判所に出かけるが、今日の法廷で要る書類は？』

『はい、殆んど出来て居りますが、少し訂正の個所がございますので、十時半までには出来る予定でございます』

『そう、それじゃ後で電話をかけるから、あんた気の毒だけれども、とどけて下さい』

『畏りました』

庄田弁護士が出て行ってしまうと、女秘書の宮川まさ子は機敏な手附で書類を綴じたり、それに書入れをしたり、それから何かの数字の表をタイプライターで叩いたりした。仕事がまるで楽しい遊戯ででもあるように、彼女は嬉々として、軽快に片っぱしから片づけて行った。

丁度彼女が義一から命ぜられた書類を作り上げた頃であった。このMビルディングの一階のエレベーターの前では、次のような出来事が起っていた。

それは緋紗子が何か意気込んだ顔をして、エレベーターを待つているところに、スーツケースを持った橋口京太郎が偶然来合せたのである。

『おお、緋紗子さん！』

京太郎は此処で緋紗子に会おうとは思いもかけないので、驚喜して彼女の肩に手をかけた。例の一寸した云い争いから夜中だというのにいきなり緋紗子が飛び出して行ってしまったので、彼はどんなに驚き且つ心痛したか解らなかった。結婚したら新婚の二人だけで家を持とうと自分が云った事が、どうしてあんなに緋紗子を怒らせ、興奮させたのだろう？——それが彼には解らなかった。

彼は緋紗子を愛していたので、そんなかりそめな事で彼女を失いたくなかった。そこで若し緋紗子が主張するなら、緋紗子の父と一緒に住む事も辞さないと云った決心を以て、緋紗子の跡を追って来たのであった。東京駅に著くと、彼は二人の気不味《きまず》さを先ず緋紗子の父に打明けて、父に調停して貰うのが最も好い方法だと考えた。彼は緋紗子の父が如何に理解に富んだ舅であるかという事をよく知っていた。そしてひそかに敬意と愛慕の念を持っていた。

それだから、駅から直ぐMビルディングにやって来たのは、緋紗子の父の事務所をたずねるためであった。

『あら、京太郎さん！』

若しかしたら、自分の顔を見たら又逃げ出しはしないかという不安を抱いていた京太郎は、緋紗子が余り快活で機嫌が好いのに、却って吃驚した。

『よく直ぐ帰って来て下さったわね。わたし御手紙出そうと思っていたのよ。我儘をお詫びしようと思って』

『いや、僕こそ云い過ぎて悪かったと思っていたんだよ。――僕は決心して来たんだ。あなたのお父さんと一緒に住むよ。そんな事で争って僕はあなたを失いたくないんだ』

『いえ、わたしこそ悪かったわ。わたしあなたと二人で家を持つ事に決めたわ』

『えッ、それじゃあなたは……』

『そうよ。あなたと二人で新生活を始めるわよ。……でも、今そんな事は問題じゃないの。まあ、こっちへいらっしゃい。エレベーターに乗る前に一寸明治屋で珈琲を飲みましょうよ。とても素敵な問題があるのよ』

緋紗子が噪《はしゃ》ぎながら、彼のオーバーの袖を引っぱって先に立って、明治屋に這入って行ったので、京太郎は狐につままれたようにぼんやりしながら彼女の後をついて行った。――自分がはるばる京都から案じて来た事はみんな何でもなかったのだ。緋紗子の愛をどうしたら取戻せるだろうと心配していた事など、みんな何でもなかった。こんなに嬉々として快活な緋紗子にぶっつかったので、彼は寧ろ当てが外れて面喰った程であった。

珈琲を命ずると、緋紗子はテーブルの上に半身を乗り出すようにして、

『ねえ、お父さまが結婚なさるのよ』

『何ですって、あなたのお父さんが？』

『そうよ、素敵でしょう。その相手が若くて美しくて、わたしが知っていて、わたしの家にも来た事がある人だっていうの。わたし昨夜《ゆうべ》一晩考えたのよ。そしてとうとうその相手の見当がついたのよ。だから、今その相手をこれから訊問に行こうかと思っていたの。……面白いからあなたも一緒にいらっしゃい』

二人が明治屋を出て、エレベーターで五階に上って行き、庄田法律事務所のドアを

叩いた時、丁度宮川まさ子は出来上った書類を鋲《びょう》で止めて、それを封筒に入れていたところであった。

彼女は立上ってドアを開けた。と、華かな笑い声と一緒に緋紗子が飛込んで来た。その緋紗子の後にスーツケースを手に提げた京太郎の姿を見た時には、まさ子は『まあ』と云って驚愕の眼を瞠《みは》った。――京都で緋紗子が京太郎と喧嘩して先に帰って来たという事は、昨日先生から聞いたばかりであった。

その二人がこうして揃って現れて来ようとは――。併し先生が心配していた二人が揃って仲よくやって来たという事は、先生の心持を考えると、まさ子にも嬉しい事であった。

『お父さまは？』

『生憎今日は御用事でお出かけでございますが……』

『そうだろうと思って、わたし時を見計らって来たんですの。今日はお父さまに御用事で来たのではなく、あなたにお目にかかりたいと思って来たんですの』

『あら、お嬢様がわたしに。それは、どういう好い風の吹きまわしでしょう？　まあ、お掛けになって。今お茶を淹れますから』

『お茶なんか好いんですの。今階下《した》で珈琲を飲んで来たばかりですから。……それよりも宮川さん、今日はあなたに少々ばかり訊問の筋があるのよ』

『まあ、それは可恐《こわ》うございますわね。どんな筋でしょう？』

緋紗子は京太郎と顔を見合わせて、一寸首をちぢめて笑いながら、

『それは外でもありませんがね。……それよりもあなた決して嘘を吐《つ》いちゃ駄目よ。わたしのお訊ねする事を、正直に、真直ぐに答えて下さるのよ』

『おほほほほ、まあ、大変な事になりましたわね。……ええ、わたしの知っている事でしたら何でもお答えしますわ』

『そう、それじゃ始めますよ。……ねえ、お父さまが結婚なさるってほんとうですの？』

『さあ……』そういったけれども、まさ子は咄嗟なので詰《つま》った。さっき先生が云っていられた言葉が思い出されて来た。自分が結婚すると云ったら、それで緋紗子もやっと京太郎と本気に結婚する気になったと云われたあの言葉が。……これは迂闊には答えられない。そんな事は聞いた事がないと云って好いのか、それともそんなようなお話があるようだと云って好いのか。……

　彼女が困惑している顔を、緋紗子はじっと見ていたが、その困惑をどう取ったものか、にこにこ笑いながら、

『宮川さんが知ってらっしゃらないなんていう話、わたしないと思うわ』

『ええ、そう云えば、先生がそんな事を仰っしゃっていらっしゃった事もございましたわ』

『まあ、あなたもお狡いのね。「そう云えば……」だなんて隠さずにはっきり仰っしゃいよ。次にお訊きしてよ。その方どんな方？　お父さまの結婚なさる相手の方は？　お若い方？』

『はあ、よく知りませんけれど、お若い方かも知れませんでございますよ』

『又知れませんでございます、だなんて。ねえ、わたしの知っている方？』

『さあ』

『お父さまの白状したところに拠《よ》ると、お若い方で、わたしの知っている方で、そしてわたしの家にもいらっしゃる方だって云うんですの。誰よ、その人、あなたご存じなんでしょう？』

『さあ……』

　好い加減に答えているのもだんだん辛くなって来たので、まさ子はいつか汗を掻いていた。自分が下手な事を答えて、緋紗子の折角の決心にヒビでも入ったら、先生に対して申訳ない。——もうこんな質問は切り上げて呉れないかと思って、まさ子が益々当惑していると、緋紗子は更に一歩を進めて、まさ子の表情の一つも見のがすまいと云ったように、瞬きもしないでじっとその眼を見つめながら、

『ねえ、わたし昨夜ひと晩考えて、とうとう解ったと思ったのよ。……お父さまが結婚なさる相手の方はあなたじゃありません？』

『まあ！』

　まさ子はあきれて眼を瞠った。暫くは返事も出来なかった。

『そうでしょう。ね、そうよ。屹度そうに違いないわ。その外には誰も考えられないんですもの。若くて、美しくて、わたしが知っていて、わたしの家にも来た事がある方……そうよ、あなたよ、ねえ、ほんとうに白状してよ』

『まあ、飛んでもない……』

『わたしにだって大問題でしょう。わたしのお母さまになる人なんですもの。——ね、そうでしょう、白ばくれないで、はっきり云ってよ。……あなたがわたしのお母さまになって、お父さまのお世話して下さるなら、わたしもどんなに安心だか知れませんわ』

『……』

　事務の事には冷静でまごつかないまさ子も、この緋紗子の矢継早の質問には、すっ

かりどぎまぎしないではいられなかった。彼女は口をもごもごさせながら、頬をぽうっと赤く染めていた。

『あら、可愛いお母さま、はにかんで赧《あか》くおなりになって。……ねえ、京太郎さん、わたし達二人でこのお母さまを一所懸命可愛がって上げましょうね』

六

十一時になると、義一から電話がかかって来た。裁判所に近い佐久間町の或洋食屋――義一がよく昼食をする家の二階で待っているから、直ぐ書類をタクシーで持って来るようにとの事であった。

まさ子はいそいそとしてタクシーを走らせた。緋紗子さんと京太郎さんとがお揃いで事務所にお出でになった事をお知らせしたら先生はどんなにお喜びになり、どんなに安心なさる事であろう。

丁度義一はランチの後の珈琲を飲んでいた。法廷の時間を考えて、早めに食事をしたのであった。

まさ子は書類をテーブルの上に置くとにこにこしながら、

『先生、お歓びを申し上げます。お嬢さまと京太郎様とが御一緒に事務所《オフィス》にいらっしゃいましてよ。とてもお仲よく、お睦《むつま》じそうに！』

『なに、京太郎君と緋紗子が？』

『ええ』

『へえ、そりゃ又どうした事だろう。京太郎君帰って来たんだな』

『はあ、駅にお著きになったばかりと見えまして、スーツケースを持っていらっしゃいましたよ。お二人があんなに仲よくお揃いでいらっしゃろうとは思いませんでしたので、わたし吃驚してしまいましたの』

『そうだろう、聞いた僕さえ吃驚する位だもの。……へえ、二人仲よくね？　ほう、そいつは何しろ芽出度いな』

　義一の顔に父らしい喜悦の色の輝くのを見ると、まさ子も嬉しくなった。

『でもわたし、今日とても困ってしまいましたわ、お嬢さまったら、びしびしわたしを詰問なさるんですもの』

『ほう、それや又何を？』

『先生が昨夜お嬢さまに仰っしゃった事を。——お父様が結婚なさる相手は誰か、それをわたしに知ってるだろうから云えってこう仰っしゃるんですの』

『おお、それは困ったろう』

『だって、迂闊な事申上げて、お嬢さまのお気持が又お変りになって、結婚なさるのをお厭だなんて仰っしゃったら、わたしの責任でございましょう。ですから、わたしどぎまぎして、すっかり冷汗を掻いてしまいましたわ』

『それはお気の毒だったな。それであんたは何と答えたの？』

『知らないと申し上げるわけには行きませんし、と云って知っているとは尚更申し上げられませんし……その実、何も知らないんですから、唯、漠然と、知っているような知らないような顔をしていましたの』

『いや、それは大きに御苦労。……だが、そいつは困ったな。嘘も方便と云ったが、そこまで本気にされると、何とか対策を考えて置かなければならんかな』

義一は考え始めた、その分では今度は父の自分に向って詰問を始めるだろう。……その時何と答えたら好いか。

『そして……』と云いかけて、まさ子ははにかみながら眼を屢叩《しばたた》いたが、思い切ったと云うように、『お嬢様はすっかり誤解していらっしゃいますの。先生が結婚なさる方は、お若い方でお嬢さまの御存じの方で、そしてお宅にも伺った事がある方だと仰っしゃったというので、お嬢様はそれがこのわたしだと、すっかり思い込んでいらっしゃいますの』

『あっははは』と義一は高い声で笑い出した。『それや益々以てあんたには迷惑千万だったでしょう。……それであんたは何と答えたの？』

『だってお嬢さまが余りそう信じていらっしゃいますので、そうでないとはっきりお答えしましたら又お気持がお変りになるといけないと思いましたので、わたしそうでもないような、そうでもあるような顔をしていましたわ。――随分苦しゅうございましたわ』

　まさ子はふうっと大きく溜息した。

『いや、どうも、ありがとう。大出来、大出来。ほんとうに今日はすっかりあんたを苦しめてしまったね』

　そう云いながら、義一はふとまさ子を見たが、まさ子が耳のつけ根まで真赤にして、恥しそうにそこに佇《たたず》んでいるのを見ると、ぎょっとしたように眼を瞠った。――彼の頭にはいきなり閃いたものがあった。若くて、緋紗子を知っていて、家に来た事もあると、こう自分が緋紗子に答えていたのは、自分の潜在意識にこのまさ子があったのではなかったか。すると義一は我にもなく、まさ子と同じく自分も耳のつけ根まで火《ほ》照《て》って来るのを感じた。彼はおずおずとまさ子の手を取った。

『まさ子さん、僕はあんたにお願いがある――緋紗子がそう信じているのなら、緋紗子の信じている通りにいつまでも信じさせてやって貰えまいか？』

『えッ？』

まさ子がぎょっとして顔を上げると、

『ねえ、その意味解ったろう。あんたは僕と結婚して呉れまいか』

『……』

二人は眼と眼をじっと見合わせた。やがてまさ子は承諾を意味するように静かにうなだれた。

『晩春』（1949年）監督/小津安二郎　写真提供/松竹

Ⅲ 『戸田家の兄妹』をめぐって

帽子

一

敗《まけ》ず嫌いの性分が、運動や座談には覿面《てきめん》に利いて、選手とか、委員とか、学生々活として華々しくはやって来たが、勉強となると、いくら敗けても更に口惜しがる様子もなく、中学の間に二度も落第《すべ》って、やっとこさ卒業して後、父親の前に出て云うには、——学問も大切には違いないが、自分の性質として、またこれからの世の中として、実地の修業で叩かれると云うのも一方法と思うから、アメリカへやってくれ、と。

維新前の、日本全国どこもそうだったなかにも、殊に物情騒然としていた薩摩藩に、大した身分でもない侍の子として生れ、十四の年齢《とし》から勘定方心得に出仕して、細腕一本でどうやら生計を立て、後、江戸に上ってからは、江川太郎左衛門の塾生、更に明治新政府の役人、実業界に転じてあちこちの重役を勤めて、家名を興《おこ》し、産をも成した、という閲歴の父親のことゆえ、実地修業は内心賛成なのだが、これもアメリカで学位をとって帰っていた長男の進言を容れて、彼地《むこう》へやってやることはやるけれど、通学は続ける、――この条件で許した。長男とでは、二十ちかくも年齢《とし》の違う末の息子・義輔《よしすけ》は、かようにして、中学卒業と同時に彼の地へ渡ったが、そこでの学生々活は、俗に「水に適《あ》った」というやつで、やゝ腐り加減だった以前に引きかえて、勉強にも精《せい》が出た。その点、思索的で、社交をうるさがるような長男は、留学先を誤ったとも云えるのだが。

永い夏休の間を、宿願の実地修業にあてると、労働賃金の高い彼の地のことで、おかしいくらい金が残った。ふた夏の収入を、そっくりとって置いて、三年目の夏休には、うちの世話にならずに、謂わば自費で、老年の父母を省《み》に帰って来た。

三男に、矢張り学問が不得手で、郊外で草花を造ってみたり、雑誌記者になってみたり、何をやっても決して永もちしず、その代り遊ばせて置けば誠に具合のいゝ、人ざわりの柔い邦彦《くにひこ》というのがあった。これが、末弟のアメリカ行きに刺激されていた矢先、十月の新学期までには彼地《むこう》に帰って行く、それと一緒に発《た》って、自分たち夫婦も、なんかひと働きして来たい、という願いが、また父親の前にもち出された。道中に、弟をつれと頼む気持からして、たよりなく、不安心で、父親も、もと〳〵谷へ蹴落す気になれない息子だったので、出かけるもよかろうが、然るべき勤め先を覓《もと》めてと、それを先決問題にした。長男の斡旋《あっせん》で、二十年来、ニューヨークで雑貨を扱っている日本人経営の商店で使って貰うことに話がきまった。既に巨万の富を積んでいると云われるその店の主人《あるじ》も、折よく商用で帰朝していたところから、九月にはいって間《ま》もなくの或る夜、その人を主賓に、三男夫婦や末子の送別も兼ねて、両親初め同胞《きょうだい》一同が、田端の懐石《かいせき》料理で晩餐を共にした。

二

その晩の話にかゝる前に、けれども、帰省中の義輔や、兄・邦彦の、夏の間の生活ぶりを述べて置く必要がある。

面白半分とは云いながら、二度の夏休を働き通して、三年目の、今度がほんとの骨休めだ、おまけに久振りの東京で、自分の汗の結晶である金を使うのに、誰に憚るところもない、――この気持のところへ、邦彦という、売り込んで久しい顔の先達《せんだつ》があり、中学時代には足踏みもしたことのない花柳界は、謂わば初物《はつもの》の味だし、なんと云っても、同じ言葉、同じ眼色の女の方が、気楽に馴《な》れ親《した》しめる。年は若いし、男も悪くはないし、活発で、口が達者で、酒が強くて、駄々ッ子じみた可愛らしさがあって、それで金離れがいゝと来ているのだから、これでもてなければ先方《さき》が無理といってもいゝくらいだ。——そうとう厳しい両親や、煙ッたい長兄と同じ屋根の下に寝起しながら、殆ど毎夜のように、深更、酒臭くなっては帰って来ていた。

口の利きよう、着物の好み、——性格までと云いたいほど、花柳界の水が滲み込んで了っている邦彦からみれば、その代りまた、法《ほう》も習慣《しきたり》もないむちゃくちゃで、無算《むさん》当《とう》で、てんでお話にならなかった。

ジョニー・ウォーカーというつまらない酒が、三越にしかなかった頃だが、どこへ行ってもそれを註文し、ないと、時間をかまわず、電話で取り寄せろ、が始まる。行きつけの待合の女将などは、その酒の名を、「女王に逢おうか」と憶えよく地口《じぐち》にして、玄関に義輔の声がすると、女中を呼んで、

「そら、女王に逢にいらしったよ。だいじょぶかい。まだあったろうね、女王様の買い置きは」

そんな具合だった。

さすがに飲みすごして、座敷の真中に大の字になり、額や心臓に氷袋を載っけ、ふう〳〵云っているかと思うと、すぐまた起き直って、

「今の妓《おんな》いゝね。あれアどうだい。あれも、どうにもならない部かね？」

いかに芸者でも、なかにはどうにもならないのがある、と事をわけて、邦彦に云い聞かされていたが、とてもひと月やそこらで、それを見分ける目などは、第一自分の柄にもないと、頭《てん》から断念しているところから、臆面《おくめん》もなく、一々それを女将や、兄が一緒なら兄に、訊《き》きたゞすのだ。

「今のって、どれさ」

「あの、肥った丸顔のやつ。――もう帰っちゃったのかい」

「あゝ、あれか」

邦彦がにや〳〵して、「あいつは、ちょっと困るな」

「どうして」

「あれア俺ンだ」

「なんだ、そうか。だけど……」

誰某《だれそれ》と、自分の知っている兄の妓《おんな》の名を云って、「……がいるからいゝじアないか」

「あれはあれ、これはこれさ」

「そんなに慾張るなよ」

「それア冗談だけど、前に俺が……」

「そんなこたア、ちっとも構やアしない」

「君は構わないでも……」

「君が構うのか？　なんだい、いゝじゃないか。今もって続いてるわけでなけれア」

「いや、俺ア構わないが……」

「君が構わないで、誰が構うやつがあるんだい」

「妓《おんな》が構うさ」

「どうして」

「邦さんならいゝけど、どうもあの弟さんじゃ、ッてね」

こういう花柳界好みの軽い口は、自身利《き》けもしなかったし、また利きたくもない義輔の性分で、ぶッきらぼうに、正面《まとも》から、

「そんなことはない。兎に角まア、然るべく掛合ってみてくれよ」

「困ったやつだなア」

「なんにも困るこたアないじゃないか」

「とにかく兄弟だ。そんなやつッてないよ」

「だって、君が構わなくって、俺が構わなきゃアそれでいゝわけじアないか」

万事がこの調子だった。

そうかと思うと、高原や海岸に行っている親類、友達の避暑先を、無遠慮に荒し廻

って、一週間かそこらの小旅行に出かけたり、どこにいるにしても、朝から晩まで飛び歩いて、寸時もじッとしてはいられない風《ふう》だった。――天空開豁《かいかつ》、いかにも明朗《ほがらか》で、楽しそうで、放蕩につきまとう暗さなどは微塵もなく、はたの見る目にも、きび〳〵と気持がよかった。

三

飯がすむと間もなく、仕事以外になんの楽しみももたないらしい雑貨商の佐伯は、行き届いた、併し味もそっけもない挨拶を残して席を立った。大勢どや〳〵と送って出て、女中の立ちよる隙間もないまゝに、義輔が、手近の帽子掛へ、横一文字に視線を滑らせて行って、客のそれと覚《おぼ》しいのを物色した。うちの者の頭上《ずじょう》に嘗《か》つて見憶のないのというと、二円どまりの、ごくありふれたカン〳〵帽で、ひどく焦《や》けているばかりでなく、編目はいっぱいの埃《ほこり》で、鍔《つば》にはうねうねと反《そり》の出た、わるくすると去年からの持ち越しかと思われるほど、惨《みじめ》に薄汚れたやつよりほかにない。まさか、と危ぶみながらも、挨拶の切れ目を待って、

「お帽子は……?」

と、その方へ手を伸ばすと、

「え。それです。……これアどうも、はゞかりさま」

小腰をかゞめて受け取り、そのまゝさっさと帰って行って了った。自分たちの送別の意味も含まれていたとは云え、正客の立ったあとは、ほんの内輪だけの集り、腹こなしの雑談に、二三十分の時を消してから、ゆっくりお輿《みこし》を持ちあげるだけの話だった。——時に、出帆の日はあと三四日に迫って、春宵でこそなけれ、一刻の値は正に千金だった。飯の間に捷《はや》くも牒《しめ》し合せて置いた手筈によって、邦彦の支度《したく》にまだ買い足りない分《ぶん》があり、その相談相手に義輔も一緒に下街《したまち》まで出かけるのだが、すぐ行かないと店が閉《しま》って了う、という名目《みょうもく》の下に、佐伯を送り出したその足で、両親や同胞《きょうだい》への挨拶もそこ〳〵に、用意させて置いた自動車に飛び乗った時には、虎口を遁《のが》れた想いとも云えよう、二人とも、肚《はら》からの上機嫌で、ひと言ひと言の語尾のように、必ず軽い笑い声がくッついて出た。

「しめ、しめ、アッハ、、」

「永居は無用だ。アッハ、、」

どんなに大きく予想して置いても、決して裏切られる心配のないほど、それほど大きな幸福が、すぐもう目の前にぶらさがっている気持だった。

弟の、むき出しの頭に気がついて、

「おい、忘れて来やアしないか」

「だいじょぶ、だいじょぶ」

「帽子だよ？」

腰の横手、座席の上から、徐《おもむろ》に把《と》りあげて、兄の鼻の先に突きつけ、

「苦労したぜ、こいつを、親爺《おやじ》さんや兄貴に見つからないように、そうッとこう、尻《けつ》のうしろへあてがってさ……」

「そんなにしなくったって、ちょいと見たくらいじアわかりッこありアしないさ」

「それアそうかも知れないけれど、……いや、併し、兄貴はいゝとして、あれで、親爺さん、なか〳〵どうして目が肥えてるからね」

「目は兎も角も、少くもお洒落《しゃれ》だからね」

「いま被《かぶ》ってるやつだって、――俺が彼地《むこう》へ行かない前からで、もうずいぶんになるけど、あれだって君、――せんには別に気にもかけなかったけど、今にして思えば、あれで君、そうとうなもんだぜ」

「そうでもないさ」

「いや、そうとうだよ。百二三十円はとられてるね」

「それアそのくらいはしたろう。ひょッとすると……」

「そうだ。もう少し高値《たか》かったかも知れない」

「それにしたって、君の三百弗《ドル》とは比べものにならないじアないか」

「だからさ、だからうっかり見せられないのさ。なまじっか、パナマの値うちを知ってるだけに可怕《こわ》いんだよ」

邦彦は、父親の調子を真似て、

「ほゝう、これア、お前、大したもんを被《かぶ》っちょるね。彼地《あっち》で買うて来たんか。お前なんぞが、こげんもんを被ったら、罰《ばち》ひっかぶっど！」

弟は、高ッ調子の笑い声をたてて、

「それですみゃアいゝけど、怪《け》しからんもんじゃ！　と来たが最期、ビリ〳〵ッと……」

「そうはいかない。ほかのもんと違って、こいつばかりは、それアちっと無理だ」

「そうなれア、よしんば、刃物《はもの》を使ったってやりかねないからね」

「併しまた君も、ずいぶん思い切った買物をしたもんだね。たかゞ帽子ぐらいのもんに、三百弗《ドル》とは……」

「セコンド・ハンドなら、自動車が一台買えるからね、ちょいとそれア考えたよ」

「ひと目見て、いゝもんだとは思ったけど、まさか……」

「併し、これなら一生道具だからね」

「一生どころか、家宝として、子々孫々に伝えたっていゝくらいなもんだ。実際また、大事に被ったら、二生《しょう》や三生《しょう》もたないこたアないだろうよ」

「あ！」

思い出して、義輔は細い目を瞠《みは》った。「佐伯さんの帽子にゃア驚いたよ！」

「うん」

「君も気がついてたかい」

「気がついて、がっかりしちゃったね。あの意気で使われるんじア、……人間だってきっとおんなじこった、埃だらけのまんまで、いつまでも使われるんじア……」

「だけど、やっぱりどうも、金を拵《こしら》える人は違うと思ったね。帽子ばかりじゃない、あの背広だって見たまい、二十年もニューヨークにいた人だなんて、誰が本気にするもんか」

「まず、田舎の小学校の校長さんか、せい〳〵県庁の小役人ぐらいにしか……」

「併し、えらいと思ったな。うちの親爺さんなんぞ、可なりけちくさくやってるようで、あの人のそばへ並べてみると、大したお大名だからね。やっぱり、ほんとに金を残すって側《がわ》の人じアないんだなア」

「帽子の比較で割り出して行きゃア、君なんぞ、仕舞に乞食でもしなきゃアおっつかないわけンなるぜ。ところが、世の中なんて、案外そうしたもんでもないんだよ」

邦彦は、落ちつき払って、兄貴らしいところをみせた。

「それアそうだ。何も、世の中、金もちだけがえらいってわけじアないんだから。だけど、金を拵《こしら》えるこつはって云えば、どうしたってやっぱりあれだね。あの手よりほかないんだね」

「使いたいからこそ稼ぐんだ。死ぬとき一緒にもってけるもんじアなし、金なんぞ残してみたところで始まらないさ」

「それアまアそうだ」

「六百円だろうと千円だろうと、被《かぶ》りたい帽子を買って被っていられることの方が、どんなに仕合《しあわせ》か知れやアしないよ」

「ほんとにそうだ。あゝみえて、うちの親爺さんが、やっぱり金の残せない側《がわ》の人間だってことがわかったのも、ちょいと愉快だね」

「それアいゝが、あいつの店で働くのかと思うと……」

「おい、駄目だよ。行かない先から可厭《いや》気《き》がさしたりしちア」

「なアに、だいじょぶ、だいじょぶ。そこはまた、なんとか要領よくやるさ」

「やってくれよ。なんでもいゝから、今度こそほんとに、……それこそ、一生道具じゃないけど、一生仕事ってようなもんにとッついちまうんだね。今度行くについちア、多少俺にも責任があるような気もするから……」

「うん。やるよ、やるよ」

けれども、一向反跳《はずみ》のない調子だった。つい半月ほど前に出来たばかりの妓《おんな》に心が残り、そしてアメリカには芸者がいない、——洗ってみれば、たゞそれだけの理由なのだが。

四

逢えるにきめ込んでいた妓に差支《さしつかえ》があったり、いつもの座敷が生憎《あいにく》ふさがっていたり、枝豆のなかの虫を噛んで舌が苦《にが》くなったり、ジョニー・ウォーカーの買い置がきれて了ったり、開き直るほどでもない、ほんのちょっとした躓《つまず》きが続いて、あと幾晩も残さない大切な一夜だけに、なんとなく気持が苛《いら》つきだした。

「誰でもいゝ。知らないやつでも構わないから、もっとどん〳〵聘《よ》んでくれよ」

ひょいと一つ調子が変れば、そんなことからでも、思いもかけない掘り出しものにぶつかるような場合もないではないのに、来る妓《おんな》、来る妓、申し合せたように、どこかしら気に喰わないところがあった。そのまゝでもう少し進めば、義輔の、悪い方の酒癖《さけくせ》が出て、盃を嚙み砕いては、ぷッとあたりへ吹き飛ばしたり、碌《ろく》なことはないと思って、急に邦彦は、三流どこの土地で、がらばちゃ遊びでもやろうと提議した。

「よかろう、それもよかろう」

　少し頭が痛むのを、そうとは云わず、景気のいゝ向鉢巻と見せていた手拭をかなぐり捨てるなり、早速立ちかけた義輔が、「併し、どこィ行くんだい、どこィ」

「どこだっていゝさ。渋谷、津《つ》ノ守《かみ》、富士見町、白山、――どこでもいゝよ」

「呆れたなア。東京中どこへ行っても顔が売れてるのか」

「なアに、そんなとこで顔もヘッたくれもありゃアしないさ。誰だって、黙ってあげて、前勘《まえかん》と来るんだ」

「なんだい、そのマエカンってのは」

「まアなんでもいゝ。行ってみれアわかるよ」

「よし。じア出かけよう。者共《ものども》、ついて参れ、参れ！」

　芸者、幇間《たいこ》はもとより、係りの女中の、門口《かどぐち》まで送って出たのまで、無理やり押し込んで、二台にぎっちり、最後に自分が、助手の席へはいりかけて、

「おい、君、俺がやってやる。代ろう」

顔見知りとは云いながら、運転手もちょっと返す言葉がなかった。

「だいじょぶだよ。本場で年期を入れて来てるんだ」

「ですけど、おまわりに見つかると、うるさござんすから」

「えゝ！」

幇間の蝶楽《ちょうらく》が、締め殺されそうな声をあげて、「阪《さア》さんの運転？ ちょいと、ちょいと待ってください。命あっての物種だ。おろして貰いますよ、おろして」

芸者たちも、口々に、あぶないからよせ、と制《と》めたが、なんのことはない、それは、火に油を注ぐようなもので、結局運転手も、客には抗《さから》いきれず、席を取り代えながら、

「じア、もし見つかったら、罰金はひとつ、旦那にお願い申しますよ」

「だいじょぶだ。わかりっこありゃアしないよ」

「お帽子、頂戴しましょう」

補助席《スペア・シート》から斜に手を出して、蝶楽が、「六百両のパナマを被った運ちゃんなんて、そんなのがありますかよ」

「よし来た。じア頼む」

「へい。たしかに……」

五六間行って停った前の車から、邦彦が顔を出して、

「おい。はぐれないように、こっちのあとについて来るんだよ」

「よし。わかってる。早く出せ、出せ！」

スタートも鮮《あざや》かに、人通りの割に狭い横町を、なんの苦もなく出て行くのを見ると、運転手もほッとした顔つきで、

「成程これア、旦那、本職ですね」

「おッ！　運ちゃんが折紙をつけたよ」

「どうだ、これでも降りたいか。なんなら、お前ンちの前で、こぼしてってやってもいゝぞ」

「どう仕りまして。へーえ、驚いたな、併し阪《さア》さんの隠芸のなかで、こいつが一等ですね。第一、これなら食いはぐれがない」

「馬鹿！　うるさい！」

「お師《しょ》匠さん、およしなさいよ。側からうるさく云って、ハンドルでも切り損《そこ》なわれたひにゃア大騒動よ」

「大《おお》きに」

「だいじょぶですよ」

運転手が横口を利いて、「どうしてなか〳〵、玄人跣《くろとはだし》でさア」

安心しきった芸者、幇間の、きゃッきゃというお饒舌《しゃべり》のうちに、やがて電車通りから切れ込んで行った横町で、前の車が停った。

五

二階座敷に通って、浅い床の間に飾った二尺ばかりの木彫《きぼり》の寿老人の頭に、立ったまゝ、ポコンとパナマを被せてから、手捷《てばや》く脱ぎかけた上着の、肩だけはずしたまゝ、義輔は、ふとこゞみかゝって、帽子の山に目を据えた。――蠅の目ほどの黒い点を、脣を光らせて、ふッと吹いてみた。なくならない。慌てて把《と》りあげた。墨かインキでもかゝったかと思われるが……。上着の肩を入れながら、電灯の下へ持って来て、瞳を定めてよく〳〵見ると、焼焦《やけこげ》だ。穴にこそなっていないが、裏までも、イギリス・パンの頭ほどの、焦色《こげいろ》は透《とお》っていた。

「おい、蝶楽！」

手廻りかねる女中に代って、ガラ〳〵硝子戸を繰《く》っていた幇間が、振り返って、

「へえ」

「これ持って来てくれたの、お前だな」

「へえ、さようです」

「自動車ンなかで、煙草すったろう」

「えゝ、こうっと……」

「お師匠《しょ》さん、のんでたわ」

「見ろ！」

ぐッと突き出されて、おず〳〵寄って来ながら、

「へ？どうかいたしましたか」

「いたしたどころか、これ見ろ！」

帳場へ何か云いつけによった邦彦が、宿坊《しゅくぼう》からつれて来た女中の首ッ玉へ腕を捲きつけ、さも酔漢《よっぱらい》らしい足音を響かせながらはいって来た時には、一座、造りつけの人形になって了ったかと思われるばかりの、不動、沈黙に凝結していた。なかでも、立身の二人は、全く人形だった。——パナマを突きつけている義輔、小柄で、大して腰も曲げずに、而も窺《のぞ》き込んだ形に、じッとそれに目を据えている蝶楽……。

「おい、どうした」

「邦ちゃん、見れくれよ、これを」

餉台《ちゃぶだい》の上にポンと擲《ほう》りだすなり、座布団もあてず、大胡坐《おおあぐら》に腰を据えた義輔は、分厚《ぶあつ》な胸の、高まり、低まるのが、自分ながらはっきりわかった。

把《と》りあげると、近眼《きんがん》らしく眉間《みけん》を皺め、ポン〳〵と、指先で指弾《はじ》いてみてから、

「なんだい、これア」

「焼焦さ。蝶楽の野郎が、煙草の火をおッことしゃアがったんだ」

云われると、急に、へそ〳〵となって、蝶楽は畳に両手をつき、それと殆ど同時に、額まで摺りつけた。

「なんともどうも、申訳ございません」

「………」

頬が、ピク〳〵と痙攣《ひッつ》っただけだった。

「なんともかとも……」

顔をあげ、邦彦の方へ縋りつくような眼差《まなざし》を投げかけながら、「邦《くう》さん、どうぞ、貴方様からも、なんとかおとりなし願いまして……」

「いくらあやまったって、……誰が来てどう云ったところで、帽子アもとどおりになりゃアしないんだ！」

「御尤で……」

「なんだ？ 御尤だ？」

「おい、義《よッ》ちゃん！」

駈けよるなり、邦彦は、横からぴたりと膝頭を突きつけて、「よせな、よしてくれな」

「なんにもしゃアしないよ」

「そうか、そうか。……腹が立つだろうが、我慢してくれな」

「我慢してるよ」

「蝶楽だって、なんにも知らない間《ま》に出来てた粗相《そそう》だ。な、勘弁してやれ。勘弁してやってくれな」

一文字に脣を引き結んだまゝ、がくりと、頷《うなず》いた。

「こんなやつ、慍《おこ》りつけたところで、撲《は》り倒してやったところで、どうなるもんでもない。諦《あきら》めてくれ、な、頼む」

「いゝよ。わかってるよ。その代り、こいつ、すぐ帰しちゃってくれ」

「それじア、こいつだって、寝覚《ねざめ》が悪くって……。まア、杯のひとつもやって、清く許してやってくれよ」

「いやだ！　こいつの面《つら》を見れア、きっとむか〳〵して来るに違いないんだ。帰した方がお互のためだよ」

「よし」

蝶楽のそばへ坐り直してから、「おい、蝶公！」

「へ」

「粗相とは云うじょう、つまりお前に、客を大切に思う気持が足らないからこそ、こんなことになるんだ。ひと口に云やア、まだ／＼修業が足りないんだ」

「へ。誠にどうも、なんともお詫びの申しあげようもございません……」

「うるさいな！　その声が聞きたくないんだ。邦ちゃんも、お談義《だんぎ》が聞かせたかったら、どっかほかの座敷へ行ってやってくれないか」

「わかった、わかった……。じア、もうなんにも云わないで、蝶楽、お前すぐ帰れ」

「へ」

そこに、銚子、突出しの広蓋《ひろぶた》を運んで、女中が二人はいって来た。

「お待たせ申しまして……」

しんとしたなかに、箸置《はしおき》、盃台《はいだい》、小鉢などが、餉台《ちゃぶだい》に音をたてて並べられて行く……。

「こちらに一つ頂きましょう」

「さようですか。じア、どうぞお願い申します」

宿坊からの、お秋という女中が、銚子を一本うけ取りながら、芸者たちに、「あんた方も少しお手伝なさいなね」

「えゝ」

「今すぐこちらの芸者衆も参りますけど、では、何分どうぞよろしく……」

「いかゞです」

まず義輔の方へ銚子の口が向けられた。黙って注《つ》がせ、ひと口にがぶりとあけると、丁度退《さが》って行こうとしていた女中に、

「おい、ビール持って来てくれ」

「邦さん、いかゞ」

「おい来た」

芸者の酌をうけながら、弟の方へ、「酒、駄目か」

「うん。第一、ぬるいや」

云ったと思うと、ぷいと立って、座敷から出て行こうとするのに、お秋も続いてあとを追った。

「いゝ。来なくってもいゝ」

「でも、……おわかりンならないでしょう」

「いゝったらいゝんだ」

「はい」

この間《ま》に、と思って、邦彦は、立つに立ちかねていた蝶楽を、ひッ攫《さら》うようにして、玄関までつれて行き、何しろ知っての通りの気性だから、ぐらいには、彼方側《むこうがわ》になった口を利いてやって、諄々《くどくど》と詫びるのを、何もかも追ってのことと、急《せ》きたてて下駄を穿かせた。それから帳場によって、酒はひと手か、とか、もうちっと燗《かん》は熱目《あつめ》にしてくれ、とか、細かに気をつけてからあがって来てみると、まだ義輔は座に戻っていなかった。

「どうした、あれッきりか」

「えゝ。どうなすったんでしょう」

「じア、糞かな」

湿りきった空気を、ちっとでも揺《ゆ》らせようと、わざとそんな言葉を使った。

「まさか、お帰りンなったんじゃありますまいね」

「そんなこたアない。今まで俺、玄関のすぐそばにいたんだもの。まア、いゝさ。ひとついこう」

「わたくしですか」

「みんなも飲んで、少し元気だせよ」

「えゝ、頂くわ」

「おい、その帽子、どこかィ片づけないか」

「えゝ」

お秋が引きとって、「それアとっくに気がついてたんですけど、……ねえ、千代葉さん、今もそう云ってたのねえ」

「えゝ、でも、なんだか可怕《こわ》くなっちゃって……」

それでやっと笑い声が出た。

「可怕いったって、なにも、帽子が噛みつきゃアしまいし……」

そう云いながらも、わざ〳〵立って、邦彦は、自分でそれを違棚に載せてから、

「さア、そいじアひとつ、景気直しにジャン〳〵やるかな」

「えゝ。お帳場で三味線拝借して来ましょうか」

「あるかしら」

「それアあるわよ。あたし、そう云って来ましょうか」

「いゝわ。あたし行くわ」

立ちかけるお秋に、

「序《ついで》にね、どこに行ったか見て来てごらん」

や丶暫くすると、お秋が、廊下から、

「邦《くゥ》さん、ちょっと……」

「なんだい」

「すみませんが、ちょっと……」

立って行くと、耳もとで、

「なんだか、大の字なりにひっくり返って、泣いてらっしゃるようですよ」

「どこで」

「こっち……」

そのま丶先に立って案内しながら、「女中さんに訊《き》いたら、別の部屋ないかって仰有って、そこへおつれすると、なんにも要《い》らない、だアれも来ちアいけないって……」

「ふーん。そいで、お前行って、窺《のぞ》いてみたのか」

「え丶。声をおかけしたんだけど、御返事がないもんですから、そうッとあけてみたら……」

夏霜枯《なつしもがれ》で、どこもかしこも大抵あいているらしい小部屋続きの、廊下の突きあたりまで来ると、一段と声を落して、

「こゝ」

と、顎で指した。

「いゝから、お前あっちイ行ってろ」

「はい」

その後姿《うしろすがた》を見送ってから、構わず、がらりと襖をあけて、

「おい、どうしたんだ」

頭の下に座布団ひとつ支《か》わず、話のとおり仰向にぶっ倒れて、うふッ、うふッとこみあげる涙は、睜《みひら》いたまゝの目尻から、両の顳顬《こめかみ》へ太々《ふとぶと》と流れていた。

あとを締め、枕もとに坐ると、急にくるりと彼方《むこう》向《むき》になって、両掌を顔に、うゝゝゝうッと、締め殺されそうな号哭《おおなき》になって行く……。

「おい、泣くなよ」

云えば云うほどひどくなることはわかりきっているのだが、……愛《いと》しさが胸いっぱいになって、寧《むしろ》もっと〳〵泣かせてやりたいくらいで……。

「なんだい、泣いたって仕様がないじアないか」

「し、し、仕様がなくったって、泣きたいから、な、な、泣くんだい」

「よせよ、つまんねえじアねえか」

「つゝ、まんねえや。俺の方が、よ、よ、よッぽどつまんねえや」

「仕方がない。諦めろ」

「あ、あき、あき……」

「諦められねえか」

「あ、諦められるまで、ほっといてくれ」

「よかろう。泣きたりるまで泣いてろ」

「だから、あ、あっちイ行っててくれ」

「うん。……俺も彼地《むこう》で、うんと働いて金もちになったら、また新しいの買ってやらア。なア、あれより、もっと上等なやつ買ってやらアなア」

「あ、あ、あれより上等なんてあるもんかい。ぼ、ぼ、帽子なんて、……帽子なんて、ど、ど、どうだってい ゝやい」

「そう云うなよ。帽子だって……」

急に邦彦の目も、溢れるような涙でいっぱいになり、頬へぽろ〳〵ッと来た。「ぼ、ぼ、帽子だって、自分でほしいと思って、か、か、買えれア、どんなに嬉しいか、し、し、知れやアしねえ。それを、あ、あ、あんなにされて……」

「な、な、泣いてるのか、馬鹿。ひ、ひ、ひとのことで、そんなことで、な、な、泣くやつがあるかい」

「う、う、うるせえやい。お、お、俺の勝手で、俺が、な、な、泣くんだ。だ、黙ってろい！」

「泣くない！　ぼ、ぼ、帽子だって、買ってなんぞ貰いたく、ね、ね、ねえや」

「勝手にしろい」

「か、か、勝手にするとも！」

面白いほど涙が出た。兄弟は、久振りで、――少くも十五年以上も前の、いつとはっきり思い出せない或る日、或る時の、心と心とがぴたりと貼《は》りつき合った気持を、そっくりそのまゝ現在《いま》に取り戻していた。――泣けば泣くほどいゝ気持になって行った……。

アマカラ世界

一

月の大半は外泊、たまさか帰っても、子供たちを見に来た、という態度が露骨で、僅かひと晩かふた晩だが、その間《あいだ》はまるっきり机に向おうともしない。新聞雑誌社から、やい〳〵という原稿の催促に、却ってはたが心配しだし、どうでもうちで書けないものなら、と、追ッ立てたい気持になっているのに、そんな時に限って、悠々閑々、按摩を呼ばせたり、――そういう藤本貢《ふじもとみつぎ》が、珍しくわが家の書斎にとじ籠った。

ついこの四五日の暑気に、立て込んだ街中《まちなか》の家並《やなみ》は、あたり近所、急に親類にでもなったようなあけすけさ加減で、表廊下の葦簾《よしず》、裏窓の目隠しくらいでは、談笑の声も、ラジオも筒ぬけ、二階座敷の起居《たちい》が、向隣の羽目へ、大きな影ン法師で描きだされ、そっくり横隣にもわかる、――そういう宵の口は、夕刊や雑誌を、身の周《まわ》り一杯ひッ散らかして、手拭地の筒ッぽゆかた、八端の絎帯《くけおび》で、「鉄火箸《かなひばし》」と渾名《あだな》された子供の時分から、今もって変らない細長い体を、どうでもしろと云わんばかりに投げだしているが、ひとしきり、申し合せたように、あっちでもこっちでも雨戸を繰る音、……やがてしんとなって、夜番の拍子柝《ひょうしぎ》が廻り、空気もいくぶん冷えて来た頃に、

「おい、……おーい」

この何年にも名を呼ばれたことのない細君の勝代《かつよ》が、あがって行くと、

「茶、……いゝ方の茶」

「まア、珍しい。お仕事ですか」

「淹《い》れて来るんじゃないよ。罐ごとでいゝんだ」

それを持ってあがって、

「ほかになんか……」

「もういゝ。寝ろ」

「おねま、こゝへ持って上らせましょうか」

「要《い》らん」

それから暫くすると、時折罐へ左の手を突ッ込み、糸のように細く縒《よ》った暗緑色の葉を摘み出しては、ぽつり／＼前歯で噛みながら、まるで速記でもするように、絶間

なくペンを動かし始めた。

この藤本貢は、私立大学の文科に籍を置いた時代もあるが、それとてまともには聴講せず、その前後に、小学代用教員、雑誌記者、薬剤師会の書記、出版業、映画の脚本部員など、種々雑多なことをやって来て、日本文壇の一般からみればやゝおくれた、四十ちかい年齢《とし》になって一躍名を成し、今が書け盛り、売れ盛りというところだった。性来の無口、無愛想が、却って魅力となり、肚《はら》の据った、骨のある人物とも見え、時にはまた、顔を赧くしてくッくと笑う様子などに、気の練れた苦労人とも思われて、上下ともわりにうけがよかった。実際またそれに違いないのだけれど、無口の一徳で、はたから勝手に奥行をつけ、幅をつけて考えられる傾きはあったのだ。もう一つの特徴は、永年の貧乏に、気性がこずみ、いじけず、馬鹿々々しいくらいの浪費家でありながら、一方また借金の踏み倒しが常習になっていることだった。浪費家の恒《つね》として、ひとに与えても、ひとから与えられることは嫌いなのだが、借倒しだけは、貧乏ずれがして、――あながち平気でもないのだけれど、背に腹は代えられない、とか、ない袖は振れない、とか、そんな風な考え方で、わりに簡単に自分の気持をおさめて了える習癖がついていたのだ。酒量は僅かだが、美食、遊蕩、賭事、その他なんということもなしに冗遣《むだづか》いが多く、これと云ってあとへ残る品物はなかった。着道楽にしても、甚だ気まぐれで、とてつもないいゝ装《なり》のまゝ、いつまでも、着ッ切るまで着て、洗《あらい》張《は》りだ、縫い直しだ、そんな面倒は嫌いらしかった。一時、都落《みやこおち》をして、京都の映画会社をまごついていた頃のこと、何人かの債権者たちがよって、強制執行の吏員を、わざ〳〵彼地《むこう》まで出張させたところ、金目と睨んだ蘆雁の懸軸は光筆版、客座布団五帖が人絹、といったような具合で、落札代金三円なにがし、片道の旅費にも足らなかったというのが、ひとつ話になっているくらい、家財、道具に対する趣味、愛着など、一切もたなかった。そういう点で、債権者たちも、諦《あきら》めにくいうちにも、苦笑いで、なんとなく自ら慰める、という傾きもないではなかった。

月収二三千円を下らない今日《こんにち》になっても、全体にふくらんだというだけで、生活の様式に、大して変りはなかった。どんな遠い旅だろうと、おまけにそれが寒中だろうと、帽子、外套、鞄など、一切そんなものなしで、せい〴〵小さな風呂敷包ひとつ、永年の素寒貧《すかんぴん》が身にしみついて了ったかと思える風態で、冗遣《むだづか》いの方は次第に手重く、あけたてにチリ〳〵チリンと安ッぽく鈴《ベル》の鳴る格子戸づくりの借家の前に、ナッシュ級の自家用車を横づけにして置いたり、山ノ手の小待合で、白豌豆《しろえんどう》と出がらしの煎茶を載せた剝ちょろけの餉台《ちゃぶだい》に頬杖をついているところへ、じアどうぞあちらへ、と迎いに来る、そういった遊びから、忽ち一流の土地で、而も気に入った妓《おんな》ができれば、引かせ、うちをもたせるほどの域へ急進した、――例えばそういう変り方なのだ。もう、居周りの小商人《こあきんど》を泣かすようなことはなかったが、旧い借金など無論そのまゝだし、大口の払いを待たすくらい、今もって日常茶飯事だった。それには、取巻きもえらかった。こういう一風変った生活様式は、文学中年、雑誌記者などに、一種特別な魅力で働きかけるものだから、あながち狡猾《ずる》い人間ばかりの寄集りとは云えないが、それにしても、頭数の多さは、何かにつけて払いを嵩《かさ》ませた。――浪費に追ッつく稼ぎなし、そんな、新造の俚諺《ことわざ》を証明しようがための生活とも云えば云えよう。面白いのか、辛《つら》いのか、相変らずむつッとした様子で、こつ〳〵と書いては、そばからぱッぱと使い捨てていた。

　書くものは、敢て自ら号して大衆文芸。なかんずく、殺陣を描《えが》いて生彩ありと云われ、新聞、雑誌に出きらないうちから、映画や芝居に脚色《しく》まれて、それがまた必ずあたるのだから、引ッ張り凧にされるのも無理はなかった。

　細君の勝代は、藤本がまだ文科の学生時分、和歌山から出て来ると、同郷のよしみ、というくらいの顔つきで、その実前から見込みをつけていたものか、一本槍に下宿を尋ねたまゝ、遂に今日に至った押かけ女房で、年齢《とし》も三つ四つ上だった。実際それは「惚れた」というより、「見込んだ」という感じのもので、豊かな家庭に育った身で、髪結だの婦人記者だの、骨惜みなく働き、それで良人に勉強させたのだ。学校へは出ないでも、読みたいと云う本なら、どんなに高価《たか》かろうと、必ず買って充行《あてが》った。無論まだその時分にはなかったけれど、「若き燕」だの、「愛の巣」だのという言葉は、よしんばあったにしたところで、だから、この場合にはあたらない。よく高官や富豪が、将来有望な青年と見込んで娘を配《めあわ》せ、鑑定《めがね》にたがわず出世してからでも、新聞記事などでは、一々「何某《だれそれ》の愛婿」と肩書をつけられているのがあるが、なんのことはない、あれだ。一旦見込んだ男を、良人であると同時に、「愛婿」仕立《じたて》にもしようというくらいの女だから、忽ち貧乏に馴れて、借金取りの追ッ払いくらい朝飯前の仕事になって了った、――また、素質的にもそんなことには向いていた。藤本の借金度胸も、ひとつは、この妻なればこそのことなのだ。

おまけに勝代は美人だった。ぱらりとしたはでな貌《かお》だちで、色が白く、肉置《ししおき》ゆたかな、俗に「男好きのする」という、あの性《たち》だった。生理的に、「鉄火箸」の敵するところでなかったのかも知れないが、平気で不貞ははたらいた。あまり平気なので、藤本まで吊り込まれて、悪いことをされたような気がしず、だん〳〵馴れるにつれて、「見て見ぬふり」というのが、自然と慣用手段になった。無論、良人の浮気など、屁とも思う女ではなかった。

こういう夫婦の間に、一男一女があった。兄の肇《はじめ》は二十一歳で、××大学の経済学部に通学していたし、翠《みどり》は、去年もう女学校を卒えて、うちでぶら〳〵していた。この兄妹の性分にも、一家の風は、もとより影響があった。まだもの心もつかないうちから、赤貧と贅沢、溺愛と八当り、厳格と放任、——この種の対語なら、何をもって来てもあてはまるような、相反するものを、随時、随所であびせかけられて来たのだ。湯も冷水もない、手あたり次第だ。両親が、意識し、期するところあってのことでないのは勿論だが、結果に於て、これも一種の鍛《きた》えにはなった。兄には、冷水浴の方がよけい利き、而も母親に似てか、人生を苦難の道場と観じているような、油断のない、しっかり者の根性が芽ばえて来つゝあった。そこへ、父親の無口を享《う》け継いだのから、小学生の時分から、夙《はや》くもへんくつ者で通り、この頃やっと友達交際《づきあい》が出来るようになった、という風だった。妹には温浴が利いて、ちいさい時から、お喋りで、おてんばで、才はじけていた。そういう点、母親似かと思うと、女学校にはいりたての修学旅行に、掛茶屋程度の店ではあろうけれど、そこで出来る食いもの、硝子箱のなかの菓子、土産物など、総仕舞《そうじまい》に一人で買いしめ、ふんだんに、同級生たちにふるまったりして、後に受持教師からの注意があったくらいだが、そこらはまた、父親の親分肌や浪費癖が、そっくりうつっていた。この娘《こ》は特別父親贔屓で、事毎に、母には抗《あらが》った。

そのほかに女中が一人、犬が二匹、それだけの家内だった。

面倒臭がりの藤本は、夏冬なしに溲瓶《しびん》を用いていた。明方ちかく、まだあけッ放しのまゝの縁側へ出てみたが、久振りの帰宅ではあり、その晩からすぐ書斎に籠ろうとも思わなかったせいで、古新聞をかぶせ、いつも在るべき戸棚の前に、それが出し忘れてあった。欄干に両手を置き、丸くしていた背筋を逆に、うんと下ッ腹を突きだして、白《しら》みかゝる空に、光りの薄れた星を見詰めていたが、すぐ身を起すと、ずしんずしん、さらに憚らぬ足音で部屋を通りぬけ、梯子段をおりて行った。

間抜な建て方で、便所へ行くのに、どうしても奥の八畳を踏み切らなければならなかった。そこには、兄妹が寝ている筈なのだが、真ッ暗だった。——畳の上へじかに投げ出されていたらしい足にけつまずいた。

「あッ！……だれ？」

肇の声だった。

「俺だ。電気をつけろ」

枕もとを索《さぐ》るらしく、間もなく乳色硝子《にゅうしょくがらす》の火屋《ほや》を被った台電燈《スタンド・ランプ》がともった。

山ノ手ながら、このへんまで蟵《かや》は要らなかった。若い者の寝部屋らしく、くちゃく

ちゃに踏み脱ぎ、蹴返されている掛布団の上も構わず、足もとを廻りながら、
「電気、俺が消してってやるから、寝ちゃってい丶ぞ」
「うん」
掛布団を丸めて擁《かか》え込み、彼方向《むこうむき》に寝返える拍子に、それへ足を投げかけた。

用をすましての帰り、台電燈《スタンド》を手に、コードを引きずりながら、廊下の方へ来かゝって、ふと、藤本は足をとめた。

洗いざらして、桃色の縞目も褪《あせ》たピジャマの、釦《ボタン》がとれてでもいたのか、暑さにはずしたのか、琺瑯鉄器《せとびき》のうがい茶碗を伏せたように、ぽッくり、右の乳房がまる出しになっていた。――目についたのは、その大きさだけだったが、立ちどまったと思うと、みる／＼きびしい詮議だての眼つきになり、こゞみかゝった。プツンと立った乳首は黒ずみ、網目に静脈は浮いて、それだけで一つの、立派に生物《いきもの》だった。主人は夙《とう》に帰っても、なお夜業を続けている工場の感じが、静寂のなかで、一層きわだっていた……。

う、うーん、――思わず近づけていた灯《ひ》を感じてか、低く唸って、身動《みじろ》ぎしかけたのに、父親は、はッと、まるで泥棒の慌て方でスイッチをひねると、ぬき足さしあし廊下へ出た。目の前一尺ばかりの闇のなかに、余象《よしょう》がもや／＼しているのを、掻き

のける手附で、階段下まで来て、――足もとが明るくなって、やっと、いくらか我に返った。

二

女中も起さずにうちを出ようとすると、十坪たらずの庭にとじ込められている犬どもが、一せいに咽《のど》を鳴らし、軽く吠え、駈け廻り、板塀をがり〱いわせた。

馬鹿！

口もとまで出かゝっていた言葉だが、犬に対するその時の感情とは、およそかけ隔てていて、間に合せにも、そのまゝ朝の空気のなかへ吐き出せなかった。――黙って通りすぎ、坂下の電車通りへ出た。

「そこでよし」

四十分ほど後《のち》に、円タクをおりた時でも、おもてをあけているうちは数えるほどだった。ここらにはまだ樹木も多く、武蔵野の名残めいた榎の大木が、朝靄なかに、むうッとふくらんでいた。角の煙草屋の横手で、両の膝頭が肩より上へ出るような蹲踞《しゃが》み方をした爺さんが、朝顔の鉢をいじくっていたが、見向くと、そのまゝピョコリと頭をさげて、

「お早うござい」

口もとまで出かゝっている言葉は、いまだに、馬鹿！だったが、

「お早う」

云ってみると、併し、なにか少しは気持が軽くなった。

門の扉は押してもみずに、勝手口へ廻り、乱暴に、ドン〳〵叩きたてながら、

「おい！」

「はい、ただ今……」

「おい、おい！何してるんだ。早くあけないか」

「旦那様でいらっしゃいますか」

「馬鹿！」

やっとそれが云えた……。

戸をあけるや否や、後手に帯を締めながら、胸をさげ、顎を突き出すお辞儀で、

「いらっしゃいまし」

簀《す》の子に踏みかける鼻の先で、

「あのウ……」

と口ごもって、すぐ意を決したように、「お留守でいらっしゃいますけど……」

これには、大して驚きもしなかったが、兎に角初めてのことには違いなかった、――無論こんな時刻に来たのも初めてだったが……。

黙って茶の間に通り、電気をつけた。綺麗に片づいて、座布団一枚出ていなかった。突ッ立ったまゝ、懐に重い、書きかけの原稿の、巻いて封筒に押し込んだやつを把《と》り出して、

「戸をあけてくれ」

「はい、たゞ今」

「装《なり》なんぞどうだっていゝ。そんなこたアあとでするんだ」

平屋建で、奥が二間あった。その八畳の方の、広すぎる蚊帳《かや》のなかに、英枝《ふさえ》の寝床が、敷布に皺ひとつなく、さば〳〵としていた。

六畳の机に向って、間もなく書きだした。自暴酒《やけざけ》という言葉の尾について云うなら、自暴仕事《やけしごと》だが、藤本はそれが利いた、――むしゃくしゃしているくらいの時、却って書けた。腹立まぎれに書きなぐる、それでもすむような仕事には違いなかったが。

……楓の多い庭先に、いつか、まぶしいくらい陽《ひ》がさして来た。気がつくと、腹がすいている。

「おい」

「はい」

髪《かみ》を整え、割烹着を着込んだりして、すっかり女中らしくなったたみがとんで来た。

「なんか食うもんないか」

「今、御飯たきかけてますんですけど……」

あき家に飛び込んだような、――こゝで飯が食えるとも思っていなかったような、そういう気持のところへ、しっくり塡《はま》らない言草《いいぐさ》だった。

「なんかお前に出来るか」

「おみよつけぐらいでしたら……」

「麺麭《パン》とか、ちっとこう腹へたまるような西洋菓子とか、なんかそんなもんなかったかね？」

「さア……。食麺麭でもとって参りましょうか。すぐそこでございますから」

「いや。……じア飯でいゝから、早くしてくれ」

給仕をしながら、いつも、じかには口を利いたことがないくらいのたみが、いやに彼方《むこう》から話しかけた。――こいつ、可訝《おか》しな奴だ。そんな気持で、藤本も、今日《きょう》初めて見るような目で見た。頬ッぺたなどふくれすぎてはいるが、悪い顔だちではなかった。油ッ気なしだと、すぐ勝手に臥《ね》て了うらしい、細《ほそ》くて、嫋《しなや》かな毛髪《かみのけ》など、ぐいとそこへ指を突ッ込んでみたいような慾望をさえ唆《そそ》るくらいだった。

「旦那様、今日は、省線でいらっしゃいましたんですか？」

「いゝや」

「あら？　でも……」

「円タクだ、あんまり朝が夙《はや》かったから」

「あゝ、どうれで……」

「なんだ、出てみたのか」

それにはたゞ笑っていた。

食後の煙草を銜《くわ》えて、新聞を見ているうちに寐《ねむ》くなり、英枝《ふさえ》の寝床へ転げ込むと、忽ちもうそれッきりだった。――翠のことも、英枝のことも、あたまに浮ぶ遑《ひま》はなかった。

三

ちょっとお友達ンとこへ行って来る、と出たまゝ、夜が更けるまで翠が帰らなかった。活動の帰り、お茶でも飲んでいれア、じきこれくらいンなるよ、事もなげにそう云っていた肇も、二時をうち、三時を過ぎても音沙汰のないのに、だん〳〵落ちつけ

なくなって来た風で、

「可訝《おか》しいなア」

「ちょっと、見て来てごらんよ、机の抽斗《ひきだし》とかなんとか、そんな風なとこを」

そうは云っても、母親の方がずッと落ちついていた。

「そんな馬鹿なこと！」

「いゝえ、書置でなくってもさ、なんか手がかりになるようなものがあるかも知れないじアないか」

「阿母さん、自分で見ておいでよ」

クーン、と鼻を鳴らして、穏和な顔つきのセッターが、縁端へ顎を載せた。

「それより、阿父さんに知らせなけれアね」

「知らせようにも、どこにいるんだかわかりゃアしないし……」

「亥之《いの》さん、もう帰ってやしないかしら。もう一度お前、行ってみて来てごらん」

車は近所の車庫《ギャレージ》に預け、その少し先の露次の奥に、二階を借りて、運転手の渡邊亥之吉が寝泊りしていた。

「帰ってやしないよ。……帰ったらすぐこっちへ来るように云ってくれって、階下《した》の小母さんに頼んで来たんだもの……」

「でもさ、云い忘れるってことだってあるから、……なんだね、お前、ついそこじアないか」

「それア行くのはなんでもないけど、先刻《さっき》だって、寝ちゃってるとこをドン〳〵叩いて、わざ〳〵起きて貰ったんだし、……気の毒だよ、そう度々は」

「じア、車庫《ギャレージ》を窺《のぞ》いて、車が置いてあるかどうか、……それだってわかるこッちアないか。ねえ、行こうよ、あたしもちょっとおもてへ出てみたくなった」

立ちあがると、忽ち犬どもが、嬉しそうにそこら駈け廻り、前足を縁側にかけて、じッと女主人《おんなあるじ》の顔を見詰めたりした。

「よし、よし。お前たちもつれてってあげるから待っといで！」

半幅帯の前を叩き、後を撫でながら、「さア、肇ちゃん、行こう」

「僕アもう帰ったらすぐ寝るよ。明日休《あしたやすみ》ってわけじアないんだからね」

「あゝ、あゝ、お寝なさいとも」

「としを起すほどのこともないし、こっちから出よう。その方が物騒でないよ」

「あゝ。じア、序《ついで》にあたしの草履もね」

肇が、玄関から持って来た履物《はきもの》を、低い沓脱《くつぬぎ》の上へ擲《ほお》りだした。

庭木戸をあける間もおそしと、犬どもは、先を争い、風のようにとんで行った。

薄雲に、月の面は白ッぽく、くっきりとした影を投げない家並《やなみ》や樹木に、熟睡の感じが深かった。無論、人ッ子ひとり通ってはいない。

「一昨日《おととい》だったかね、阿父さん帰って来てたの」

……さては肇もなんか勘づいているかな？　……あの日、肇が帰って来た時には、……どうだったろう……、そんなことを考えているうちに、

「ねえ」

と、答を促された。

「そう。一昨日」

「あんとき、翠、なんか、阿父さんに云われたんじゃないのかい？」

「どうして。……なんか、そんな風な様子だったかい？」

「うん。ちょっとそんな気がした。

「どうしてさ、――どういうところから、そんな風に思ったのさ」

「いゝえね、阿父さん、苦《にが》りきって……、これアまア、毎度のこッたけど、ちらッとも翠の方を見ようとしないし、あいつアあいつで、さも平気そうな顔をしていながら、たまにちらッちらッと阿父さんの方へ向ける目つきが、とても変なんだ。おず〱してるような、そのくせ反抗的な……」

わざと笑って、

「ずいぶんまた、気をつけて見てたもんだね」

「そんなこと云う阿母さんだって、普通じゃなかったぜ。……それア、それくらいなことアわかってるよ」

「叱られたらしいんだ、二階で」

「だろうと思ったよ。……どうして、……なんで叱られたのさ」

「さア……。あたしは出かけてて知らないんだけどね、あとでとしやが……。お前また、としやを捉《つかま》えて、そんなこと、根掘り葉掘り訊いたりするんじゃないよ」

「はじまった！　悪い癖だなア」

「お前たちは、すぐそう云って、……あたしのことを、先ッくゞりだって云うけど……」

「まアいゝさ、――そういう性分なんだから仕様がないさ」

電車通りの、車庫《ギャレージ》の前まで来ていた。厚ぼったいズックが垂れて、そこの前だけ、人道一面、まだ水が乾いていなかった。

肇が、垂布《たれぬの》の端をもちあげて窺いてみると、いつもの場所で、一台分だけがらんとあいていた。

「帰ってない」

「そう。……じアやっぱり荻窪だね」

別にそう意味を含めた云い方でもなかったのだが、子として、答えられない気持だった。

暫く考えていたが、

「お前、こゝの人に起きて貰って、ちょっと行って来たらどう?」

「どこイ」

一散に駈けよって来て、プスと呼ぶ人懐《ひとなつ》ッこい方が、いきなり勝代の膝へとびかゝった。

「これ、これ、……こウれ！」

「いやだよ、僕は、そんなとこイ行くなア」

「よウし、よし！ いゝよ、いゝよ」

「なんだい、どっちに云ってるんだい。犬と共通に返事されたんじアたまらねえや」

「じアまア、兎に角明日のことにしようね」

云いながらも、半分は犬の方に気を奪《と》られて、手先で相手になっていた。

四

トレラのマダム、夏目ゑり子は、藤本のあとを追って、慌たゞしく店をとんで出たが、高い踵を心棒に、くりッと向き返り、見送っていた女給たちのなかで、一番信頼の篤い芳江を呼びよせると、何もそれほどでもない用事を、さも大事件らしく囁き、云い残していた。

「いゝ？　わかったわね？」

「何してるんだ！　馬鹿！」

自動車のなかから、いきなり藤本の癇癪声だった。

「なんだい。えばるない」

扉《ドア》の把柄《ハンドル》に手をかけ、すましてそっぽを向いていた渡邉には、却って丁寧に、「お待ちどお様」

すぐ動きだした。

「どこイ行くの？」

「お前ンとこイ行こう」

「じアね……」

倚褥《クッション》から起き直り、いくぶん躙《にじ》り出ながら、「駿河台のね……、あゝ、あんた行ったことあるわね？」

「存じて居ります」

再びふッくりと身を沈めて、

「今時分から帰ってどうすんのさ」

隅《すみ》いっぱいに背を凭せ、そこから斜《はす》に、組み重ねられた細長い脚が突き出ていた。

――草履がさわりそうでそばへは寄りにくかった。

「ねえ、まだ十一時ちょっとすぎたばかりよ」

真正面に目を据えたまゝ、何を云おうが、一せつ受けつけない、という顔つきだった。

「おい、なんとかぬかさねえか」

そういう言葉使いで媚びてみたが、さらに利目がなかった。こいつア、だいぶ本筋だ、そう思って、自分も黙ることにし、ひとッ跳びに、反対の隅へ尻を移した。

そのまゝで、とうとうホテルまで来て了った。――ホテルといったところで、少し気の利いたアパートメント程度のものだったが。

この女との交渉は、かれこれもう十年ちかくなり、市川英枝を囲《かこ》ってから、いくぶん遠退いていたわけだが、藤本に云わせると、体の関係はなく、だからこそ、うちの者も平気で交際《つきあ》わせて置くのだ、――そういう話だった。けれども、或一人の友達にそう云った、その晩のうちに、どう変らない限りでもないのだし、だから、こんなことは、実は書く必要もないのだ。たゞ、金にだらしのない藤本が、この女にはそう使っていず、へなちょこ女給から、いつか一城一国の主人《あるじ》になりすましたゑり子が、藤本に限り金を使わせたがらなかった、ということは事実だ。友情としても、だから、そうとうなものだった。店を始める前にしても、出資者が誰だとか、或は複数に、誰と誰と誰だとか、そんなことにはどっちからも一さい触れず、いきなり名前の相談にあずかって、いろ〳〵並べた末、トレアドール、――それより、牛を苛立たせるだけの、謂わば前座《ぜんざ》みたいな役の、ピカドールの方が更に適切だ、――こんな冗談が気に入って、それにきめかけるのを、まア〳〵と抑えて、耳ざわりよく、トレラにさしたのも藤本だった。併し、ひょっとすると、ゑり子は、藤本にとってのピカドールなのかも知れない……。

　他人行儀に、紅茶が運ばれて来たりして、それがもういゝ加減冷たくなった時分まで、まだ藤本は口を利かなかった。

「どうしたのさ。ねえ……」

肘掛椅子《アーム・チェア》の腕に腰を載せかけ、頸筋を廻して、彼方側《むこうがわ》の肩から揺りよせるようにしながら、「先刻《さっき》お店じア、なんでもなく口を利いてたくせに、……やっぱり、じア、昨夜《ゆうべ》のこと根にもってるんだね？」

それでも黙っていた。

ついと離れると、真正面に見据えて、

「本気で慍《おこ》ってるの？　喧嘩しに来たの？」

「馬鹿！」

「どっちが馬鹿だ！　あたしンとこィだってお客様アあるよ。先客が来てれア、扉口《とぐち》から追ッ帰されるくらいあたりまえのこッちアないか。……なに云ってやがんでえ！」

「うるさい！　馬鹿だから馬鹿だって云うんだ！」

「なにヨウ、この、やきもちやき！」

「やきもちなんぞやくか！」

「やいてるじアないか。いま現にやいてるじアないか。……昨夜こゝィ来てたの、男だと思ってるんだろう」

「誰がそんなこと思うか！」

「じア、なんだい、誰だい」

「翠だろう！」

「おや？」

有繋《さすが》にちょっとひるんで、「どうして……」

「ざまアみろ！　馬鹿！」

「あゝ、帳場で訊いたな？　帳場の青ンぶくれ、喋りやがったな？」

「そんなこたアどうでもいゝ。……何しにこんなとこイつれ込みやアがるんだ！」

「つれ込みなんぞするか！　勝手に彼方《むこう》から来たんじアないか！　……なんだい、なんにも知っちアいないくせに」

「おい」

顎をしゃくって、「まア、そこイかけろ！」

その時、にやりと、脣辺《くちもと》を笑いが掠《かす》めた。

えり子のべらんめえも、忽ちもう、ほんの口先だけのものに変って、

「なんでえ、ぽん〳〵云やがって！　おどかすない！」

そう云ってから、真ン前に椅子をよせ、腰をおろした。

「昨夜初めてか？　前にも来たことあるのか？」

「あるよ」

「そいで、……誰だ、相手の男は？」

「それを訊いてどうするのさ。今から騒いだって追ッ附くこッちアないよ」

「……汚《きたな》くって、穢《けが》らわしくって、見ちア居られん！　あんな奴、断然勘当だ！」

「あの子だって、ちっとも帰りたいたア云ってないよ」

「そいで、……今、どこにいるんだ？」

「大きにお世話じゃないか、勘当した奴のこと。……先生なんぞ、黙ってひッ込んでれアいゝのさ」

「悪い黒幕が附いてやアがる」

　顔を反《そむ》けて、もう一度にやりとした。

「あたしにくれよ、あの子。いゝだろう？　ねえ、先生」

「貰ってどうすんだ」

「いゝ子だよ。親に似ぬ子は鬼ッ子って云うけど、あんな鬼ってないよ。……あたしが男だったら、今からでも自分のものにしてみせるがなア」

「半分男みたいなもんじゃないか」

「そうさ。だから惚れたのかも知れないけど、兎に角いゝ子だよ。あんな、枕絵の殿様みたいな奴にゃア勿体ねえや」

「枕絵の殿様？　誰だい、一体、それア。……云えよ！」

半月形に口尻を吊りあげた笑い顔で、じらすような間《ま》をもってから、

「それより、どうする気なの？　ほんとにもう、久離《きゅうり》きっての勘当？」

「先刻《さっき》ッからそう云ってるじアないか」

「そうは云ってるけどさ、あとンなってまた気が変るくらいなら、……ねえ、先生、悪いこと云わないから、気持よく、ふたり一緒にしてやんなさいよ」

「だから、誰だよ」

「いゝえ、相手は誰であろうともさ、そんな、内心、可愛くって可愛くってたまんないくせに、そんな、自暴《やけ》ッぱちみたいなこと云ってないで、そこは、阿父さんらしく……」

「娘だからこそ腹がたつんだ」

「嘘ばッかり！　先生は、翠ちゃんに惚れてるんだもの、駄目だ！」

不意にこみあげた可笑しさに、口のなかの唾《つばき》が、間違って気道《きどう》にはいりかけ、噎《むせ》て、咳き込みながら笑いだした。

「そうよ！　笑いごッちアないわ。今度だって、まるで、自分の情婦《おんな》を横取りされた

ような気持で、ぷんぷくりんに怒《おこ》っちゃってるらしいけど、そんなのッてないわよ。可愛がるのはいゝけど、もうちっと阿父さんらしく可愛がってやんなさいよ」

噎《むせ》び笑いにつれて湧いて出た泪を、横撫でに拭きながら、――なお笑い続けながら、

「そんな馬鹿なこたアないけど、……兎に角、汚らしい気がして、……汚くって汚くって、見ちアいられないんだ」

大きく目を瞠《みは》ったまゝ、ゑり子は黙っていた。――その気持はわかる、だけど、うっかり同感なんぞしようもんなら、すぐ図に乗るだろうし……、はっきり、そういう顔つきだった。

「そんな汚らしいものはうちに置いとけない、――それだけの話さ。至極簡単だ」

「だけど、そんなこと云ったら、誰だって一度は……」

そこで気を変え、あとは冗談めかして、「なかんずく先生なんぞの汚らしさ加減と来たひにゃア……」

「男は汚《よご》れないよ」

「汚そうとも、か？」

いつか、すっかり空気が和《なご》んでいた。

云わず語らず、結局の話は、――当分あたしが責任をもって預る、――別に頼みは

しないが、じアそうしたらよかろう、――そんなところへ落ちついたらしく、間もなく藤本は腰を擡《もた》げた。

「いゝじゃないの、まア」

「そろ〳〵お客が来る時分だろう。遠慮するよ」

「はゝ」

と、軽く笑って、「来たら、昨夜の誰かさんみたいに、扉口から追ッ帰してやるだけのことさ。よけいな心配しなさんなよ」

五

雨が降っていた。ゆかた一枚では薄ら寒いくらいの陽気だった。隅に片よせ、火も大方はいけて、たゞ湯を絶やさないだけの用に使っている長火鉢のそばに坐り込んだ勝代は、女中のとしに肩を揉ませていた。肇もまだ帰らず、主従二人きりの晩飯は、跡片づけまですましても、やっと九時になったばかりだった。

「あたしはね、……存外ね」

云いかけて勝代は、右の肘に左の掌《て》をかけ、ぐいと肩越しに担ぎあげると、肩胛骨《かいがらぼね》の横手を自分で押してみせて、「こゝんとこだよ、お前、……そんな、骨の上でなくさ、骨に添ってずッとこう、……そう〳〵、そこをね、精いっぱい親指の腹で、……あ、そう〳〵、そこさ、うまい〳〵」

「ずいぶん凝《こ》っとりますわ」

目鼻口が小さく、起伏がなく、好適の分譲地、といった顔だちの、生際や小鼻の周りに汗の粒々《つぶつぶ》を吹かせ、ずんぐり太《ぶと》い両腕に力を罩《こ》めて、熱心に揉み続けながら、

「……わたくしもね、じゃないかしら、ぐらいの見当はつけて居りますんですけど……」

「誰さ。云ってごらん」

「でも……。まア、奥様からお先に……」

「へんなとこで遠慮するんだねえ。……いゝえね、あたしはね、存外、燈台もと暗しで、却って、渡邊なんぞが怪しいんじゃないかと思うんだけど」

「渡邊……？」

「亥《い》之《の》さんさ」

「あ」

としは急に笑いだして、「それア奥様、違いますわ。そんな、……それアそんなことはございませんわ」

「どうしてさ」

「でもね、それはね、……あゝ、わたしどうしよう、……申しあげちまってもいゝかしら」

「何さ。お云いなね。なんによらず、御主人に対してものを隠すなんて法はないよ」

「あ、それアそうでございますわね」

「なにがそれアそう……。どうしたんだよ。お云いッたら」

「あのウ、……そら、あの人はなんて申しましたっけ」

「なんだね、藪から棒に。……誰さ」

「そら、あちら様のお女中で……」

「どこのだよ」

「あ、そう〳〵おたみさん……」

「なに云ってるんだね、お前まア、さっぱりわけがわからないじゃないか」

「いゝえ、わかっとるんでございますよ」

「お前にゃわかってるだろうけどさ……」

「いえ、それがね、あのウ、あれなんでございますって……」

「なアんだねえ。一体、何がどうしたっていうんだよ」

「つまりあちら様の……」

「どこのさ。はっきりお云いなね」

「あのウ、……市川様の……」

「あゝ、なんだ、荻窪の女中かい？」

「えゝ、そうなんでございます」

「そんならそうと早く云やアいゝじゃないか。……馬鹿だよ、ほんとに」

「ですから、奥様、……奥様がお慍《おこ》りンなるだろうと思ったから……」

「誰が慍るもんかね。……そいで、どうしたのさ、……あの女中と亥之さんとが、出来合ってるっていうのかい」

「え、そうなんでございますッて、……あら、奥様、御存知でいらっしゃるくせに……」

「知りゃアしないよ、初耳《はつみみ》だよ」

「でも、ちゃんと……」

「そいで、一体、お前、それ、どッから聞いて来たのさ」

「一番初め亥之さんが、わたくしに写真を見せてくれましたんですの」

「誰のさ」

「あのウ、それが、あちら様と、おたみさんとで……」

「ヘンなことする人だねえ、——女中と一緒に写真を撮《と》りに行くのかい」

「いゝえ、そうじゃないんです。お庭先で、どなたがお撮りンなりましたんですか……」

「あゝ、素人写真でね」

「そん時に……」

「亥之さんが自分で喋ったのか」

「いゝえ、そん時には、ちょっとへんだな、ぐらいに……」

「生意気にお前も、そんなこと思うんだね。……そいで？」

「そいで、そのあと、あちら様へお伺いしました時……」

「おや、お前、荻窪イ行ったことあるのかい？」

背後《うしろ》で、への字にした唇の間に、ちょッぴり舌の先を出し、小さな目玉をむいた。

「いつでしたか、あのウ、奥様、逗子にいらっしゃいますとかって……」

「あゝ、じア、去年だね？」

「はア」

「そいで、行ったら、どうしたのさ」

「そうしたら、丁度お留守だったもんですから、おたみさんと永いこと話し込んじゃって……」

「いゝね、お前は正直で」

「は？」

「そいでどうしたのさ。さっさと先をお話しよ」

「そん時には、いよ〳〵もうそうに違いないと思いましたもんですから……」

「よく思う人だね。……じア、みんなお前の想像かい？　——あて推量《ずいりょう》なんだね？」

「いゝえ、それから、帰って参りましてから、さんざッぱら亥之さんをひやかしてやりましたんですの。そうしたら、あの人……」

「白状したのかい」

「白状ってわけじゃございませんけど、嬉しがっとりましたわ」

「なんのこたアない、お前の失恋物語を聞かされてるようなもんだね」

「は？」

「いゝえ、こっちの話さ。……じゃ、亥之さんには、そのおたみさんとかが附いてるから、その上あの娘《こ》にまで手を出す筈はない、とこういうわけなんだね？」

「それアまア、そこまではわかりませんけど……」

「そこまでとはどこまでさ。……なんともはや、とりとめのない人だねえ」

そこへ電話がかゝって来た。

「あたしだろう？」

そう云うと、先方《さき》の名も聞かずに、すぐ立って行って、勝代が代った。

「もし／＼。えゝ、あたし。うん？　うん、うん。いゝえ、おそかアないけど……」

そこで、横目でちょっと柱時計を見あげて、「そいで？　あゝ、そう。……えゝ、いゝわ。……ほんと、寒いくらいね。じア、……うん、わかってる」

さよならも云わず、ガチャリ受話機を掛けると、としには、出して置く着物を云いつけ、自分で鉄瓶を下げた勝代が、小走りに洗面所の方へ行った。

びしょ／＼、びしょ／＼、まるで入梅時《つゆどき》の降り方だった。

六

「カフェエで女給をしているって云うんです、――御存知なんですか」

肇は、白絣《しろがすり》の膝に両手を突ッ張り、コチン／＼に固くなっていた。

「いゝじゃないか」

二階の書斎には、九月初旬《はじめ》の朝風が吹きぬけ、父親の喫《す》っている煙草の煙も、たゆたら遑《ひま》なく、すう〳〵と流れて行った。

「いゝえ、承知でそういうことをさせてお置きになるのかどうか、それを伺ってるんです」

「何もこちらから、賛成してやったわけじゃないが、あいつがしたくってすることなら、別に構わんじアないか」

「じア僕も、何をしようが、なんに成ろうが構わないってわけですか」

「構えば、必ず構われたように成れるか。自惚《うぬぼれ》でなく、よく考えてみて、それだけの自信がもてるか」

「成れる成れないは別として、それが親の義務、……ッて云うより、親としてあたりまえのことだと思うんですけど」

「生憎、親があたりまえでなかったらどうする。世の中には、生れながらにして、両親の顔さえ知らないッていう、そんな境遇だって別だん珍らしかアないんだ」

「阿父さんは、じア、あたりまえの親じアないんですね？」

「わかりきったこッちアないか。あたりまえの人間に、今日《こんにち》俺がしているだけの仕事が出来るか。えらいってことは、あたりまえでないってことだ」

「だけど、あたりまえにえらい、ッて人だってありますね」

「お前の云うのは、所謂、常識家のことだろうな。そんなら、腐るほどいるさ。だけど、俺は、そういう連中を、えらいなんぞたア夢にも思わんね」

「たゞ普通の常識家っていうんでなく、円満に常識も備えていて、その上になお、ひとに真似の出来ないような……」

「慾張ったこと云うな！　生れた時からの常識なんてものは一つだってありゃアしないんだ。そこらにごろ〳〵している平凡な人間にも履《ふ》めるようになった時に肇めて常識なんで、それが、最初に考えられたり、行われたりした時分には、それ〳〵、はたの者が吃驚するような、変った考え、変った行為《おこない》だったんだ。一方常識家でありながら、同時にまた、類と真似てのないような、変った考えを抱こうなんて、そんな二足の鞋が穿《は》けるもんじゃない。……併しまア、お前が、常識家を以って理想としているなら、それもいゝだろう」

「阿父さんのお考えからすると、じア、僕より翠の方がえらいってことになるんですね？」

「えらいもえらくないも成ってみてからのこッた。海のものとも山のものともつかない今のお前たちを比較してなんになる。そんな愚問に返事ア出来ん」

「阿父さん！」

「なんだ」

「どうして、阿父さんは、僕がそう嫌いになっちゃったんです？」

目にいっぱいの泪をためて、「僕に、どッか悪いとこがあるんなら仰有ってください。直します」

「嫌いじゃない。決して、嫌いになんぞなってやしないよ」

藤本は、やゝ虚《きょ》を衝かれた態《かたち》で、胸に組んでいたのをそのまゝ、前の奈良机《にげつどう》に肘を置くと、それの低さ故に、猫背に丸まるよりほかなく、自然目も伏さって、「だけど、そんなこと云って泣くようなこッちア困るな」

「阿父さんがえらいってことは、僕だって知っています。それから、えらい人は、決してあたりまえじアないってことも、いま仰有って頂いて、よくわかりました。だけど、僕は、……やっぱり僕は……」

「もうよし。わかった」

「甘ッたれたいわけじアありませんけど、このごろ僕、すっかり阿父さんに見放されちゃったような気がして……」

「そんなこたアない。そんなこたアないが……」

そのまゝの形で、腕を解き、チェリーの鑵に指先を入れて、残り少《すく》なになったやつ

を、カラ〳〵とかきまぜながら、

「お前たちとしては、親なんてものは屁とも思わずに、どん〳〵踏み越えて進むだけの意気がなくっちア駄目だ。愛されてるかどうか、そんなこと気にするにゃア及ばんね」

頷《うなず》く拍子に、手捷く、横撫でに泪を払って、

「わかりました。……じア、翠は、谷に蹴落された獅子の仔《こ》なんですか」

擽《くすぐ》ッたくにたりとしたが、

「別にこっちで蹴落したつもりはないがね……。併し、まアそうみてもいゝだろう」

「僕ア、とても憤慨してたんですけど、……じア、阿父さん、あのまんま放っときなさるおつもりなんですね？」

「さア。そいつはわからんね。……なんとかしてやらなきゃならんと思う時が来たら、なんとかするかも知れんし……」

「へんなこと訊くようですけれど、阿父さんの阿父様ッて方、まだお達者でいらっしゃるんですか」

「いるよ」

「関西へ旅行なさるたんびに、必ずちょっとでも和歌山へいらしてって、その方《かた》のと

こへ、お金を置いてお帰りンなるって……」

「文壇人ってものは、いろんなデマをとばされるよ。尤、そのゴシップってやつを流《は》行《や》らせた因《もと》は俺だがね」

「じア嘘なんですか」

「全然嘘でもない。……併し、なぜそんなことを訊くんだ」

「それだのに、僕たちは、親孝行しちアいけないんですか」

「いけないとは云わんよ。たゞ、今の若さでそんなことばかり気になるっていうのは、人間がひねッこびてる証拠だ。一体、学校の教え方がよくないんだが、お前自身としても気をつけた方がいゝね。そんなことより、もっと、為《し》たいことや、為なくっちゃならんことが沢山あるだろう」

　膝先一尺ほどの畳を見詰めて、肇はじッと考え込んでいた。

「兎に角、翠に対するお前の考え方、気持、みんなよくわかった。俺に対しても不満があったようだが、それもわかった。お前の方でも、俺ってものが、いくらかよけいわかった筈だ。いつでもまたそういうことがあったら、遠慮なく俺に話しなさい。犬養の言草《いいぐさ》じアないが、なんでも、話し合ってみれアわかるんだ。……じア、今日はこれで引きとりなさい。——阿父さん、まだもう一回分、新聞を書いとかなくっちアならんからね」

七

新劇出の映画俳優、北冥鯤《きたみこん》は、ホテルの一室で、書物机《ライチング・デスク》に向い、備えつけの用箋に走らせていたペンを擱《お》いた。

「出来た？」

きちんと帯もしたまゝ、寝台《ベッド》にねそべり、メリー・ウィドウのワルツを鼻唱《ハム》していた英枝が、頬杖に笑顔を載せると、背後《うしろ》から声をかけて、「読んでよ」

「えゝとね、――この使の者に、昨日《きのう》出来て来た洋服、括弧して、箱のまゝ、括弧終り、その他、下着、靴下、靴など、いつも要るだけのもの、洩れなく……」

「洩れなく、はうますぎて、意味が通じるかしら」

「わかるさ。――靴など、一切とり揃え……」

「靴の下にも括弧をしてね、並べてみて、一番丈《せい》の高いやつ、と入れといてよ」

「はい、はい」

「序《ついで》に腕輪も頼もうかしら……。そうしたらね、用箪笥の向って右、上から二番目の深い抽斗《ひきだし》に……」

「君、自分で書けよ。その方がよっぽど早いよ」

「じア、いゝ。腕輪、よす。……そいから？」

「……すぐ持たしてよこしてください、――これでお仕舞だよ」

「なんだか、たよりないなア。――ひとつでも忘れ物があっては、着られないのだから、よく〳〵考えて、……自分で着る気持ンなって考えて……」

「それ、書くのかい」

「そうよ。云うから、筆記してよ」

「はい、……門前の二号、口述筆記をさす、かな」

「馬鹿」

「ふた言目には馬鹿と云う、これも門前の部なり、か」

「面倒臭いもんだから、いろんなこと云って、……いゝわ、あたし書く」

「それがいゝ」

「あら！ やぶかなくったっていゝのに。そのあとへ……」

「もう追ッつかないよ」

日本橋から荻窪まで、婦人服ひと揃いのための空車《からぐるま》が走っていた間に……。

「それから？」

「まだ聞きたいの」

「いくらでも聞くよ」

「自棄《やけ》ンならなくったっていゝわよ」

「可怕《こわ》いみたいなもんだ」

「何がさ」

「自惚《うぬぼれ》ってもんがね。……いゝえ、君ンとこの先生、なか〳〵どうして、そんな、……君が思ってるような、そんな甘いんじゃないぜ」

「そうかしら……」

そうに力を入れて、甚だ疑いあり、の云い方だった。

「こないだも云ってた、――あいつは……」

「あいつッて、あたしのこと？」

「そうさ。――自分の知らないことってえと、やたらに知ったかぶりをするし、知ってることだと、まるで初耳みたいな顔をして、ひとに訊きたがる、――あいつの話術はこの一手で、ほかになんにもありゃしない、――そう云ってた。有繫《さすが》にうまいこと云うと思ったよ」

「そうお」

間《ま》をおかず、うけはしたが、さて、云うべき感想が浮ばなかった。手薄を承知で、取り敢ず、「……生意気いってるわね」

「今の話だと、耳目鼻口《じもくびこう》も判然しないくらい、べろん／＼になって、君に惚れてるみたいだけど、存外これが、そうでもないんだね。……あ、そう、まだ云ってた……」

「なアに？」

「そんな、硬張《こわば》ったような顔するなよ」

「何よ、云ってよ」

「少し気の毒だな」

「じア、よしなさい」

「云ったげよう。……なんだか、イヤゴオみたいだな」

「何よ、イヤゴオって」

「さては知ってるな？」

「いいえね、あの人と来たら、あたしがなんか訊くでしょう？　そうすると、知ってるくせにわざと訊く、――頭ッからそうにきめこんじゃって、……そのまた邪推ぶかいことッたら、思い込んだが最後、なんて云おうが、……もと／＼あたしのこッてしょう？　知ってるか知らないか、はたからそうはっきりわかる筈ないじゃないの。それを、知ってるくせに訊く……」

「先生が、そんなこと仰有ったの、聞いたことないな」

「それア、鯤ちゃんたちのいる前なんぞで、そんなこと云やアしないけど……。そと面とうち面と、およそあれッくらい変る人ッてのも少いわよ」

「もう一つ、自分の聞きたくない話になると、うまアくそっぽへ逸《そら》しちまう、……偶然、いま君が実例を示したやつさ」

「似たとこあるわ、あんたもあの人に」

「そうかも知れない。……さっき云いかけたのはね、だけど、また別なんで……」

「もう沢山よ」

「まア聞いときたまい、毒になる話じアないんだから」

「いや、いや！　……起きよう、もう、あたし……」

「まア〳〵」

「いや！」

「じアね、もっと面白い話きかしてあげよう。あのね……。そんなに慍るなよ……」

「おそいなア、使。……あたしもう、今夜よすわ。踊りたくなくなっちゃった」

「そんな、……こっちから誘《さそ》っといて、さな公たちに悪いよ」

「あんた一人で行きなさい」

「翠ちゃん、見たくないのかい」

「来るかしら、ほんとに」

「それア来るだろう。あん時、早苗《さなえ》がすぐ、トレラのマダムに電話かけて……」

「ねえ、鯤ちゃん！ 云ってよゥ」

「何をさ」

「流産しちゃったっての、ほんと云うとあんたの子なんでしょう？」

「いくら云ってもわかんない人だなア。——断然そうじゃない！」

「怪しい、どうも怪しい」

「そういうのを、邪推ぶかいって云うんだよ。……先生にゃ、知ってるか、騙《だま》されてるか、その二つしかない。そこが先生のいゝとこなんだ」

「また始った。もう、あの人の話よしてよ」

「君はね、先生が、僕等のこと、知ってると思うか、知らないでいると思うか、どっちだ？」

「どっちだっていゝわ」

「僕は、知ってると思うね」

「どうしてよ」

「いつだったか、わざとこう云ってみたことがあるんだ、——あたしは、細君だろうとなんだろうと、兎に角、ひとのもの以外、全然興味がないんですけど、どういうもんでしょう、ッて」

「馬鹿ねえ」

「そうしたら、昔ッから、一×、二×、三妾、四妻って云うくらいだから……」

「何よ、それ」

「そこはまアわかんなくってもいゝけど……」

「よかアない。何よ、なんのことよ、それ」

そこで、ひと通り説明してから、

「それア面白いにきまってるけど、僕はやらない。役者でもなんでも、一流の人物となると、決してそんなまねはしないもんだが、君等にゃア丁度いゝとこだ、適役《はまりやく》だ、大いにやりたまい、ッて、例のにたアりさ。こっちも感度が早いから、ピリ〳〵ッと来たね」

「つまんないなア。あたし、もう帰るわよ。……洋服、来たら、そのまんまで、すぐまたうちイ届けさせといッ頂戴」

云ううちにも、白い素足が、上靴《スリッパ》を爪索《つまさぐ》っていた。

八

ゑり子が、お気に入りの芳江をつれて、二階の女給部屋に着更《きかえ》に行ったあと、燈《あかり》も一つだけ残して、薄ら寒く、がらんとした一隅のブースに、藤本父娘《おやこ》が、目も合さず、黙々として、差向いに腰かけていた。人気《ひとけ》がなくなったと思うと、忽ちバーのあたりから、長い尾を引き摺って、ちょろ〳〵、ちょろ〳〵と、次々に鼠が現れて来た。赤煉瓦の床に落ち散った、南京豆の甘皮、踏み躙《にじ》られたポン〳〵ダリヤ、そんなものにも、一応は鼻面《はなづら》を突きつけてみた。

胸高《むねだか》に拱《こまね》いていた腕を解《と》いて、

「面白いか」

「うん、まア、うちにいるよりゃアね」

膕《ひかがみ》の下に両掌《りょうて》をさし込み、宙に浮かした爪先で、交互《かわりがわり》、内捲《うちま》きの円を描きながら、翠は、気乗りのしない声音《こわね》だった。

「結婚する気ないか」

ちらりとあげた目を、すぐまた膝に落して、

「そうね、当分まア……」

「好きな男も出来ないのか」

「いないなア」

「是非お前が貰いたいって云ってる奴があるんだがね……」

「だれ？」

もう一度目をあげ、今度はそのまゝ父の顔に置いた。

「榊《さかき》……」

「榊って？」

「昔、しょッちゅううちィ来ていたじアないか。今の北冥鯤《きたみこん》さ」

「あ、なんだ！　いやだ、あんな奴」

ぬいた掌《て》を揉み合せて、「寒い！」

「そんないやな奴じゃないよ」

「そうかも知れないけど、嫌いだ」

「嫌いじゃ仕様がないな」

「翠、もっと、思いッきりめちゃくちゃがしてみたいんだ、――この頃、そんな気持なんだ」

「自棄《やけ》か？」

「そうじゃない。なんだか、することなすこと、一々、いじ〳〵したような、良心だかなんだか知らないけど、そんなようなもんがくッついて来るんで、くさ〳〵しちゃったから、一遍、大あばれにあばれてみたいんだ。どうだろう、そんなこッちア駄目かしら……。阿父さん、どう思う？」

「そんなこと、ひとに相談するくらいなら、よせ」

薄暗がりを、映画のプログラムらしいものが、ずる〳〵と動いては止り、また動いては止りしていた。鼠が引いて行くのだ。

やゝ暫くして、

「兄さん、どうしてる？」

「あれッきり、どこでも会ったことないのか？」

頷《うなず》き返した。

「感心に勉強するようになった。資本論なんぞ読んでるよ」

急に肩を張り、胸いっぱい吸い込んだ息を、そのまゝじッと撓《た》めていたが、鼻へ洩すのと一緒に、

「馬鹿だなア」

「馬鹿じアないよ」

「そう。馬鹿じゃないから馬鹿なのよ。今の翠から云わせれア、そういうことになるのよ」

「彼方《むこう》だって、もうお前がわかってる」

「そんなことないと思うな」

父親のそれに似て、もう少し謎めいた美しさのある微笑が、唇辺《くちもと》を掠《かす》めすぎた。

「慍ったり心配したり、しょッちゅうお前のことばかり気にかけてたうちに、自然とわかって来たらしい。その時分から、勉強し始めたんだ」

「おかしな兄さん……」

たゞの可笑しさと変りのない笑い方をして、「引ッ張りだして、ひとつ、メフィストフェレスになってやろうかな」

「お前と肇とじア、生れだちからして、がらりと違った性分なんだからね……」

「そうよ。だけど、好きだな」

「おい、もう一度訊くがね、北冥の話、もうちっとゆっくり、落ちついて考えてみる気ないのか。……あゝみえてなかなかしっかりしたとこのある男だがね……」

「そんなこと、考えたってわかりゃしない」

「じア、交際《つきあ》ってみろ」

「そうね。……まア、そのうち、気が向いたらね」

「英枝に会ったって？」

「あゝ、会った。馬鹿ね、あの人」

「うん。あんまり利口じゃない。だけど、彼方《むこう》でもそう云ってる……。女って、大抵そうしたもんだ」

笑い顔で、勢よく拳固を振りながら、

「あいこでせ！　よい〳〵、——あれか」

藤本も、微に歯を見せて、

「ま、そんなとこだ」

ゑり子を先に、二階の二人がおりて来た。

「よう〳〵、御両人」

珍しく和服を着たゑり子が、階段の途中に、手庇《てびさし》で、遥に望む、という形をしてみせながら、陽気にこう声をかけると、

「絶景かな、絶景かな」

芳江もその尾について、篦太《のぶと》い嗄声《しゃがれごえ》を出した。

見あげて、藤本は、智慧もなく、口癖の、

「馬鹿！」

それッきり、にこりともしなかったが、併し御機嫌の態《てい》は、懐手を襟元から窺《のぞ》かせ、こけ尖《とが》った顎の先を、三本指でひねくり廻しているのに知れた。

翠は、眉間《みけん》に、年齢《とし》にそぐわぬ八の字を入れ、瞚《まじろ》がない目になっていた……。

『戸田家の兄妹』（1941年）監督/小津安二郎　写真提供/松竹

Ⅳ　小津安二郎 追想

小津君よ、さようなら（弔辞）

小津君

君は綺麗なもの、間違のないことしか相手にしなかった。ねつい仕事ぶりで、自身納得がいくまで押しまくった。ばばあは俺が飼育しているのだ、などと、始終ばばあ呼ばわりをしながら、こよなく母上を愛した。

いつも滑稽諧謔の悠適を失わず、これを道化の精神と誇称した。酒とおいしい物ならさァ来い、きたれだった。お洒落で贅沢やで身辺の何から何まで特級品でないと承知しなかった。酔えばよく唄い、よく踊った。

てれ性の君の踊りは、頭から何かひッ被るか、半分がた客に背を向け、大きな図体でしゃなりしゃなりとそこらを歩き廻るだけのことなのだが。みずから老童謡と名づけて、老いたる童唄《わらべうた》を面白く作って聞かせた。また画を描く楽しみも知っていた。

ほかにもまだいろいろと好きなものはあったろうが、大体以上の如き好み、というより先天後天の習性、手取り早くいって人柄は、余す処なく君の仕事のなかに生々とした象《すがた》を現わしている。君の人柄並に君の作品に魅せられる者は、当然のことながら、以上の如きものを愛する人だけに限られていたろう。ところが、君の予期《よき》を迴《はる》かに上廻って、そういう人たちが多かったせいだろう、時おり、俺は通俗作家だ、と自嘲めかして呟くことがあった。しかしこのことは、君にとってはもちろん、映画界はおろか、日本国にとっても、大層幸福《しあわせ》なことだった。そういう作品がいつまでも残って行くのに、君自身は、急にこの地上から消え失せて了った。遺族の方々はもとよりのこと、旧い、親しい友達の何人か、なかんずく、毎回協同制作にあたっていた野田高梧君の夫妻、親子同然の間柄なる佐田啓二君の一家、孫のように可愛いがった同家娘、貴恵ちゃん、君によって才能を伸ばされた幾多男女俳優諸君、叱言《こごと》と慈愛とを雨の如くに頭上から浴びせかけられた君のスタッフ、厚田、清水、山内等の面々、なおまた大勢の女性たちも含まれているだろう、そして最後に、一干支《ひとまわり》からも年齢《とし》の違う私まで置き去りにして、おまけに、われわれに伝えられて来た道化の精神を忘れさせて、さっさと母上のおそばへ行って了うとは、ひどい人だ、君は。ひとこと愚痴を零《こぼ》させて貰って、では、また会う日まで。小津君よ、さようなら。

昭和三十八年十二月十六日

小津君と鎌倉と私

小津君は夙《はや》くから、湘南が好きだったらしく、小田原、茅ヶ崎あたりにも、家は持たなかったにしろ、よく出かけたものだ。

北鎌倉の「遂《つい》の住居《すまい》」となったこの家に移ったのは、昭和二十六年頃のことで、それ以前には大船撮影所内に部屋を借りて住んでいたこともあり、鎌倉との馴染は、かなり深い。

従って、作品の中のシーンとして、鎌倉のあちこちがたびたび使われているし、また、鎌倉に住む同好の士とのつきあいも、その事によって一層親しみを加えたかに思われる。

私にしても、「戸田家の兄妹」の試写会のあとの座談会で初対面の挨拶を交したきり、もし小津君が、東京なり、どこなりに住むことになっていたら、おそらくは、一面の識《しき》ある人として、一生を過ごしただろう。

家が近い、少くとも同じ土地に住むということは、そして、双方とも、その住んでいる土地が気に入っているという同感は、想像以上に、人と人とを結びつける。晩年における小津君と私との親しさは、私の生涯における数少い心友のうちのひとり、忘れることがあるまい。

良き友というものは、ただ徒らに狎れ親しむというだけのものではなくて、互いに、敬愛の念がなくては成り立たない。年齢は十いくつかもちがう私だが、小津君の才能、人為《ひととなり》、趣味、いずれの点に対しても、敬意と愛着の誠をもっていた。それでいて、君のいわゆる「道化の精神」が過剰になって、毒口をききあったり、冗談を飛ばしあったりしだすと、切りがなく、犬ころのようにじゃれあったりもした。

浄智寺境内なるトンネルを抜けて、可成り急になる坂道は、大酔して帰る君を送ったり、君の家で酔ってしまった私について来たりするたびに腕をからみあい、二人ともひょろけながら、幾度あがったり、おりたりしたか知れない。

君が棺の中の人となって帰って来た晩、私は門前で待ちうけ、棺のあとに従って、あの坂を登った。

生死の問題についても、そうとう老けた考えをもっている筈の私も、あのでこぼこだらけの坂道に足をはこぶや否や、潸然《さんぜん》たる落涙を禁《とど》めかねた。

藝の蟲

小津安二郎君というのはどういう人だったか。と聞かれても、人は生まれつきの……先天的の性質と、小さいときからの家のしつけ、学校へ行ってからの先生や友達というような環境で形づくられていく後天的なものとがあわさって、性格、人柄というものが形づくられるので、一口にどうということはなかなかむずかしい。それを一口できめつけて書いた小説を「私小説」というが、このように人間の性格をＡＢＣのどれかに属するもののように考えると、具合の悪いことが起り、いくら私が彼の人となりのあらましを語るとしても、そう簡単には片づけられない。

だが特徴としていえることは、先天的・後天的なものをまじえて、彼はたいへん芸術的な人だった。

若いときには画家になりたかったり、文学の方へかたむいた時期もあったように聞いているが、同じ芸術のほうでも、役者になりたいとは一度も思ったことはないだろうと思う。私の家に来て、よく酔っぱらって踊りなど踊ったが、頭からスカーフみたいなものをかぶって、顔が半分くらいしか見えないようにしてからでないと立ちあがらないほどのはにかみやだった。だから役者はちょっと無理だと思う。

だが、その他のことは何をさしてもなかなか芸術的だった。

生まれつき、どの分野に進出しても成功するだろうと思うような人がいる。六代目菊五郎という人などは、その適切な例だろう。役者としてあれだけのことが出来た菊五郎が、政治家になったらいろいろなことをやったろうし、銀行に入ったら日銀総裁、野球監督になったらそれ相応のことはやれたに違いない。

そういう意味からいうと、彼は範囲のせまい人柄だったと思う。絵かきもやめ、文学も思いきり、結局落ちついたのが映画の仕事、――それもほとんど一直線に監督に向っていった。これがまた、小津君の性分にはピタリと来たように、脇から見ていてそう思えた。

監督一本槍――そのかわり、その道にかけたら皆がいっているし、ひどい目にあった後輩の人たちからもいろいろ話を聞いたが、とても厳しかったらしい。

私とは友達としてのつき合いだったので、彼の下で仕事をしたこともなく、それ故、叱られた覚えもないが……。

ただ、「青春放課後」というテレビのシナリオを二人で書いたことがあった。このときはひどかった。

まず私に書け、書けといって書かせる、ここはこういう風にいきましょうよ、なんていいながら。私が書き終ると、その原稿は彼の方へまわっていく。彼の方へまわったら最後、私の書いた文字は殆ど残っていない。その位なら、他の原稿用紙にはじめから書いたらいいのに、私の書いたところを消しては脇に小さな字で、チョコチョコとすっかり書き直してしまう。彼にいじめられた記憶といえば、このときぐらいのもので……。

ただ、芸術という言葉に対しては、彼も私も拒絶反応を起していた。

映画というものは芸術じゃないということは、彼の口ぐせだったが、それは芸術という言葉に対する彼の毛嫌いからきていた。私も里見弴は芸術家だといわれるよりは、あいつは芸人だとか、小説家だとかいわれた方が実感として伝わってくる。「藝の蟲」とでもいわれればなお結構。

ひとつの作品は、直接人間と人間のふれ合いから生まれるもので、理屈や観念から出来てくるものじゃない。——これはしごく私も同感なところで、直接口に出さなくても、彼の仕事振りはすべてそうだった。

そういう意味からいうと、芸術呼ばわりされると、片腹痛いというか、尻こそばゆいというか、そんな感じを受けたのではないかと思う。

ともかく、何かにつけて同感することの多い好侶だった。

解説　本当は「原作」とは言えないが……

武藤康史

小津安二郎は里見弴の小説をよく読んでいた。映画にも借用したと明言している。現代日本文学全集25『里見弴・久米正雄集』（筑摩書房、一九五六年）の月報に寄せた「名代の味」で、こう書く――

里見先生の小説を読んだのは、僕が中学生のころ、たしか、「桐畑」が始めぢやなかつたかと思ひます。

それ以来、僕は長い間の愛読者の一人なのですが、今では時々、先生の小説を、無断であちこち借用しては、映画のシナリオのねたにする、まことに、たちの悪い愛読者の一人かも知れません。

小津が中学生のとき『桐畑』はまだ出ていない。記憶が錯綜するくらいあれこれ読んでいたのだろう（中学卒業の二か月後――一九二一年五月に『桐畑』は出版された。もとは新聞連載で、連載時、小津は中学生ではあったが）。里見弴（一八八八〜一九八三）がまだ三十代で、矢継ぎ早に小説を発表していたころ、十五歳下の小津安二郎（一九〇三〜一九六三）はこの同時代作家に惹かれ、追いかけていたらしい。

　小津安二郎監督の映画で「原作　里見弴」と明記されるのは『彼岸花』と『秋日和』の二作しかない。「名代の味」が書かれたあとの作なので、それ以前から「借用」があったことになる。そういう小説を含めて編んでみたのが本書だが（推測はいろいろ可能だが、何らかの証言のあるものに絞って収録した。長篇は入れていない。参考に広津和郎の作品も収録）、まず「原作」と称される二作を掲げた。

『彼岸花』は一九五八年九月七日に封切られている。「原作　里見弴」「脚本　野田高梧／小津安二郎」というクレジット。当時の新聞を見ると、その年の三月、里見弴はすでに原作の小説を書き、それをもとに小津と野田がシナリオを執筆中……と報じられ、かと思えば五月には、原作とシナリオがほとんど同時に完成した……と書かれ、映画の完成後には、原作よりひと足先に脚本が出来上がっていた……と書いた記事も出た。これが事実なのではあるまいか。

　小説「彼岸花」は「文藝春秋」一九五八年六月号に掲載された（五月十日発売）。これを含む短篇集『彼岸花』（角川書店）は八月三十日付で（つまり映画の公開直前に）刊行。「あとがき」で里見弴は収録作一つ一つについて自分で解説している。

彼岸花

常に兄弟二人がかりで創作に当つたといふ、ゴンクールの名を聞き知つた時、一体、どういふ方法を採ればそんなまねが出来るのかと、不審に堪へなかつた。梗概《あらすぢ》を立てるまでなら、数人の考へを取捨選択するうちにだん／＼纏まつても行かうけれど、さて執筆となり、細部《デテール》に潜入する場合、なんのかのとはたから差出口を利かれたりしたひには、……少くとも私には我慢ならないが、そんな点、どう解決されるものか。

小津安二郎、野田高梧の両君は、私の親しい友達だが、二十年来、原作のあるなしに拘らず、映画のシナリオを合作して、世に「名コンビ」と謳《うた》はれてゐるし、現にまた、数ケ月間も旅館に起居を共にしながら、仕事に勤《いそ》しんでをられるところへ、心なくもお邪魔に罷り出たこともある。が、依然として共同製作の骨法は、私には不可解なものだつた。

ところが、それこそ「不思議な御縁」とでも言はうか、今年の正月、小津君から、私の原作を映画にしたい、との申出があり、それならば旧作のあれこれを詮議するより、いつそ映画化されることを意識して、新たに一作を書きおろさうではないか、との相談が一決し、早速、小津、野田両君と三人で湯ヶ原に滞在し、どうやらおほあらましの筋が立つて、嘗てはゴンクール兄弟を不思議がつた私自身が、思ひがけなくもその轍を踏むことになつた。もつとも、両君は両君で、初めからシナリオを作る気だし、私は私で、ほゞ似たやうな筋の小説を書けばいゝので、正確な意味での合作とは言へないが。こんな経緯《いきさつ》があつて、私の作としてはいくぶん毛色の変つたこの作品が出来あがつたので、だいぶ両君のお智恵もはひつてゐるわけだ。この作品が、さういふ制約の下《もと》に、多少なりとも歪められてゐるかどうか、そこは読者の御判断に任せる。

　昭和三十三年六月号の文藝春秋に発表。

　湯ヶ原とあるのは湯河原。そこでおおあらましの筋を三人で考え、あとは別々に書いたというのだが……。小説「彼岸花」では結婚披露宴のあと「平山」や「三上」が新婦の父親の家に押しかける展開となり、そこでもう「谷口」と会ってしまう。映画では「平山」（佐分利信）の会社に見知らぬ男「谷口」（佐田啓二）がいきなり来た。《ほゞ似たやうな筋の小説》ということだったが、だいぶ違う。小説の「平山」は、「谷口」がお前を嫁にくれと言いに来た――と家で「節子」に怒り、《肉体の関係だけはないと言った》というくだりもあった。会社に来てそんなことを言ったのか。映画では「平山」が家の中で「節子」（有馬稲子）に（絶妙の間合いで）「まさか、あの男と関係はないんだろうな」と問いただしていた。「関係」だけでよくわかった。

『彼岸花』封切時の満年齢で申すなら、小津安二郎は五十四歳、野田高梧は六十四歳。この二人と一緒に（？）考えた世界を、七十歳の里見弴が小説にするのは大変だったろう。

小津自身の発言も残っている。公開前、『彼岸花』についてラジオで語ることがあり（七月二十五日、文化放送）、番組の紹介記事に《里見弴氏と打合わせの結果、氏の同名小説を題名にしたが、内容はオリジナルといっていいほど自由なものであるという》とあった（同日付「読売新聞」朝刊）。「原作」を否定したようなものだ。映画にとって里見弴はせいぜい「原案協力」というところではないか。

映画では「三上文子」（久我美子）が結婚を反対され、家を飛び出していた。「文子」の父「周吉」（笠智衆）に頼まれ、「平山」は「文子」に会いに行く。小説では「文子」のほうが「平山」の会社にやって来て、金を借りようとする。映画では「平山」が「これ、ほんのお小遣い……」と「文子」に金を渡そうとし、拒否されていた。小説の「文子」の同棲相手は胸の病気で入院費用が必要ということだったが、映画の「文子」の同棲相手（渡辺文雄）は元気そうだ。小説ではその男は死ぬ。「文子」は修道院にはいる……。

野田高梧の次女・陽子は一九五〇年、修道院にはいっていた。小説の「平山」は「文子」に《たしか、君は、横浜の雙葉だつたね？》と言っていたが、野田陽子という人は横浜紅蘭高等女学校の出身で、ここはのちに横浜雙葉中学校・高等学校となる（小津安二郎の弟の妻で長らく小津の著作権継承者だった小津ハマは、この人と同じ女学校で、同期だったという）。雙葉学園はサンモール修道会の経営だが、小説の「文子」がはいるのもサンモール修道会である。「あとがき」には《だいぶ両君のお智恵もはひつてゐる》とあったが、野田高梧こそ小説「彼岸花」の「原案協力」に相当するかもしれない。

小説で「節子」はママ、パパと言うが、映画ではお母さま、お父さまと言っている。

映画『秋日和』は一九六〇年十一月十三日に封切られた。これも原作・脚本のクレジットは『彼岸花』と同じ。当時の予告篇を観ると――「文壇の重鎮里見弴の原作を得て、野田高梧・小津安二郎の共同脚本によって描く、里見文学と小津芸術の新しき感動を呼ぶ巨篇、『秋日和』！」……と謳い上げるナレーションが流れるけれども、実際は『彼岸花』と同様、最初は三人で話し合い、あとは別々に書いた。

小津安二郎、野田高梧それぞれの日記に記述がある。一九六〇年二月十三日に三人が集まり、《ストーリー大略の打合せ》をした（小津の日記）。二月二十四日に《役名をきめ》（野田の日記）、構成を考えるが、《前途難渋也》（小津、三月六日）、《今夜も停滞して進まず》（野田、三月十五日）ということもあった。三月二十四日、題名が『秋日和』と決定、里見弴に電話で知らせている。小津と野田がシナリオを書き始めたのは四月七日夜で、書き上げたのは六月二日昼過ぎ。――小津の日記は田中眞澄編纂『全日記　小津安二郎』（フィルムアート社、一九九三年）より。野田の日記は「蓼科日記」刊行会編纂・発行『蓼科日記抄』（小学館スクウェア発売、二〇一三年）および照井康夫解説・注記「野田高梧の「蓼科日記」」（「シナリオ」二〇一四年二月号から二〇一六年三月号まで連載）から引用した（野田の次女のことなども照井の解説による）。

小説「秋日和」は「文藝春秋」八月号に掲載された。七月十日発売なので原稿は六月中旬までに揃えばよさそうだが、五月二十八日の小津の日記に《文春から〈秋日和〉の下刷とゞく》とあり、これは校正刷のことではあるまいか。里見弴は五月には書いていたことになる。「原作」と名乗るからには小津にも読んでおいてもらおう、ということだろうか。校正刷が届いた日、『秋日和』のシナリオはもう出来ていて、野田高梧の長女・玲子が原稿の清書を始めていた。

小説「秋日和」を含む短篇集『秋日和』（角川書店）は十月十日付で刊行。映画公開のひと月前だった。「あとがき」のたぐいはない。

これも映画とはだいぶ違っていて、映画では「三輪秋子」（原節子）を再婚させる話が持ち上がったあと、その娘「アヤ子」（司葉子）の困惑を見かねた友人の「佐々木百合子」（岡田茉莉子）が、「田口」（中村伸郎）、「平山」（北龍二）、「間宮」（佐分利信）を問いただそうと乗り込む。それが初対面だった。小説では「佐々木美也子」（映画と少々名前が異なる）は、再婚話が起こる前から「間宮」と親しい。かねて「間宮」のことを友人「アヤ子」の《パパの親友》として聞いていた、という理由で「美也子」は会社に電話をかけ、「間宮」

と二人で会い、「アヤ子」の結婚を嫌う性分のことなどを相談し……やがて、よく食事をおごられる仲になっている。《いくぶん不良味を帯びたフラッパーらしい》から会った、という男の言い分も書いてある。一九三〇年代の女のような描かれ方だ。「後藤庄太郎」（映画では佐田啓二）のことは「秋子」が先に見染めていて、「アヤ子」と結婚させようと動き出す。「三輪」の七回忌から一年後には「アヤ子」に子供が生まれている。よほどすぐ結婚したらしい。

　映画を観たあと読むと奇妙な感じもするが、この小説が日本短篇文学全集20『里見弴・久保田万太郎・永井龍男』（筑摩書房、一九六九年）に収められたとき、巻末の「鑑賞」で戸板康二は《小津安二郎監督によって映画化されたのをぼくは見ているが、映画を見たあとで読みなおしても、特定の俳優の声や顔が鑑賞をさまたげない》と断言していた（この本には里見弴の作としてほかに「銀二郎の片腕」「三人の弟子」「椿」を収録）。

　小説の「アヤ子」はママ、パパと言うが、映画ではお母さん、お父さんと言っている。

*

『秋日和』の公開直後、小津安二郎・志賀直哉・梅原龍三郎の座談会「「秋日和」を語る」が新聞に載った（「毎日新聞」一九六〇年十一月十四日付夕刊）。

志賀　里見（弴氏）の原作では三人の女で章を分けて書かれているのが面白かった。里見の小説の方も君と一緒に相談してやったの。

小津　ええ、人物設定などを相談しながら進めました。映画の場合二時間というと長編でないといけませんので、里見先生の短編をいろいろと入れさせていただきました。

……というやりとりがあった（三人の女ではなく女二人、男二人の手記という体裁だが）。《いろいろと》入れた短篇とは何だろうか。

短篇ではないが『山ノ手暮色』（春陽堂、一九二九年）はその一つかもしれない。「三輪」の七回忌の場面で「秋子」が「お経はなるべくチョッピリ、有難いサワリのとこだけにした方がいいって、田口さんがおっしゃったんで、わたくしもそう和尚さんにお願いしといたんですけど」と言うが、『山ノ手暮色』にもこんな会話があった。

「ずゐぶん、長いんですのね」

「お経かい？　……有難いところをちよッぴり、せい〲切りつめてやつて貰ふやうに云つといたんだがね……」

短篇集『戀ごころ』（文藝春秋新社、一九五五年）所収の「老友」はどうだろうか（「改造」

一九四九年八月号に載っていたもの）。映画で「平山」は、一度は拒絶した「秋子」との再婚話を、やはり受けてもいいようなことを言いに来て、独身だと「何かにつけて不便でね」などと言う。「間宮」は「つまり、痒いとこに手が届かないってわけか……急にどっか、痒いとこが出来たってわけだね……」とからかう。「老友」では妻に死なれた男が、亡くなった弟の妻との再婚を考え、それこそ「老友」に相談したとき、やはりこの言い方を使っていた。

「どういふつて、格別はつきりした動機があつたわけでもないんだけど、やつぱりどうも、だんだんとこの、不自由、といふか、不便でねえ……」
「それア、まア、それに違ひなからうけど、そばに、正夫君のお嫁さんだつてゐなさるんだし……」
「うん、あれがまア、何かと気はつけてくれるんだが、なんとなく、かう、こつちにも遠慮はあるしな、やつぱり痒いところへ手の届かない感じでね……」
「うッぷ、うふゝゝ、うふッ」
と、銜《ふく》んだ酒に噎《む》せ返りながら笑ひだして、「つまり、どこか痒いとこが出来て来たつてことぢやアないか、それア」
「たしかにそれもある」

この男は、弟の妻との再婚を親類から勧められた当初は《そんな不倫なまねが出来るもんか》と怒っていた。映画の「平山」も最初は「かりにもお前、旧友三輪の細君を……そんな不道徳な」と怒っていた。

＊

『秋日和』は死んだ友人の娘の結婚を心配するところから始まっていた。「縁談寠」とも似ている。「縁談寠」は『晩春』（一九四九年）に関係のある作品として広津和郎「父と娘」とともに並べたが、小津が原作と認めているわけではない。

「父と娘」にしても、『晩春』のクレジットに「原作」という語はなかった。「広津和郎作／「父と娘」より」のみ。その左に「脚本　野田高梧／小津安二郎」と出た。

「原作」と表示するか、「……より」と表示するかで、原作料が違って来る。『晩春』公開の十年後、小津安二郎は近藤日出造との対談で《広津さんの「母と子」ですか、それを拝借してやったことがありましたが》……と小説の題を間違え、映画の題も言わず、回想していた。

《結末はまるで違うんです。それで広津さんに大変おこられましてね。／いや、あれは一部をちょうだいしたので、全部をちょうだいするならば、こんな少ない原作料は、もちろん持って来ない。だから原名何々よりと書いてあって、何々とは書いてない。中に出て来る人物も、名前は全部違う。ただ一部をちょうだいしたのだけれど、その一部の出所を明らかにするためにこういうようにしたのだ――と話しましたら、それでよくわかったと言われましてね。実にあの方は純粋な方で……》（「週刊読売」一九五九年五月三十一日号）。

撮影中の発言もある。《いま大船で製作中の「晩春」では、珍らしく原節子とはじめて組み、》……という新聞記事があり、《一日セットに訪ねると／「婚期の遅れた娘と早く妻をなくした父の物語、広津和郎の作をよむうち全然違つたアイディアが生れて、この筋が出来上つたのだが、作者仁義で、広津氏の作よりと名乗つた」／と小津監督はいう》と書いてあった（「東京新聞」一九四九年八月二十一日付夕刊）。《作者仁義》とは「作者への仁義」「作者に対する仁義」ということか。原作料が安いと怒られたあとだろうから、ここでも《全然違つたアイディア》と強調しておく必要があったのだ。

『小津安二郎・人と仕事』（「小津安二郎・人と仕事」刊行会編纂、蛮友社、一九七二年）の「年譜」（下河原友雄編）には『晩春』について、《広津和郎原作の短篇を、清水宏が覚えていて話したのがキッカケで、「箱入娘」以来久しぶりに野田高梧とのコンビが復活して、脚本にかかった》と書いてある。石坂昌三『小津安二郎と茅ヶ崎館』（新潮社、一九九五年）にも《年が改まり、東京に出てきた清水宏が、茅ヶ崎館に寄った。清水は、広津和郎の小説『父と娘』はどうか、とすすめた》とある（《年が改まり》は一九四九年になっての意）。

茅ヶ崎館には小津安二郎と野田高梧がいた。《直感で二人は「これは題材としていい」と思った》とも書いてある。

その後、別の証言が出た。野田高梧の長女・玲子の回想だ。

熱海に志賀（直哉）さんの別荘があって小津さんが遊びに行ったのね。そしたらそこに広津さんが見えてて、お帰りになった後、志賀さんが広津のものをなんかやってくれないかっておっしゃったの。なんかそのころ広津さん、とっても経済的につらいときだったらしくて、出来たらなんかやってもらいたいって。小津さん、ほら志賀さん一辺倒だしさ。それで、じゃあなんかやりましょうっていうんで、いろいろ探して、一番あれが……なんて言ったらあたしの言い方になっちゃうけど、父が広津さんのものを読んで、この『父と娘』が一番いいかなって。おれに出来るものっていうことであの人選ぶからね。それでこれなら出来るっていうんで。

志賀直哉の口添えで、広津和郎を救うために企てられたという。野田玲子はのちの脚本家・立原りゅう。一九五四年、脚本家・山内久《やまのうちひさし》と結婚している。渡辺千明・藤久ミネを聞き手とする「山内久／玲子聞き書き（オーラルヒストリー）空にまた陽がのぼるとき」の中で語っていた（「シナリオ」二〇一〇年九月号から二〇一一年十一月号まで連載）。

野田玲子＝山内玲子＝立原りゅう（一九二三〜二〇一二）は、『晩春』以降、野田高梧・小津安二郎が二人で書いたシナリオのほとんどを清書したという人だった。『晩春』や『彼岸花』にはこの人の身の上をなぞった部分がかなりあるという。小津の日記にはたびたび《玲子ちゃんくる》と書いてある。小津が結婚を望んだという話もあって（十九歳離れていたが）、聞き書きの中で山内久が《嫁にしようとしたっていうじゃないか（笑）》と山内玲子に言い、《野田の親父に、小津さんが、ください、玲子ちゃん貰えないですかねって言ったらしいのよ》と聞き手に説明していた。《まあ、冗談半分でしょうけど》とつけ加えると、山内玲子は《でもなかったみたい》と応じていた。

広津和郎「父と娘」は「現代」一九三九年二月号に載ったもの。岩田専太郎の挿絵がある。当時の「現代」（大日本雄弁会講談社）は硬軟取り混ぜた記事でにぎわう総合雑誌だった。短篇集『闘ふ母』（高山書院、一九四一年）に収録。若干編成を変えた短篇集『純情』（東方社、一九四七年）に再び収められた。野田高梧はどちらかを手に取り、《おれに出来るもの》としてこれに行きついたのであろう。

一方の「縁談窶」だが、この小説が『里見弴全集』（筑摩書房）に収められたとき（一九七八年に出た第五巻）、「あとがき」で里見弴が、

小津安二郎の「晩春」を見てすぐさう思つたまゝ、「原作料の半額くらゐは貰つても

よささうだなあ」とからかつたところ、存外生真面目《きまじめ》に否定したが、これまた、読者の御判定を煩はしたいところだ。

……と書いており、それで収録した。

小津にしてみれば迷惑千万で、広津和郎の小説「より」という表現にとどめて原作料を抑えたところなのだから、否定するしかなかっただろう。ただ里見弴にしてみると、小津はあちこち借用したとたびたび言っておきながら自分の小説を原作にしたことは一度もない……それなのに、広津和郎は旧作で原作料をもらった……こういう話なら自分も昔書いたのに……と思っても不思議はない。

このことが「彼岸花」「秋日和」につながったとも考えられる。一九五六年の『早春』は「脚本　野田高梧／小津安二郎」とクレジットされる映画だが、宮本明子『台本からたどる小津安二郎』（龜鳴屋、二〇二一年刊）によると、里見弴の筆跡で大量に加筆修正された台本が残されており、一部は映画に採用されているという。つまり里見弴は『晩春』では原作料云々と言い、『早春』では完成台本に加筆訂正を施し……いっそのこと映画に参加してくださいと言わされそうだ。一九五〇年には、里見弴にとって鎌倉の文士仲間である大佛次郎の原作で『宗方姉妹』も作られ、里見弴はますます不満だったかも……。単行本『彼岸花』の「あとがき」には《今年の正月、小津君から、私の原作を映画にしたい、との申出があり、それならば旧作のあれこれを詮議するより、いっそ映画化されることを意識して、新たに一作を書きおろさうではないか、との相談が一決し、》……と書いてあった。とすると、小津は里見弴の《旧作のあれこれ》を使いたい、と申し出ただけのように受け取れる。それを里見弴は押し戻し、《新たに一作》書く形にした。そうしないと原作料が大きく違うと聞き知っていただろう。それで「彼岸花」を、そして「秋日和」を書いた。本当は（内容から言っても出来上がった順序から言っても）「原作」とは言えないけれども、過去にたくさんの「借用」があったのだから（『秋日和』では「原作」以外からの「借用」もあると小津が公言するほどだから）、これでいい……と小津・野田・里見はそれぞれ腹に収めたのではないだろうか。

「父と娘」は『晩春』と似ていないとは言え、父親が再婚するかのように思わせて娘を結婚させるという話の骨格は共通する。「縁談寠」は娘が何度も見合いをするがまとまらない（それで娘は衰弱し、陰鬱になっている……）という話だから、おおもとが違う（最後は結婚するが）。原作料の段ではあるまいが、年ごろの女の結婚をしきりに心配する話は自分が見つけた鉱脈だ、という自負でもあったのだろうか。「縁談寠」は『秋日和』に似たところもあるが、小津のほかの映画も思い出させる。男が娘に語る《幸福とは、楽しき予想なり》は『麦秋』（一九五一年）で引用されていた（喫茶店で淡島千景が言う）。娘の母親は《明けても暮れても縁談々々で騒ぎ廻つてゐながら、いざとなると》……《なにのかのと相手に難癖をつけては、破談にして了ふ》と書かれていたが、これなど『彼岸花』で「幸《ゆき》子《こ》」（山本富士子）が「お母ちゃん一人で、勝手に候補者探して来たり、その話こわしたり、子供が積木してンのとおんなじこっとすわ」……と語っていたのと似ている。小説「彼岸花」では「幸子」の母親はこれほどの言われ方はしていなかった。つまり里見弴は旧作をなぞることはせず、むしろシナリオに旧作が反映している。

＊

「縁談窶」はもともと一九二五年、「中央公論」に載ったが（四月号と七月号）、そのときは伏せ字があった。

「都留子」の結婚を心配する会話の中で、「阿野」が《さうかと思ふと、恐《おそれ》多くも雲井の上の御方をお見初め申して、》と言ったその次、誌面では《昨年の××××なんぞは、全国に亙つて数十万の失恋者を出したつて言ふくらゐだから……》となっていた（四月号）。同じ年の十二月刊の短篇集『縁談窶』（改造社）に収められたが、そのときは《昨年の×××当時なんぞは、》と二字だけ復元された。「縁談窶」はその後いくつもの選集、全集、文庫に収められたが、常に三つの×がついて回った。筑摩書房の『里見弴全集』は作者存命中の刊行だが、伏せ字が埋められることはなかった。初出から数十年たったころ、当時の「中央公論」に掲載された作品の生原稿が大量に保存されていたことがわかり、二〇一〇年、日本近代文学館に寄贈された。その中に「縁談窶」の原稿もあった。例の箇所には里見弴のペン字の上に薄墨の××××が加えられていた。塗りつぶされてはいないので、ペン字は読めた――《御成婚当時》であった。このことは話題になったが、「縁談窶」全文が伏せ字を埋めて印刷されるのは今回が初めてである（一連の原稿の画像は『滝田樗陰旧蔵近代作家原稿集』としてまとめられた）。「中央公論」に載ってから九十八年後、奇しくも中公文庫で伏せ字が明らかにされたことを喜びたい。

　ただ一九二五年の読者にしてみれば、「昨年」雲井の上の人を見初めて……とあるからには、一九二四年一月の皇太子御成婚のこととわかったはず。数十万人が失恋したというからには、それだけの人が恋していたことになる。少年時代から写真が出回った皇太子は初めてであったろう。誰でも写真を見れば好きだとか何とか言えるし、結婚と聞けば失恋したとか何とか言える。一九二〇年代の若い女性たちが無遠慮にそんなことを言って騒ぐのを里見弴は目撃したのかもしれない。「御成婚」そのものは伏せ字にすべきことばではないが、数十万の失恋者という言い方はふざけている。そこを伏せ字にして「数十万の×××」などとしたらかえって誤解を招きそうで、それで「御成婚当時」のほうを伏せ字にし、皇太子とは関係ないふりをしたのか……。

　このときの皇太子（のちの昭和天皇）は婚約発表から結婚まで六年もかかっている。婚約者がいる男に恋などするものか……。しかし戯れ言はいくらでも言えるだろう。新聞や雑誌には載りにくい発言が、小説に書きとめられているのかもしれない。

＊

「帽子」「アマカラ世界」は『戸田家の兄妹』（一九四一年）で「拝借」した——と公開当時、小津安二郎が語っていたもの。「新映画」一九四一年四月号に載った「戸田家の兄妹・検討」という座談会の席で、里見弴を前に発言していた。

小津は一九三七年に召集され、二年間大陸を転戦し、日本に戻った。「帰還第一作」が『戸田家の兄妹』だった。一九四一年三月一日公開だが、早くもこの年の「新映画」一月号の表紙にはこの映画の写真が使われていた。三月号でも新作紹介として写真を掲載、そして四月号では、「戸田家の兄妹／演出セットプラン」として「戸田本邸」の間取り図などが六ページ続き、そのあと座談会となる。出席者は里見弴・溝口健二・内田吐夢・小津安二郎・池田忠雄・津村秀夫・南部圭之助（この順で名前が並ぶ）。冒頭津村秀夫が、時間がないので先にしゃべって失礼する……と四段組で三ページ、恐らく三十分くらい長広舌をふるい、議論もする（津村は「朝日新聞」に「Q」の筆名で映画評を書いていた、当時人気の映画評論家）。津村退席のあと座談会は和やかな雰囲気になり、小津安二郎は里見弴に、戦地で「鶴亀」や「三平の一生」（のち「やぶれ太鼓」と改題）を読んだ……などと語り出す。そして内田吐夢に促され、こんな述懐が始まった。

内田　劇的構成に戻るけれども、矢張り鰻屋の別室で泣く所が欲しかつたですね。

小津　あれは始めの脚本は待合で飲んでゐるのです。色々の話の出たあと、ふと昌二郎がゐなくなるのです。それに気づいて何処へ行つた。「おい、さがして来い」藝者をやると、別の部屋で昌二郎は泣いてゐる。女が帰つて来て「何んだか泣いてゐらつしやる様よ」「そうか、ぢや俺が見てくる」友達が出かけようとするとそこへ昌二郎が戻つて来て、……里見先生の「帽子」です。それが簡単に訂正になつたのです。この写真では里見さんのお書きになつたものから大分、ところどころ、無断で拝借してゐます。それも大変拙い拝借の仕方で写真を写す所が「安城家の兄弟」。今、申し上げた所が「帽子」で、玉露が、「アマカラ世界」で、まだいろ〳〵あります。まさか、この映画を里見さんが御覧になるとは思はなかつたもので……どうも……。題名の「戸田家の兄妹」これも拝借の部類です。

最初に説明しているのは、父親の葬式のあと、「昌二郎」（佐分利信）が家族会議の席から中座し、外出し、友人二人（笠智衆、山口勇）と昼間から飲み始める——という場面。《始めの脚本》が《訂正》になったと語っていたが、事前の検閲でこの場面が許されず、書き直したのだった。直す前のシナリオは「文藝」一九四〇年十月号に掲載されていた

（表紙に「小津安二郎帰還第一作シナリオ／戸田家の兄妹」と謳われている）。

（四五）料亭の一室。まだ明るい。

昌二郎の友達、内田と井上が昌二郎の来るのを待つてゐる。

藝者が二人ばかり来てゐる。

男たちは手のない様子。ねころんでゐる。

藝者同志が喋つてゐる。

A「ねえ、一度道成寺は踊つてみたいわね」

B「さうね」

……などと藝者の会話が続くところへ「昌二郎」が到着。友人と話すうち突然出て行き、別の部屋で泣く。

（四七）一室。

中で昌二郎があふむけにころがつて天井を見つめてゐる。

B、入つて来る。

昌二郎の目に泪がたまつて頬にも垂れてゐる。

B、近付いて、

B「あら、どうしたの、こんなとこに？」

「B」は追い払われる。この一連の流れが「帽子」と同じなのだ（泣く理由はまるで違うが）。「B」は部屋に戻り、《なんだか泣いてらつしやる様よ》と昌二郎の友人たちに説明する。「帽子」でも《なんだか、大の字なりにひつくり返つて、泣いてらつしやるやうですよ》と言っていた。藝者が朋輩と交わすざっかけない会話も里見弴の小説そのものだ。シナリオを読んだ検閲官から「藝者は出すな」とでも言われたのか、出来上がった映画では藝者の会話はなく（藝者の姿はチラチラ映るが）、別室の場面もなくなり、「昌二郎」はただ友人の前でしんみりする程度になっている（内田吐夢は鰻屋と言っていたが、鰻を食べているようには見えない）。「借用」はシナリオに痕跡を残すだけとなった。

《玉露が、「アマカラ世界」で、》……と言っていたのは、葬式のとき控えの間で長女「千鶴」（吉川満子）が口に何か含んでいて、「姉さん、それ何です？」と「昌二郎」が訊くと「玉露よ。これ噛んでるとねむくならないの」と答える。それが「アマカラ世界」の冒頭近く、《大衆文藝》の小説家が《暗緑色》の茶の葉（玉露とは書かれていないが）を噛んでペンを動かした……という描写からの「借用」ということらしい。

「帽子」は「改造」一九三五年八月号に載ったもの。「アマカラ世界」は「中央公論」一九三六年四月号に載った（主人公のモデルは直木三十五だという。例の『里見弴全集』の「あとがき」で《あたまに浮かんでゐたのは直木三十五で、周囲の事情にも幾多の事実が使はれてゐる》と書いていた）。どちらも短篇集『アマカラ世界』（中央公論社、一九三七年）に収録。「アマカラ世界」に《昔ッから、一×、二×、三妾、四妻つて云ふくらゐだから》とあったが、ここは単行本では《昔ッから、一×、二×、三×、四×つて云ふくらゐだから》と四つとも×だった（『里見弴全集』でも同じ）。「中央公論」掲載時、×は二つだったのに、一年後、本にするとき増やしたのだ。初出により復元した。里見弴は「一盗、二婢、……」と全部書いていたかもしれないが、ここはそのままにしておく。

小津の日記に《アマカラ世界をよむ》と書いたところがある。単行本を読んだのだろう。ただこれは『戸田家の兄妹』から十三年後、一九五四年の記述。おりにふれ、読み返していたのかもしれない。「帽子」と同じ年に「雙女四景」という短篇が書かれており、『里見弴全集』の「あとがき」に《親しき友なる小津安二郎が好きだと言つてゐた》という注記がある。これも『アマカラ世界』所収の作。

《写真を写す所が「安城家の兄弟」》……とも言っていた。たしかに長篇『安城家の兄弟』（中央公論社、一九三一年）には記念写真を撮るくだりがある。ただこれは鎌倉の別荘に一族二十八人が（その中の一人の病気が治ったお祝いで）集まり、食事のあと海岸に行き、浜辺で撮影するのだった。映画のように写真師（という語がシナリオに使われていた）は呼ばれず、セルフタイマーで撮っている。『戸田家の兄妹』は母親の還暦祝いで集まっていた。何かあると家族で記念写真を撮るという生活様式を学んだのだろうか。小津のほかの映画にもそういう場面があった。

《題名の「戸田家の兄妹」これも拝借の部類です》……とはその通り。「昌二郎」という名前にも『安城家の兄弟』の主人公の名「昌造」の影がある。『東京物語』（一九五三年）で多くの人がたびたび口にする名前は「昌二」だった。『麦秋』でも同じ名前を聞いた（シナリオでは「省二」という漢字だったが）。

座談会で小津安二郎がこのように告白したのを受け、里見弴はこんなことを言い出した。

里見　フローベルのものに、開巻第一頁から、御大家の宴会の場面、しかも玄関口の描写でね、そこに全篇の主要人物が、続々として集つて来る。だれそれ様のお着き、といふやうなことで、ドアーをさつと八文字に明《ママ》けるんだね。それをそつくり真似て、「四つ《ママ》葉の苜蓿」では、一番初めに、或る御大家の親父が死んで、親類縁者が次々に登場する。それで今日の映画でも父親の死ぬ所は、多少それに関係があるのかと、実は内々自惚れて居つたんだが……。それにしろ、実はこつちの智慧ぢやなくつて、フローベルの真似なんだから、この際出典を明かにして置くよ。

私の作品からの借用はほかにもあるだろう……と迫っているようでもあり、私も真似しているのだから気にするな……と寛大さを示しているようでもある。『四葉の苜蓿《クローバー》』（プラトン社、一九二三年）はたしかに、実業界の大物が亡くなって家に弔問客が詰めかける描写から始まっていた。その家の子供は、ひさしぶりに会う親戚に「おじちゃまだァ」と言ってはしゃぐ。『戸田家の兄妹』を思い出さないこともないが……。

小津安二郎と里見弴が出会ったのはこの座談会の席が最初だった。小津の「名代の味」は、こう続く――

　いつか、僕の「戸田家の兄妹」といふ映画の試写に、思ひがけなく、先生が来られ、始めてお目にかゝり、相憎、その映画には無断借用の個所が多く、甚だ汗顔、閉口頓首したことがあります。

　爾来、先生も惘《あき》れられ、万事、大目に見て下さる模様ですし、以来、僕は無断借用の常習となりました。

　先生の小説の、とりわけ、会話の流麗は、ことごとく、映画のシナリオにも通じ、僕には、この上もないテキストなのです。

《この上もないテキスト》から、小津はほかにもいろいろ学んでいる。シナリオの《何言ってンの！》（『麦秋』）、《ちょいと風呂ィ行ってきます》（『早春』）、《そんなこたないさ》（『東京暮色』）といった表記も里見弴を真似たものであろう（この引用は井上和男編『小津安二郎全集』による）。

『秋日和』のあと小津は『小早川家の秋』（一九六一年）、『秋刀魚の味』（一九六二年）を撮った。次にテレビドラマ『青春放課後』のシナリオを里見弴と共作する。一九六三年一月から二人で書き始め、三月二十一日に放送された（ＮＨＫ）。その年の十二月十二日、自身の六十歳の誕生日に死去。

築地本願寺でおこなわれた小津の葬儀で里見弴は弔辞を読み、翌年すぐ出た「キネマ旬報」増刊「小津安二郎・人と芸術」には「小津君と鎌倉と私」を書いた（文中《この家》とあるのは、小津の家の写真に添えて掲載されていたからか）。その八年後に出た『小津安二郎・人と仕事』には追悼として「藝の蟲」を寄せ、『青春放課後』執筆時の思い出にふれている。このシナリオを「原作」として、のちに映画『暖春』（中村登監督、一九六五年）、さらに連続テレビドラマ『暖春』（フジテレビ、一九六九年）が作られた。里見弴は一九八三年、九十四歳で亡くなった。

編集付記

一、「彼岸花」は『彼岸花』（角川書店、一九五八年）、「秋日和」は『秋日和』（角川書店、一九六〇年）、「縁談窶」は『里見弴全集』第五巻（筑摩書房、一九七八年）、「帽子」「アマカラ世界」は同全集第七巻（筑摩書房、一九七八年）、「父と娘」は『闘ふ母』（高山書院、一九四一年）から本文を採り、現代かなづかい・新字体に改めたが、オドリ字などは残した。原稿・初出・他の刊本によって伏せ字やふりがなを補ったところがある。

一、本文中、今日の人権意識に照らして不適切な語句や表現が見受けられるが、著者が故人であること、発表当時の時代背景と作品の文化的価値に鑑みて、原文のままとした。

中公文庫

里《さと》見《み》弴《とん》 小《お》津《づ》映《えい》画《が》原《げん》作《さく》集《しゅう》

彼《ひ》岸《がん》花《ばな》／秋日和《あきびより》

2023年 4 月25日　初版発行

著　者　里《さと》見《み》弴《とん》

編　者　武《む》藤《とう》康《やす》史《し》

発行者　安部順一

発行所　中央公論新社
〒100-8152　東京都千代田区大手町 1-7-1
電話　販売　03-5299-1730　編集　03-5299-1890
URL https://www.chuko.co.jp/

ＤＴＰ　平面惑星
印　刷　三晃印刷
製　本　小泉製本

Published by CHUOKORON-SHINSHA, INC.
Printed in Japan　ISBN978-4-12-207357-9 C1193

中公文庫既刊より

各書目の下段の数字はISBNコードです。978 - 4 - 12が省略してあります。

あ-96-1
昭和の名短篇　荒川洋治編
現代詩作家・荒川洋治が昭和・戦後期の名篇を厳選。志賀直哉、高見順から色川武大まで全十四篇を収録した戦後文学アンソロジーの決定版。文庫オリジナル。
207133-9

お-45-2
宗方姉妹《むねかたきょうだい》　大佛次郎
満州から引き揚げてきた美しき姉妹を中心に、戦後日本で生きる人々の奮闘と葛藤を描く。小津安二郎監督の映画原作でも知られる傑作長篇。〈解説〉與那覇潤
207337-1

さ-80-1
佐藤春夫台湾小説集　女誡扇綺譚　佐藤春夫
廃墟に響く幽霊の声「なぜもっと早くいらっしゃらない?」。台湾でブームを呼ぶ表題作等百年前の台湾旅行に想を得た今こそ新しい九篇。文庫オリジナル。
206917-6

さ-80-2
佐藤春夫中国見聞録　星/南方紀行　佐藤春夫
「日本語で話をしない方がいい。皆、日本人を嫌っているから」——中華民国初期の内戦最前線を行く「南方紀行」、名作「星」など運命のすれ違いを描く九篇。
207078-3

し-55-1
日曜日/蜻蛉《とんぼ》　生きものと子どもの小品集　志賀直哉
志賀直哉は生きものや子どもを好んで書き、普遍的な名品を多く生んだ。これらの作品を集めた短篇集『日曜日』『蜻蛉』を合本とし二十四篇を収録。〈解説〉阿部公彦
207154-4

ち-8-11
開化の殺人　大正文豪ミステリ事始　中央公論新社編
佐藤、芥川、里見に久米。乱歩が耽読した幻のミステリ特集が、一〇四年の時を超えて甦る!「犯罪と怪奇への情熱」に彩られた全九篇。〈解説〉北村薫
207191-9

ま-17-14
文学ときどき酒　丸谷才一対談集　丸谷才一
吉田健一、石川淳、里見弴、円地文子、大岡信ら一流の作家・評論家たちと丸谷才一が杯を片手に語り合う。最上の話し言葉に酔う文学の宴。〈解説〉菅野昭正
205500-1